余りモノ異世界人の自由生活

勇者じゃないので勝手にやらせてもらいます

6

[著]藤森フクロウ
Fuzimori Fukurou

[イラスト]万冬しま

主な登場人物

Main Character

ビャクヤ

カミーユと同郷の
友人の狐獣人。
策略家なところもあるが、
身内には面倒見が良い。

カミーユ

テイラン王国の侯爵子息。
見た目に反してポンコツ。
やけに古風な
言葉遣いをする。

シン（相良《さがら》真一《しんいち》）

元ブラック企業戦士の
異世界転移者。
スローライフに憧れているが、
困った系の人達に
よく懐かれる。

アンジェリカ
神子であるシンの
護衛を務める騎士。
真面目な性格で
シンからも
信頼されている。
ルクス
サモエド伯爵家の子息。
ティルレインの
お目付役を務める。
ティルレイン
ティンパイン王国
第三王子。
黙っていれば美形なのに
言動が極めて残念。

プロローグ

――これは、とある元社畜の物語。

勇者召喚に巻き込まれて異世界転生を果たしたその青年の名は、相良真一《さがらしんいち》。彼は、新たな世界で少年シンとして生きることになった。

創造主である女神フォルミアルカから貰《もら》った『ギフト』や『加護《かご》』のおかげで、ファンタジーな世界で第二の青春を謳歌《おうか》している。

勇者と一緒に召喚されたテイラン王国が大変糞だったので、シンは冒険者として生計を立てながら別の国に移動。

流れに流れ、ティンパイン王国の辺鄙《へんぴ》な山の奥にあるタニキ村に腰を落ち着けることになった。

そこで狩りや採取をしたり、野菜を育てたり、王都からやってきた第三王子ティルレインに懐《なつ》かれたりと、時々珍事件が起こりつつも、概《おおむ》ね平和に暮らすシン。馬鹿王子《ばかおうじ》をシバきながら神々にアドバイスしたら、それがきっかけで新たな加護を貰ったりと、だんだん平凡から逸脱《いつだつ》しながらも、スローライフを満喫《まんきつ》していた。

そんなシンは、現在王都エルビアにあるティンパイン国立学園で、学生生活をエンジョイ中だ。

加護持ちであることが国のお偉方に露見《ろけん》した結果、得てしまったティンパイン公式神子《こうしきみこ》の身分を隠し、庶民として在籍している。

そこでもギフトや加護が妙な具合に発動して、トラブルが起こることもあるが、ご愛嬌《あいきょう》。

今日も今日とて、シンは異世界スローライフを邁進《まいしん》するのだった。

第一章　豆の木

学園の校舎から少し離れた位置に、シンが個人的に利用している温室があった。

古くなって使われていなかったそこで、シンは学園に許可を得て色々と栽培していた。季節の野菜や調合用の薬草などが、所狭しと茂っている。

少し前まで『白《しろ》マンドレイク』の繁茂《はんも》に悩《なや》まされていたその場所に鎮座《ちんざ》しているのは……童話にある『ジャックと豆の木』までいかずとも、規格外に成長した豆の木。

しかもこの豆の木、ただデカいだけでなく、豆を銃弾よろしく発射して攻撃してくる厄介《やっかい》な代物《しろもの》だった。

それでも、肥料代わりのポーションを与えなければ、そのうち栄養が足りずに落ち着くだろうと判断したシンは、発砲ならぬ発豆される豆を収穫することにした。

シンの友人で、テイラン王国出身の狐の獣人ビャクヤは、ぶっ放される豆の成長具合を見て「青い……まだ熟しとらん」と、ブチブチ文句を垂れている。

彼が望んでいるのは、枝豆がさらに完熟した大豆である。

それでも塩ゆでにしてやると黙々と食べるあたり、枝豆が嫌いというわけではないのだろう。

シンの個人的な要望としては、莢《さや》からぷちゅっと押し出して食べたいところである。だが、ジャンボ枝豆は規格外。自分の腕サイズもあるため、莢一つ食べる前にお腹いっぱいになりそうだ。

もちろん、シンだけでは食べきれないので、ギルドに納品し、さらに残った分は寮や錬金術部にお裾《すそ》分《わ》けしている。

この辺りでメジャーな豆の食べ方は、煮物やスープらしい。

ビャクヤはずんだ風にして、甘味として食べていた。

ずんだは油を使わない分、ティンパイン王国で一般的な洋菓子よりローカロリーである。砂糖の使用量がえげつないが、それでも乳脂肪や脂質の塊《かたまり》であるバターやクリームよりずっとヘルシーだ。

ずんだのあっさりとした甘さに、錬金術部の女子たちは沸き立った。甘いものは食べたい。でも、体重や肌荒れは気になる。そんな彼女たちのニーズにストライクだった。

シンも錬金術部でお菓子を作るようになって実感したが、洋菓子に使う砂糖・油の量はすさまじいのだ。

ビャクヤはパワフルガールたちの圧に屈して、ずんだだけでなく、あんこ系のメニューのレシピも吐いている。

だが、小豆《あずき》は大豆より入手が難しいので、実際に作るのはどうしてもずんだ率が高い。

(ずんだ餅《もち》とか、お饅頭《まんじゅう》も美味《おい》しいからチェスター様にもお裾分けしようかな)

ふと、シンはティンパイン王国で宰相として辣腕《らつわん》を振るうチェスター・フォン・ドーベルマン伯《はく》爵《しゃく》の顔を思い浮かべた。

それに、多くの女性は甘い物が大好きなので、彼の妻のミリアも好むかもしれない。

少なくとも、ドーベルマン邸で甘い物を嫌っていそうな者はいなかった。

（これから暑くなるし、ずんだで冷やし善哉《ぜんざい》っぽくするとか？　餅は冷えると固まるから、白玉団子みたいのがあるといいけど……）

ドーベルマン夫妻は、シンの学生ライフを支えてくれる大事なスポンサーである。

シンも時には長いものに巻かれ、ゴマをスリスリしまくっておく。

あの二人はシンに甘い。実の息子が悪気なくアッパラパーなところがあるので、二人はちょっと小癪《こしゃく》なところがあるシンを、むしろ「お利口で可愛《かわい》い」と思っている。

しかもチェスターは愛妻家だ。ミリアを喜ばせれば、自動的にチェスターも喜ぶ。一石二鳥である。

社交界のストレスや、オツムに難アリの息子たちからの無自覚ラフプレーで時折情緒が乱高下するミリア。そこをシンがカバーしてくれるので、チェスターとしては大助かりだった。

なお、その裏で「チェスターばっかりずるい！」と駄々こねている国王や第三王子は、黙殺されている。

巨大豆の木が温室に居座るようになってから数日経った。

冒険者ギルドの一室で、分厚い小さな麻袋《あさぶくろ》を手にした二人の少年が、しみじみと顔を見合わせている。

一人は毛先に行くにつれて赤みを帯びた金髪とマロ眉のエキゾチックな狐の獣人の少年。もう一人は紺色《こんいろ》の髪をポニーテールにした、すっきりとした顔立ちの少年である。

ビャクヤと、彼と同郷で同じ騎士科に通うカミーユだ。

あり余る豆が、こんな大金になるとは——二人の目にはそう書いてあった。

温室で草取りをする際、豆マシンガンスプラッシュを食らうのは、毎回恒例になっている。食べられる豆を捨てるのももったいないので、そのまま収穫したのだが、それがかなりの量になった。

「お裾分けじゃ捌《さば》けないから、冒険者ギルドに納品しよう」というシンの提案に従って、二人は豆を拾うのを手伝ったのだ。

豆は当たればそれなりに痛いが、騎士科から借りた模擬専用の木の盾を使えば、簡単に防げる。

基本、豆の木の攻撃はワンパターンだ。ある程度豆をぶっ放したら、莢に新しい豆が充填《じゅうてん》されるまでは次の攻撃をしてこない。

防ぎ切った後でゆっくり豆を拾えばいいし、冒険者ギルドに運ぶのだって、シンの持っている『マジックバッグ』を使えば大容量の収納が可能なので、楽ちんだ。

少ない労力の割には嬉《うれ》しい臨時収入になった。

ずっしりとした重さが詰まっている麻袋の中身を改めたビャクヤとカミーユは、得た報酬《ほうしゅう》を見て目を丸くする。

シンは慣れているので気にならなかったものの、二人にとっては少なくない金額だったようだ。

以前、シンはレストランの食材として豆を納品したのだが、それが好評だったようで、今回追加で納品したら、喜んで引き取ってくれた。ついでに稀少素材《きしょうそざい》である白マンドレイクにも結構な値が付いた。

シンはマジックバッグ持ちであるし、有望な若手ということで、ギルドから目を掛けられている。今回も個室に案内されたので、報酬もそこで分けた。

子供が大金を持っていると知られると、カツアゲする者が出てくるため、配慮してくれたのだろう。

「シン君、毎度やけど、ええの？」

ビャクヤが少し遠慮がちにシンに尋ねた。

「うちの地方の諺《ことわざ》に〝タダより高い物はない〟って言葉があるんだ。適正報酬」

「ありがたいでござるー……騎士科の模擬戦や遠征で、最近は冒険者業が疎《おろそ》かだったのでござる。これで靴が新調できるでござるよ」

絶対チクチクするだろうに、カミーユは麻袋に頬《ほお》ずりしている。

シンは「ほどほどにしときなよ」と、一応は忠告しておいた。

「靴、どこか壊れたの？」

カミーユのブーツはそれなりに使い込まれているが、目立った傷《いた》みはなかった。

「気に入っていたのでござるが、窮屈《きゅうくつ》になってきたでござる。最近、なぜか体が痛いでござる……」

「成長痛？　なんか急激に背が伸びたりするとあるらしいね」

凄《すご》い人だと、自分の骨がミシミシパキパキと音がするのがわかるという。

シンも真一時代にも多少は経験したが、痛みもほどほど、身長もほどほどだった。

カミーユは現時点で三人の中で一番身長が高い。それなのに、さらに成長痛が来たということは、今後ニョキニョキ伸びるということだろうか。

シンとビャクヤは、無言で顔を見合わせた。そして、カミーユのつむじをドスドスと指でつつく。

「一人だけデカくなるとか、裏切りだ」

「そうや。カミーユはもともと一番大きいのに、なんでさらに伸びるんや」

座っていたので、容赦《ようしゃ》なくつつき回してやった。

「や、やめるでござる！　理不尽《りふじん》でござる！」

カミーユは頭を押さえて逃げようとするが、二人の指プッシュ攻撃はやまない。

「縮め」

「凹《へこ》んでまえ」

ドスドスと二人はつつきまくった。

実に虚《むな》しい嫉妬《しっと》である。

ちなみにその頃、同級生であり聖騎士のレニは、錬金術部のメンバーで女子会スイーツ巡《めぐ》りをしていた。

いつもシンの護衛を頑張っているので、ティンパイン側から護衛人員を増やすから休んでおいでと送り出されたのである。

彼女はカミーユのつむじではなく、人気カフェの不動のナンバーワンであるショートケーキをつついていた。

◆

シンが学生生活をエンジョイしている時、王宮の中でも特に秘匿《ひとく》されている神子用の離宮で、一人の貴人が駄々をこねていた。

そのやんごとなき身分はティンパイン王国第三王子。ティルレイン・エヴァンジェリン・バルザーヤ・ティンパイン、その人である。

ちょっと頭の作りが残念で、持ち前の愛嬌や両親譲りの美貌《びぼう》をもってしてもカバーできない。

だが、馬鹿な子ほど可愛いという感じで、なんだかんだでみんなに愛されている御仁《ごじん》である。

彼は離宮の四阿《あずまや》で、誰かとお茶に興《きょう》じていた。

「シンに会いたい！　君だって影武者ご苦労様って感じだよ!?　でもね、僕はいい加減、本当のシンに会いたいの！　最近は学生寮にいるから、チェスターのとこ行っても入れ違いが多いしさー！」

ティルレインはベチベチとテーブルを叩きながら管《くだ》を巻《ま》く。

向かいにいるのは、少年とも少女とも言えるような相手だった。

頭からすっぽり覆う形の薄布は、顔どころか髪一筋《かみひとすじ》残さず隠し、ゆったりとした白い法衣は裾拡がり型であり、体の線を曖昧《あいまい》にして、腕や足の太さもわからない。

歩くとたまに、靴のつま先がチョコチョコ見える程度。

露出《ろしゅつ》は完全にゼロで、性別の判断に迷う。

白装束《しろしょうぞく》の『神子様』の後ろにいるのは、護衛騎士のアンジェリカだ。

白銀の鎧《よろい》を纏《まと》い、長い髪を一つに結《ゆ》い上《あ》げている。もともと迫力のある美人なので、清廉《せいれん》と高潔《こうけつ》な白の鎧は、彼女の美貌を一層引き立てた。

「チェスターもヴィーも会いに行っちゃダメって言うしさー。洗脳魔法？　魔術かスキルかわかんないけど、もうだいぶ良くない？　元気だよね、僕？」

頭をテーブルの上でゴロゴロ動かし、宰相と婚約者への不満を口にしながら、手足をばたつかせる姿は、酷く子供っぽい。

影武者の神子様は、ティルレインの訴えに首を傾《かし》げるような動きを見せた。

アンジェリカはやや不安げにティルレインと神子様を見ながら口を開きかけるが、躊躇《ためら》って口を噤《つぐ》んだ。

「ね！　君も本物のシンに会いたくない!?　アンジェリカも会いたいよね!?　僕もヴィーを招待して、お茶会セッティングして、色々積もる話をキャッキャウフフってしたいんだよおおお！」

大声の勢いで起き上がったティルレインは、白い法衣の肩をがっしりと掴《つか》んだ。

その瞬間、ゴロリと神子様の首が取れた。

テン、テン、ゴロゴロ。

テーブルの上に落ちて転がり、床に落ちてさらに転がっていく。

首が落ちた拍子《ひょうし》に、薄布もひらりと落ちて、風にさらわれた。

「……ぎゃあああふがん！」

真っ青になって騒《さわ》ぎかけたティルレインの口を塞《ふさ》ぎ、早口でアンジェリカが伝える。

「落ち着いてください、ティルレイン王子殿下！　これは魔道具の一つです！　影武者を使うよりも色々と応用ができると、王宮魔術師様たちが作ってくださった人形です！」

「なんで人形⁉」

衝撃的な首ポロリに半泣きのティルレイン。その縋《すが》るような眼差《まなざ》しに、アンジェリカは「え、えーと、その」と、歯切れが悪い。

そんな時、泣きべそのティルレインの後ろから、若き淑女《しゅくじょ》が手入れの行き届いたホワイトブロンドの髪を煌めかせてやってきた。

「それはですねぇ。ティンパイン公式神子様は国内外から注目されていまして、時々許可もなく接触しようとする愚か者が後を絶ちませんの。それ以外にも理由はありましてよ？　部屋を抜け出して、たびたびこちらで管を巻く王子をとっ捕まえたりするため……とかですわ」

口元を扇《おうぎ》で少し隠しながら、優美な笑みを湛えている。だが、そのオレンジ色の瞳には悪戯《いたずら》っぽい輝きがあった。

「あ、ヴィー。でもさ、ヴィーもシンとお話ししたいよね？」

ヴィーことヴィクトリア・フォン・ホワイトテリア公爵令嬢の姿を認めると、ティルレインはぱっと嬉しそうに笑顔で手を振る。

なんだかんだで仲の良い二人である。

「うふふ、そうですわね。その前に殿下、聖女様と王宮魔術師たちの診察を受けてくださいまし？」

ヴィクトリアの言葉に、ティルレインは胸元から懐中時計を引っ張り出して確認する。

「え？　もうそんな時間？」

思いのほか針が進んでいて、ティルレインは焦《あせ》った。ちゃんと戻るつもりだったが、思った以上に長居していた。

「そんな時間ですわ。ああそう、午後に王妃様の離宮のお庭をお貸しいただけることになりましたの。百合《ゆり》が見頃だとお聞きしましたし、診察が終わりましたら、ご一緒しませんこと？」

「行くぅ！」

元気よく返事をするティルレインに、ヴィクトリアはさらに笑みを返す。

「まあ、嬉しく存じますわ。ちょうど、素敵なチョコレートを入手しましたの」

「じゃあ、僕はトラッドラ産の茶葉を持っていくよ。ほら、あの林檎《りんご》やベリーが入ったの。知らないかな？　でも、ヴィーもきっと気に入るよ！」

「あら、私も？　私以外に、誰かお好きな方がいらっしゃるのかしら？」

「乳母《うば》のベッツィーと侍女のビビだよ」

ヴィクトリアの優秀な頭脳が、完熟のマダムを超えて干物クラスに入った二人のレディの顔を弾き出す。

確か、まだティルレインが病弱だった時に、一緒に王家の療養地までついていってくれた使用人である。さすがに今は高齢を理由に引退している。

そして、そのベリー入りのフルーツティーは、美容と健康に良いとされる高級茶の一つだ。

この王子のことだから、幼い頃に一人のお茶は寂《さび》しいからと、侍女たちも巻き込んだのは想像できる。ここで以前彼を陥《おとしい》れた女狐アイリーンの名が出てきたらお仕置きコースだったが、見事に回避したティルレインであった。

ヴィクトリアはちょっと後ろめたいような、安心したような複雑な感情を覚えながら、さっと扇で表情を隠す。

幸《さいわ》い、鈍感《どんかん》なティルレインは、気まずい気持ちに気づいていなかった。

「あ、じゃあヴィー。僕は診察行ってくるね！　アンジェリカもまたね！」

「いってらっしゃいまし」

「お気をつけて」

ヴィクトリアとアンジェリカがそれぞれに見送りの言葉を掛ける。

走って出ていくティルレインを追って、護衛たちも駆けていく。

「今日のチョコレートは、〝甲虫《こうちゅう》チョコレート〟といって、本物ソ〜ックリな虫型チョコレートなのですが……殿下はどんな反応するかしら？」

小さくなる足音の方向を見ながら、うっとりと頬を染めたヴィクトリアが小さく呟《つぶや》いた。

ちなみに、彼女の父であるホワイトテリア公爵は、甲虫チョコレートを目にすると乙女のような悲鳴を上げて、執事と一緒に逃げ回っていた。都会育ちの公爵にとって、リアル虫チョコは見る拷問でしかない。

とても楽しそうなヴィクトリアの様子にちょっと寒気を覚えながら、アンジェリカは何も言えずにそっと人形の首を戻していた。

◆

試験が終わり、伯爵子息のシフルト・オウルとシンの決闘騒ぎにもけりがつき、なんだかんだで騒がしくも楽しかった前期が終わろうとしていた。

学園は後期に入るまで、長期の休みがある。夏休みだ。

王侯貴族たちにとって春から夏にかけては社交シーズンなので、連日連夜とまではいかないものの、積極的に外に出るらしい。そうやって築いた人脈で事業を展開し、家と家の顔を繋《つな》いで婚活をするのだから、サボるわけにもいかないのだろう。

家の未来に直結する社交は、貴族にとっては営業活動に近いものといえる。ご苦労なことである。

一方、平民たちにとって夏場は、作物の育成や出荷に忙しいし、冬に向けての蓄えをする大事な時期だ。ここできっちり稼いでおかないと、飢えるのは自分と家族だ。生命線になるので、魔物や病害虫に神経を尖《とが》らせて、せっせと働かなくてはならない。

特に今年は、先の冬に神罰《しんばつ》が猛威を振るって異常気象が発生したこともあり、みんな必死に備蓄を用意しようとしている。

シンもチェスターたちに挨拶した後、一度はタニキ村に戻る予定だ。

お土産《みやげ》は何にすべきか、教室でクラスメイトや錬金術部の仲間たちに相談していると、シンはがっしりと肩を掴まれた。

振り返ると、暗雲を背負うビャクヤがいた。

「うわ、どうしたんだよ？」

「どーしたもこーしたも、アレはどないすんの？」

「アレ？」

なんのことだと首を傾げるシンの反応に納得いかなかったビャクヤが、クワッと眼光鋭《がんこうするど》くさらに近づいてきた。

「お豆さんや！　枝豆は食べたけど、大豆はまだ収穫しとらんやん！　実家戻るって、あの立派なお豆の木は放置か⁉」

「いや、グレゴリオ先生が人を手配してくれて、学校の用務員さんとかが草塗《くさまみ》れにならないようにしてくれるって。まあ、マンドレイクも豆の木も一度引っこ抜くけど」

錬金術科目を受け持つ教師のグレゴリオは、白マンドレイクの研究の一環か、定期的にシンの温室に来ては、土壌検査や肥料や水やりの様子をチェックしている。シンがいなくなった後に増えられても困るので、経過を見てくれるという。

シンの中では白マンドレイクは雑草一歩手前のオモシロ植物だが、魔法学、薬学、錬金術などに携《たずさ》わる者にとってはお宝だ。

マンドレイクはともかく、豆の木を抜くというワードに、ビャクヤが敏感に反応した。

尻尾がぶわっと膨らみ、神経を張り詰めさせた耳は強く立っているし、よく見れば、力が入りすぎてぴくぴく震えている。

「お豆は⁉　大豆は⁉　油揚げは？　お稲荷《いなり》さんはー⁉」

「うーん、今の豆が成熟してなかったら、最悪後期？　今から種豆を蒔《ま》いて間に合ったら、タニキ村で作ってみるよ」

「イヤやあああー！　そんな殺生《せっしょう》な！　ずっと俺はシン君のお豆さんを楽しみにしとったのにー！」

「でも僕、ずっとここにいるわけじゃないし。豆は買えばよくない？」

「イヤや……あのお豆さんがええ」

いつもなら諦《あきら》めるところが、やけに粘《ねば》るビャクヤ。

確かに大豆ができるのを楽しみにしていたし、あの豆の木が白マンドレイクポーションを与えられていなければ、今頃は大豆を収穫できていたはずだ。

だが、ビャクヤがそこまで意固地《いこじ》になる理由が、シンにはわからない。

「なんで」

「シン君、気づいとらんの？」

「なにが？」

純粋に、大豆だけなら市場や八百屋《やおや》で買える。

「シン君の温室のお野菜はどれもめっっっっっっちゃ美味《うま》いんよ！」

「そっか、ありがとう」

褒《ほ》められて悪い気はしない。

シンとしては、特に味にこだわった覚えはない。コスパを求めると自然と自給自足になるので、育てただけだ。

今までシンは「鮮度が良いものはやっぱり美味しいんだな」としか思っていなかったが、彼の畑で作った作物は一般的に見ても非常に美味らしい。

シンの収穫物を食べたことのある生徒——特に錬金術部所属や、同じ寮生たちは、ウンウンと頷《うなず》いている。ビャクヤの大袈裟《おおげさ》な強調を聞いても、なんら否定をしてこない。

「シン君のお稲荷さんがええんや！」

ビャクヤにしては珍しいことに、何も裏のないストレートな要求である。

若干下ネタに聞こえるのは、シンの心が汚い大人だからだろうか。

ビャクヤの懇願《こんがん》に、スンとした真顔になる。

ビャクヤはシンの作った大豆で油揚げを作り、お稲荷さんを拵《こしら》えたいと考えていた。

狐系男子としては、どうしても油揚げはこだわりたいところなのだろう。

ビャクヤは腹に一物持っていて、ちょっと性格が捻《ね》じれているものの、なんだかんだで悪い奴ではない。

威勢は良くても、へろんと下がった尻尾は、ちょっと諦めかけた心をよく表していた。

「とりあえず、温室の豆の木を収穫してみよう。それでできるか考えてもいいんじゃない？」

ぶっちゃけ季節外れなので、食用豆はあっても、種豆が入手できるかはわからない。しかしそれを言ったら、ますますビャクヤは温室の豆にこだわるだろう。

シンの提案に、ビャクヤも頷いた。

そこで収穫できれば、ヤキモキしないで済む。

レニはそんなシンとビャクヤの様子を見てニコニコしている。

曲者《くせもの》を手懐《てなず》ける〝トップブリーダー〟レニではあるが、癖《くせ》の強いフォックス野郎の手綱《たづな》を握《にぎ》るのは難しい。狐はイヌ科ではあるが、犬ほど人に懐かない野生動物である。

だが、馬に人参、狐に油揚げで、好物によるマウントは可能そうだ。

シンにはそんなつもりはないが、彼の傍《そば》にいれば、金に困って空腹に耐えるような事態になる可能性は格段に減る。

それを理解しているビャクヤは、シンに一目置いていて、協力的だ。カミーユより頭が回るし、周囲を観察できる人間なので、味方ならば心強い。

ティンパイン王国からの情報によれば、ビャクヤはテイラン出身だが、中枢《ちゅうすう》とは繋がりが薄い。

彼の生家ナインテイルは、テイラン王家とは距離のある家だったし、たとえ故郷でも、愛国心は全くなさそうだ。

シンたちのやり取りを見ながら、レニは考えを巡らせる。

（ビャクヤもカミーユも国に帰る意思はなさそうですし、引き入れを考えてもいいですね）

シンに対して搾取《さくしゅ》や寄生するつもりなら戦う所存だったが、共存するのであれば、レニだって無闇に攻撃しないのだ。

カミーユはもともとティンパインに亡命希望だし、ビャクヤは祖国に一泡吹かせてお家《いえ》を返り咲かせるのが目的だった。

だが、ビャクヤが見返そうとしている相手は、現在落ちぶれている。

王家ですら、亡命希望でティンパインに来ようとする者がいるくらいだ。

ビャクヤの様子を見る限り、そこまでテイランが逼迫《ひっぱく》しているのは知らないようだ。

あちらの王侯貴族にも面子《メンツ》がある――今まで威張り散らしていただけあって、弱みを見せないように、表面上は取り繕《つくろ》っている。繕い切れず、だいぶボロは出ているが。

タイミングは重要だ。

そんなレニの笑顔の裏で編《あ》まれる計画など知らず、ビャクヤとシンは豆の木チャレンジを考えていた。

ちなみに、カミーユはレニの隣《となり》でずっと〝待て〟をしている。作戦会議はブレイン役にお任せなのだ。

「とりあえず、騎士科から模擬戦用の盾借りてこよか」

ビャクヤの提案に、シンが頷く。

「一番デカいの借りられるかな？　あれなら二人ぎりぎり入るし、一人が盾持って、もう一人が回収や攻撃に回れば、豆だけじゃなくて莢ごと狙えると思う」

「せやな。多分、普段通る逆側の莢なら、熟しとるのもあるはずや」

「あの豆、滅茶苦茶《めちゃくちゃ》硬いわけじゃないけど、当たると地味に痛いんだよな。鉈《なた》とか借りてきて、少し邪魔な枝を削《そ》ぎ落《お》すか」

「鉈でどうにかなるレベルなん？　薪割《まきわ》りの斧《おの》くらいは必要ちゃうん？」

「できればチェーンソーが欲しい」

シンが思わず口走った単語に、ビャクヤが首を傾げる。

「ちぇーんそ？　なんやそれ？」

「林業とかに使われる道具だよ。歯？　刃かな？　が自動で動くから、簡単に枝でも幹でも切れるけど、下手に触《さわ》れば指どころか腕が飛ぶ。一歩間違えば人もバッサリいく」

「えー、コワ。シン君、そんなヤバい凶器が欲しいん？」

「本来の用途は人殺しの道具じゃないからね？　でも、それくらい切れ味というか、破壊力があるんだよ。やっぱこっちにはないかー」

「テイランではそんなん聞いたことないな」

「タニキ村にもなかったな。山村だったけど。僕の故郷だと、林業や造園業の人が持っているくらいだったな」

武器としても使えそうだが、そうするとどうしても某ホラー作品の大男を連想してしまう。

チェーンソーが無理なら、魔法を使うのも考えなければならないだろう。

しかし、温室に損傷を与えないためにも、大掛かりなことはしたくない。

シフルトに壊された分は修理されたが、もともとこの温室は古いのだ。老朽化はあちこちに見られ、うっかり強めの魔法を食らえば、一発でぺしゃんこになる恐れもある。

「ルートはどないする？」

「他の作物になるべく当てたくないから、ここの通路を使おう。大回りな上、ちょっとジグザグになるけど、豆を消耗させれば近づきやすい」

豆が当たれば、小さい薬草などはパキッと根元から折れてしまう。

オモシロ植物が目立つが、温室には普通の植物の方が多いのだ。当然それらは動き回らず、静かで、存在感は薄い。

シンは温室の見取り図を描く。豆エリアは三畝《うね》ほどあり、巨大化したのはそのうちの一本のみ。豆の隣は、今は何も植わっていない。ポーションの材料になる薬草や香草を植えようとしていたのだが、豆の木の巨大化で予定がストップしてしまったのだ。

夏休みに向けて少しずつ規模を縮小していたのもあって、シンたちがいる方とは反対側を歩くことはほとんどなかった。見ていないから確認できていないが、放置している畝側の莢は、豆ガトリング攻撃に使われていないので、熟成が進んでいるはずである。

手入れをしていないため草が伸び放題で、巨大豆の木以外の豆の木は埋もれてしまっている。

ちょっとだけ葉っぱが見えるから、全滅していないはずだが、ちゃんと成長しているかまでは確認できない。豆ガトリングに被弾して、折れたり枯《か》れたりした豆も多いはずだ。

借りた盾を持って、シンたちは出陣する。

豆の木は相変らずでかでかとしていて、温室の天井が狭苦しく見えるほどだ。

今回はシンとビャクヤ、レニとカミーユでペアを組んでいる。

木の盾は二人なら身を隠せるが、それほど余裕があるわけでもない。よって、一番大きいカミーユと一番小柄《こがら》なレニ、そして中間サイズのシンとビャクヤという振り分けになったのだ。

シンとビャクヤは、さっそく陽動――というか、豆を消費させようと近づいてみた。

豆の木はつつかれた鳳仙花《ほうせんか》の種のように、バシバシ豆を飛ばしてくる。

最初はカンコンと軽い音だったが、だんだんと盾に当たる音が重くなってくる。

少し離れたところで、レニは攻撃されまくるシンたちをはらはらと見守っていた。それを盾で豆から守るカミーユ。騎士科だけあって、なかなか盾捌きが上手い。

しばらく防御態勢でしのいでいると、だんだんと豆の勢いが悪くなってきた。

「そろそろやな」

いつになくやる気のビャクヤに、シンはついていく。

足元に注意しながら、豆の木の様子にも気を配って移動する。

作戦通りにうろちょろして、わざと広範囲に豆をばらまかせる。

飛んでくる豆は基本緑色だが、ちょろちょろと黄色交じりの物もあった。

豆は基本栄養価の高い食べ物だ。

フォルミアルカに貰ったスキルの『異空間《いくうかん》バッグ』に入れておけば、劣化もしない。帰省中はもちろん、余れば冬の食材になる。

あとであの豆も拾っておこう――と、転がる豆たちを横目で見ながら、シンはさらに歩いた。

満遍なくガス欠ならぬ豆欠になるまで追い込み、ようやく豆の木に接近できる。

「よっしゃー！　いっくでぇ～、お豆ちゃーん！」

「ビャクヤ⁉」

我慢できなくなったビャクヤが、盾をほっぽって豆の木へ走っていった。

普段は割と慎重なのに、ここにきて我慢が振り切れたようだ。

制止しようとするシンの手を振り切って、豆の木まで行ってしまい——ビャクヤは渾身《こんしん》の豆莢ビンタを食らった。

それはもう、ベッチイイインと素晴らしい音を立てて、頬が張られた。

映画やドラマでよく見る演出のように、見事な放物線を描いて吹っ飛ばされるビャクヤ。ほっぺたは真っ赤である。

豆の木は、豆がなくとも莢があると言わんばかりに、わさわさと身を捩《よじ》る——というより幹や枝をざわつかせながら警戒する。その姿は木の魔物トレントのようだった。

豆の木は「死にさらせ、ワレェ」と言わんばかりに、伸ばした枝でビャクヤを叩き続ける。

立つと余計叩かれるので、体を丸めて、退避より防御の姿勢をとるビャクヤ。何発かは思い切り食らったが、なんとか防御魔法を発動させて耐えていた。

「うっわ、気持ち悪」

シンはひょいひょいと莢ビンタを避けながら、すぐ根元まで近づいていた。その手には、小型の斧が握られている。

荒ぶる豆の木はビャクヤに気を取られており、静かに接近していたシンに気づかなかった。慌《あわ》てて迎撃しようとするも、攻撃はかなり雑だ。

当然、シンがそのチャンスを逃すわけがない。

「やっぱり伐採だよ」

シンが斧を振りかぶった。その後に起こることを予見したビャクヤは、倒れたまま顔と手だけを上げて、待ったをかける。

「あ、あかん！　そのお豆さんはまだ成熟が終わっとらんよ⁉」

「いや、普通に邪魔じゃん。草取りとかしてくれる人とか、様子を観察しに来てくれる人とかの」

「ちょ、ま、堪忍《かんにん》！　え、ええええ！　イヤアアアアアア‼」

ビャクヤの悲鳴と共に、カーン、と良い音がその場に響いた。

シンは、ポーションで異常にデカくなり、半分魔物かミュータントと化した豆の木の面倒を、枯れるまで見る気はない。

一分も経たず横倒しになった豆の木に対し、ビャクヤはまるで家族の亡骸《なきがら》を目にしたように縋り付き、おいおい泣く。

シンはその間も黙々と、豆の房を木からもいでいる。

レニとカミーユは散らばった豆を回収している。

一番派手にぶっ叩かれたビャクヤだったが、意外とぴんぴんしていた。シバかれた時の音は大きかったが、大豆の安否に比べれば、ビンタなどどうでもいいのだろうか。

「酷い、酷いわ……まだ大豆になったお豆さんを確認しとらんのに、切ってまうなんて……！」

「だって無茶苦茶な攻撃されたら温室や作物に影響出るし」

「せやかて！　シン君のいけず！　狐心《きつねごころ》のわからない冷血漢！」

わああああん、と端整な顔立ちを悲愴《ひそう》に歪《ゆが》めて泣くビャクヤ。

そこまで気にするかと、シンは理解できずに苦い顔だ。

その後ろの草の生い茂る場所で豆集めをしていたカミーユが、何かを見つけた。

「ビャクヤ。ここの雑草の中に豆の畝らしき列があるでござるよ。枯れていると思ったら、豆も成熟しているようでござるよ？」

「カミーユ、そこ絶対触んな。俺がやる。シン君が許しても俺が許さへんよ」

すかさず反応したビャクヤに、地面に散らばった豆を指さしてレニが朗報を伝えた。

「ビャクヤ、さっき飛ばされた豆の中にも、大豆らしき豆がありますよ？」

「待って、レニちゃん。大豆っぽい熟した豆は別に置いておいて。あとで全部確認させてもらうわ」

大豆ソムリエ、もしくは大豆奉行のようである。

大豆があるらしいという希望が見えた途端《とたん》、ビャクヤはぴたりと泣き止んだ。

巨大豆の木をごそごそやっていたシンも、枝豆より黄色くなってでっぷりした房を見つけた。一部は枯れかかったように茶色くなっている。豆を莢の上から触ってみると、だいぶ硬かった。

「この巨大豆の木にも大豆あるよ。もうちょっと乾燥させた方がよさそうだけど」

「ツシャアアオラアアアア！」

両手を上げて勝利のポーズを決めるビャクヤを、三人が白けた目で見ていた。

ここまで病的に執着《しゅうちゃく》されると、周囲は一周回って冷静になる。

ニコニコと上機嫌なビャクヤは、せっせと動き回る。乾燥してすぐに使えそうなものは豆を出し、傷《いた》みや虫食いなどのある屑豆《くずまめ》を弾いていく。

「うんうん、このお豆さんたちも一週間くらい干せばええやろ！」

まだ乾燥が足りないものに関しては、一般サイズの豆の木ならまるごと、巨大豆は莢で吊して干す。

雑草の中に埋もれていた豆の木も、一本残らず探し出した。

良い汗をかいたと額《ひたい》を拭《ぬぐ》うビャクヤ。その笑顔から喜びと満足がはち切れんばかりに溢《あふ》れている。

尻尾のよく揺れる後ろ姿を見ながら、カミーユが「そういえば」と口を開く。

「ビャクヤは長期休暇に、テイランに戻るでござるか？」

「うーん、行かない予定や。旅費に使うなら節約して、後期の学費に回したいと思っとる」

二人はテイラン王国の良家出身ではあるが、実家の支援は期待できない。冒険者稼業で生活費や学費を稼ぎながら学校に通う苦学生である。

同じ騎士科でも、裕福な商家や貴族中には避暑地に行く人もいたが、この二人には無縁である。

ビャクヤの考えを聞き、カミーユはほっとしたようだ。

「その方がいいでござる。どうも、テイランはいよいよ危険なようでござるよ。下手したら、後期が始まる前に学園に戻れなくなるやもしれぬ」

「なんかあったん？」

不穏な言葉が気になったビャクヤが尋ねると、眉根を寄せてカミーユが答える。

「実家……ヒノモト侯爵家《こうしゃくけ》から、手紙が来たでござるよ。こちらへ行きたいから、領地と地位を用意しろと。一介の学生の某《それがし》にそんなことできるわけがないのに、何を考えているのやら」

ビャクヤは先ほどの上機嫌がスンと抜け落ち、真顔になった。その後、頭痛を堪《こら》えるようにこめかみに手をやり、頬をヒクヒクと痙攣《けいれん》させる。

理解しがたいとでもいうように「いやいやいや」と首を振りながら、カミーユに詰め寄った。

「いや、何言っとるん？　地位？　領地？　ぎりぎり平民やろ。下手したら亡命すら拒否されるで？　それか牢屋直行やで？　ヒノモトは侯爵家やろ？　上級貴族なうえ、バリクソ軍系の一族やろ？　王家に加担して戦争吹っ掛けまくっとるから、他所《よそ》の国からすれば不倶戴天の敵やろ？」

「某も断りの連絡をしたでござるが、ちゃんと届くかわからぬでござる。テイラン国内は余程混乱しているのか、春先にテイランから出した手紙が、今更になって届いたくらいでござる」

「……手紙って、魔鳥や速達やなくて、一般のルートを使った手紙なん？　えっらい上から目線やけど、亡命要請やろ？　家のモンじゃなくて？」

他国の重鎮《じゅうちん》が亡命などしようものなら、国際問題になりかねない。

継嗣《けいし》から外れきった末弟ならともかく、現役の当主や側近などは軽率に移動するべきではない。

やるにしても、それなりに根回しをしなければ、穏便にはいかないだろう。

カミーユと母親は自分の生活費と学費でぎりぎりだし、贅沢《ぜいたく》に慣れた異母兄や義母などを受け入れる余裕など全くない。当然ながら、彼らを連れてくる資金も伝手《つて》もあるはずがなかった。

「恐らく、それすら雇えぬほど逼迫しているでござるな。破綻《はたん》しすぎているのか、余裕がなさすぎるのかはわからぬが……あの兄上たちが某を頼るなんて、よっぽど困窮《こんきゅう》しているのだろう」

「……そら、帰らん方がええな」

少ない情報が、苦しい状況を逆にあぶり出していた。

ビャクヤも唸《うな》るように同意し、帰郷はやめようと改めて意思を固めた。

テイランに行くにしても、入念に準備しなければならない。

シンはカミーユのお家事情などちょっとしか知らない。だが、カミーユは継嗣争いには遠いヤンガーサンで、確か十一男だったはずだ。

兄がヒノモト家を継いでおり、スペアの兄弟もたくさんいる。

家族仲はかなり殺伐《さつばつ》としているようで、当主は異腹《ことはら》の弟に対して、放任という名の冷遇をしていた。

前当主である父親も、子供のことよりも、次から次へと迎えた愛人に熱を上げていて、カミーユにも、カミーユの母親に対しても無関心だったそうだ。

下手に家に居続ければ、金だけはある未亡人や、いわくつきの令嬢、嫁ぎ遅れた老嬢に婿入《むこい》りさせられてしまう。だからカミーユと母親は、遊学と、神罰の混乱に乗じてティンパインまで逃げてきたのだ。

そんな寒冷な地雷原のような家庭だが、カミーユはおおらかに育っている。

貴族に固執《こしつ》せず、ちゃんと自分の人生を生きていけるように教育されていたからである。

家族愛など義務ですら存在しないヒノモトの中で、カミーユの母親はまともだったのだろう。

「しかし、ヒノモト侯爵家ですらそんなヤバいんか……俺の実家は大丈夫なんやろか？」

ビャクヤは真剣な顔でカミーユと話を続ける。

「残念ながら、他家の情報は手に入らなかったでござる。だが、王都周辺が特に被害が甚大《じんだい》と聞くでござる。苛烈《かれつ》な長い冬は続き、ついに春が来ないまま夏が来て、雪が一気に解けて酷い水害が起こったらしいでござる。作物を育てるための田畑まで流れてしまったとか。農村と一緒に種もみも流れ、今年の実りは期待できないでござるよ……ナインテイルからの便りはないでござるか？」

「治安が良うないとは聞いとる。いろんなもんが無茶苦茶になって、辺境の領地にすらならず者が流れてくる言うてたな」

「今のテイランは家が壊れ、田畑が荒れ、仕事を失った民で溢れかえっていると聞くでござる」

「王家はどないしとるんや」

「あの身勝手な王族たちのことでござる。食料と金品を民から搾《しぼ》り取《と》り、溜め込んで籠城《ろうじょう》しているのでは？　落ちぶれた方が悪いとか、平気で言う奴らでござるよ」

今まで数々の戦争を不当に仕掛け、そして他国から奪い続けていた利益を正当化し続け、弱肉強食が染みついた連中である。弱った相手に手を差し伸べるどころか、足蹴《あしげ》にして財産を強奪するのは容易に想像がついた。

「うーっ、あー、言いそう。メッチャ言いそう。言っちゃあかんのに、平気で言いそうなのが想像できるし、納得できるっちゅーんがまた……」

ビャクヤは唸りながら耳ごと頭を掻《か》き毟《むし》り、やるせない感情を吐露《とろ》する。

自国民にすらこの言われようとは、テイラン王家の人望のなさはすごい。

シンは無駄にデカい巨大豆の木を解体しながら、ある意味感心してしまった。

レニも豆を選別しつつ、ドン引きして二人の会話を聞いている。

ちょっとの間しか滞在しなかったものの、シンもテイランにはろくな思い出がない。

だが、テイランで生まれ育ったカミーユやビャクヤがナチュラルに辛辣《しんらつ》な評価を下すあたり、それだけ王家が傲慢《ごうまん》かつ奔放《ほんぽう》に振る舞っていたということだ。

今まで国民が蜂起《ほうき》しなかったのは、それなりに豊かな暮らしができていたからか。あるいは蜂起したとしても力で叩き潰されていたのだろう。

だが、今回はそうもいかない。神罰で国内はボロボロ。心の支えとなる宗教においても、今まで崇めていた戦神バロスは消滅している。

大好きな戦争を吹っ掛ける余裕も全くないと聞く。

今まで国内で足りなかったものは、難癖つけて他所から毟り取ってきたテイランだが、それも神罰の大雪によってできなくなった。

あくまで推測だが、戦争をやたらとしていたのは、国内の不満を国外に向けさせることにより、王家の尊厳を保っていたからだろう。

「前々から思っていたけど、そんなに酷いの？　テイランの王族って」

素朴《そぼく》な疑問と言わんばかりに、シンが口を開く。

シンは強制召喚された際に、王侯貴族らしき人々をチラ見したが、異世界人に助けを求めている割にはやたら豪奢《ごうしゃ》というイメージしか残っていない。

「由緒《ゆいしょ》ある性根《しょうね》の腐った筋金入《すじがねい》りのドクズや」

「主人としては、間違いなくハズレの部類でござるな」

ビャクヤもカミーユも辛口極まりない。どっちも酷い評価である。

テイランではごく一部の者が富と利権を牛耳っており、それ以外はミソッカス以下のおこぼれに与れるかすら怪しい。ビャクヤもカミーユも良家の子息だが、恩恵はない。

レニとシンが顔を見合わせていると、テイラン出身同士で何か通じるものがあるのか、カミーユたちが遠い目をする。

「国王は毎年二桁を超える愛妾《あいしょう》や妃《きさき》を迎えているでござる。敗戦国や奴隷《どれい》、家臣から奪ったなど、挙げればきりがないでござるよ。王太子をはじめとする殿下がたも、似たり寄ったりでござる。三年に一回は後宮が増築されるでござる。戦争と色事にしか興味がないと、もっぱらの評判でござる」

「カミーユは人族やからマシやろ。獣人族はさらに待遇悪いで。何代も前の国王が入れあげた愛人が〝ケモノは好かん〟とか言いよったから、獣人の譜代臣下《ふだいしんか》は、いきなり爵位や役職没収・領地強制返還・僻地送《へきちおく》りのフルコンボやで？　んで、その女に飽《あ》きても、戻すのめんどいって、ずーーーーっと今も冷遇されとるんやで？　基本、間違いだろうが、冤罪《えんざい》だろうが、あっちに非があろうが、あそこの王侯貴族のお偉いさんは謝るってことはせぇへん」

「なんでそんな国がまだ生き残ってんだよ……」

「「戦争に強いから（やろ）」」

シンの問いに、げんなりハーモニーが響く。

だが、現状戦争どころではなくなっているテイランは、国が綻《ほころ》びはじめている。

厳冬が終わり、近隣諸国に春が来ている間も、テイランだけは異常気象が続き、雪に埋もれていた。それが終わったら、息つく暇もなくダッシュで夏が来ているという。

何か人知を超えたものの気配を感じるが、シンは言及しない。代わりに気になっていたことを口に出す。

「作物もヤバいんでしょ？　次の冬どうするの？　つーか、夏も大丈夫なの？」

「知らへんよ。そもそもテイランは今も神罰真っ最中かもしれへんな。春がなくて夏とか、異常やん」

ビャクヤは自分の身を抱きながら、薄気味悪そうに言う。

彼の家は占術もやっているから、何か感じるものがあるのかもしれない。

シンの記憶の中で、絶世の美を湛《たた》えた女神が楽しげに笑っている。

（神罰って、酷い雪の被害だけじゃなかったってことか……）

異常気象は数カ月にも及ぶ長い期間である。場所によっては、半年以上雪に覆われていただろう。

だが、悠久《ゆうきゅう》に近い時に存在する神々にとっては、瞬《まばた》きのような一瞬かもしれない。

人間は、長生きしても百年。人と神の感覚は大きな隔《へだ》たりがある。

女神連合を敵に回さないでおこうと、シンは決意を新たにした。

テイランに行くのは絶対なしの方向で合致したビャクヤとカミーユは、夏休み中はどうすべきか頭を突き合わせており、シンの顔色に気づいていない。

ちなみに、長期休暇の間、ティンパイン国立学園の学生寮は、一部を除いて閉鎖されてしまう。お安めの寮などは特にその傾向が強い。寮母さんもいなくなってしまうし、カミーユたちは寝床の確保をしなければならないだろう。

「シン君、ドーベルマン伯爵ご夫妻にはタニキ村に行くことは伝えましたか？」

レニに指摘され、シンははっと思い出す。

「あ、忘れてた……」

「早めに言わないと、ミリア様が一緒に避暑旅行に連れていこうと考えますすよ。社交シーズンではありますが、暑いとトラブルが起こりやすいので、夏場は避暑地で過ごす方も多いんです」

「トラブル？」

「よくあるのは、食あたりや体調不良です」

夏はどうしても食べ物が傷みやすく、食中毒も増えてくる季節だ。パーティで口にした食べ物にあたってしまうケースもあるらしい。特に大きなパーティだと数日前からの仕込みは必須になるため、冬場よりあたる可能性が上がるのは仕方がないことである。

また、猛暑の中でも女性はドレスが必須。美しくありたい女性がコルセットできつくウエストを締めて倒れることもしばしばだという。また、熱中症で倒れる者も多いそうだ。コルセットをきつくしすぎて、ろくに飲食できないのも原因だろう。

男性は男性で、きっちり粋《いき》に着こなす礼服は、熱が籠《こも》って仕方がないらしい。

「なるほど、確かにそれならチェスター様たちは避暑地に行きそう……でも、なんで僕まで？」

あの二人は後になってあくせくするより、事前に計画を立てておくタイプだ。

他の貴族だって、夏場に辛い思いをしてずっと社交界に顔を出し続けたくないはずだから、有能な人ほど手早く仕事を済ませ、さっさとバカンスに行くだろう。

まあ自分には関係ないかと、シンは一度思考を切り替え、レニの言葉に耳を傾ける。

「ミリア様、商人や職人を呼んで新しい服を仕立てているそうです。明らかにチェスター様では着られない、小柄で細身の少年サイズのものを」

「……ウワァ」

もたらされた情報に、思わず棒読みの感嘆《かんたん》ともドン引きとも取れる声を出すシンであった。

ミリアとチェスターの子供は、二人ともとっくに成人済みの騎士で、しかもマッスルガイである。

明らかにサイズが違う。シンに着せる気満々なのだろう。


その後、錬金術部で豆腐を作ったり、油揚げを作ったり、お稲荷さんを作ったりしたら、あっという間に時間が過ぎていった。

ビャクヤは狐の獣人であるせいか、異様にこだわりを見せて、大豆関係の物ばかり作っていた。

錬金術部は〝美味しいは正義〟の連中ばかりなので、彼らが積極的に煽《あお》ったのもあるかもしれない。

豆腐を作るにしても、この世界ににがりがあるのかとシンは首を捻《ひね》ったが、どうやら海水から作るのだけでなく、謎の粉末でも代用できるようだ。

ビャクヤは「お豆さんさえあれば作れるように、実家から色々持ってきたんや！」と胸を張る。

周りはツッコミを入れずに拍手喝采するあたり、いつもの錬金術部である。

学業優先という考えは、食欲という生物の三大欲求の前に吹っ飛ばされてしまう。

シンも、自分では食べられない和食に、しっかり舌鼓を打っていた。

試験は終わっていることもあり、迫る夏休みに皆が浮かれているのだった。

第二章　夏休みに向けて

シンは寮室で少しずつ掃除と荷造りをしつつ、タニキ村へのお土産を色々考えていた。

菓子類は好評だったので、今回も違う物を購入した。

また、タニキ村では割高になる調味料や香辛料も購入しておく。山村なので、そういう物を手に入れる際は行商頼りになるのだ。

（白マンドレイクや豆も結構お金になったよな。でも、異空間バッグにしこたま残っている）

劣化したら商品価値は下がるし、美味しくなくなってしまう。シンが育てた野菜は美味しいと評判だし、できるだけ良い状態で持って帰りたかった。

そしてシンは、タニキ村でも引き続き調合レシピを色々開発したいと考えていた。

（あ、そうだ。高くて諦めていたガラス器具、買おうかな）

だが、こういった需要が限られている品はどこに売っているのか、シンは知らなかった。

繁華街には、食品・衣類・日用雑貨をはじめ、冒険者御用達のものまで幅広く揃っている。しかし、ティーカップやマグカップはあっても、ビーカーやフラスコなどは見たことがない。

学園は御用達の工房や商店から仕入れているのだろう。

翌日、シンは授業終わりに聞いてみたが、やはり信用ある贔屓《ひいき》の専門店に発注しているとのことだった。基本、教師たちも足りなくなったら、学園の事務方や補助の人に頼むだけであって、詳しくは知らないようだ。

学生窓口で尋ねようにも、試験で赤点を取った生徒の対応や、補講のスケジュール調整、留年の瀬戸際《せとぎわ》のフォローなどに忙しくて、地獄の混み具合である。

たまに、泣き落としの土下座で単位をくれと駄々をこねている上級生を見掛ける。

中には家を勘当されると、成人間近の青少年の本気の駄々を見せつけられることすらあった。女子生徒の場合は比較的静かに訴えるが、基本泣き落としがセオリーである。思い通りにいかないと、後半ヒステリーを起こす。

「いやあああ！　卒業できなかったら、せっかくの婚約もナシになる！　アタクシがお嫁に行き遅れていいというの⁉　人でなし！」

せっかくセットしたであろう髪を振り乱し、貴族令嬢らしき女生徒が窓口のデスクに突っ伏しているが、毎年恒例なのか、窓口の事務員は全く顔色が変わっていない。

温度差が酷い。もはや闇というか、業《ごう》を感じる。

先日は騎士科の生徒が暴れていたが、今日もまた酷い修羅場《しゅらば》と愁嘆場《しゅうたんば》が繰り広げられていた。

シンは十分ほど泣き叫ぶ女子生徒を見ていた。

小耳に挟んだ情報によると、あの女子生徒はかれこれ一時間は粘っているそうだ。

しかも、ヤバそうなのは彼女だけではない。その二人後ろには、先日暴れていた騎士科の生徒がいた。絶対長期戦になるだろう。

高身長ゴリマッチョが「買ってくれなきゃヤダヤダ」と駄々《だだ》をこねる幼児のごとく「単位くれなきゃヤダヤダ」とごねる姿など、シンは見たくなかった。

しかも決めセリフは「お母様《ママン》に言いつけてやる！」だ。見ている方が羞恥心《しゅうちしん》を覚える。

周囲にいた友人らしき男子生徒は、波が引くように距離を取っている。

一向に列が進む気配がないので、その日は学生窓口で聞くのを諦めることにした。

他人の修羅場を目撃し、何かごっそりと減った気分になりながら、シンは窓口を後にしたのだった。

（うん、タイミングが悪かった。窓口で聞くのはやめよう）

結局、調合器具関係は、急ぎではないと後回しにすることにした。

新学期明けでもいいし、別のところから入手してもいいのだ。

◆

気持ちを新たにしたシンは、次にドーベルマン夫妻に面会を申し入れることにした。

いつものように差し入れだけの用事ではないので、先触《さきぶ》れの手紙を出してからの方が良い。

チェスターは辣腕を轟《とどろ》かせる現役宰相だし、宰相夫人のミリアは社交界の華《はな》と呼ばれる貴婦人だ。

すぐに時間をとってもらうのはちょっと難しいかもしれない。

だからといって、いきなり訪ねるなどしては礼を欠くので論外だ。

その日の早朝、シンが門番に面会依頼の手紙を渡すと、お昼には返事が来ていた。

たまたま半日の授業だったので寮に戻ったら、ぴしりと執事服を着こなした老齢の男性が待っていたのには驚いた。

下男などの下っ端《したっぱ》ではなく、わざわざ執事を寄越《よこ》してくれたのだ。

執事の話によると、直近だと今日の夕方以降と、三日後の午前中なら時間があるとのことだった。

「旦那様《だんなさま》も奥様も大変楽しみにしていらっしゃいます。ご都合が悪いのであれば、別の日に改めてという形になりますが……旦那様が忙しく、少し時間が空いてしまうかと」

「ありがとうございます。では今日の夕方お伺《うかが》いいたします」

善は急げと言うし、いつ行くか早めに報告した方がいいだろう。

入学当初から、長期休みにはタニキ村に戻りたいと伝えてはあるが、出立前《しゅったつまえ》に挨拶もしたい。

「それでしたら、ぜひ晩餐《ばんさん》をお召し上がりください。シェフが腕によりをかけて白マンドレイク料理を用意すると張り切っております」

「それはとても楽しみです」

白マンドレイクは普通にスープやサラダにしても美味しいけれど、プロの手によって調理されたものはまた別格だろう。美味しいは正義なのだ。

言葉通り嬉しそうなシンを見て、メッセンジャーの執事も顔を綻ばせた。

こまごまとした用事を済ませると、あっという間に夕方になっていた。

シンは魔馬ジュエルホーンのピコに乗って、ドーベルマン邸に向かう。

まだ陽が落ちるまで時間はあるので、道は明るい。

ピコは軽やかな足並みで、快調に進んでいく。

普段シンは、能力は高いが嫉妬深いところがあるデュラハンギャロップのグラスゴーを主に重用している。だが、今回は危険の多い討伐や狩りに行くわけではないし、街中を静かに移動したい気分だったので、ピコを選んだ。

グラスゴーはずば抜けた体躯《たいく》と威風堂々《いふうどうどう》たる雰囲気《ふんいき》で、街中だと滅茶苦茶目立つのだ。そこにちょこんと小柄なシンが乗っていると、二度見される。

見られるくらいならいいが、中にはグラスゴーを売ってくれと引き留めてくる人もいる。

その点、ピコであればぱっと見は普通の馬サイズだし、時々「きれいな馬だね」と褒められる程度で済む。

今でこそそんな美馬なピコだが、出会った時は酷い有様だった。

額の角は折れて、骨折をしており、体は変な染色をされた挙句、謎の病気や蚤《のみ》、シラミなどの寄生虫にやられて、毛艶《けづや》も最悪だった。

今では艶々の明るい鹿毛《かげ》である。光に当たるとオレンジ色にも輝く。角も伸びたし、骨折も治ったので、健康そのものである。

ピコの良いところは、非常に温厚な性格だ。初めての人でも安全に騎乗できるし、賢い馬でもある。一番懐いているのはシンだが、レニやカミーユ、ビャクヤが乗ってもちゃんと言うことを聞く。

一方グラスゴーは、シンの前では相当かわい子ぶっているが、かなり暴れん坊だ。

シン以外の者が下手に近づけば、「ぉおん？　やんのかオルァ」と、バチバチに殺気を飛ばしてくる。

グラスゴーの性能は素晴らしいが、騎手を極めて選ぶ。その点、ピコは大らかに気持ちよく人を乗せてくれる。

（なんだかんだいっても、二頭持ちだと便利なんだよな。成り行きというか、なし崩しの引き取りだったけど、結果オーライだな）

そんなことを考えている間に、ドーベルマン伯爵邸の門が見えてきた。

門番はシンの姿を認めると、軽く手を挙げる。シンもそれに手を挙げて応えた。

顔馴染《かおなじ》みの中年男性のおじさん門番である。ドーベル伯爵邸は門番だけでも数人いるが、彼は一番ベテランの門番でもある。

ちらりとピコを見て、おじさんが少し首を傾げた。

「今日はあの黒馬じゃないんだな」

「ええ、魔物と戦うわけじゃないですし、この子で十分です」

「あれは良い馬だから、ちょっと期待していたんだが。この子も別嬪《べっぴん》さんだけどな」

「ありがとうございます」

シンは二匹とも可愛がっているので、こうして褒められると素直《すなお》に嬉しい。

グラスゴーのあの堂々たる姿は、勇壮である。力強い足並みや気性の荒さも、軍馬らしくて男のロマンをくすぐる。

ピコも綺麗《きれい》な馬なのだが、女の子が王子様のオプションとして憧《あこが》れる系の美麗《びれい》さである。

どっちも違って、どっちも良い——自慢のウチの子だ。

挨拶もそこそこに、ピコを使用人に預けて屋敷の中に入った。

玄関扉を開けると、使用人が左右にずらりと並んでいた。軽く引くくらい、豪勢なお出迎えである。洗練された所作で一斉に頭を下げる姿は壮観だった。

一流の家には、一流の使用人がいるというのを体現していた。

その一番奥に、チェスターとミリアがおり、ゆったりとした足取りでシンの方へ近づいてくる。

シンは少し緊張したが、二人が割とラフな服装なので安堵《あんど》する。

チェスターはカッターシャツに薄茶色のベストと揃いのトラウザーズ。ベストには光沢のある黒い糸でアカンサスの刺繍《ししゅう》が脇に施されているのが洒落《しゃれ》ている。

ミリアは涼《すず》しげな青色のエンパイアドレスだった。艶やかな光沢の布地や、たっぷりとしたドレープのデザインは美しいが、宝石はついていないし、金糸銀糸で刺繍を施してはいない。装飾品もシンプルなものである。

割とラフといっても、平民視点では十分ゴージャスだ。だが、シンは一時期ドーベルマン邸に滞在した時に、色々な装いの二人の姿を見ているため、このスタイルはかなりラフな部類だとわかる。

これでばっちり盛装だったら、回れ右をしたくなるところだった。小市民は貴族仕様をいっぱい見せつけられると、場違いに感じて無性に逃げ出したくなるのだ。

シンがぺこりと頭を下げて挨拶をするより早く、スカートを軽く摘《つ》まんで、ミリアが小走りにやってきた。

「いらっしゃい、シン君。久しぶりね！　ちょっと日に焼けた？　それに大きくなったかしら？　子供の成長って早いから、少し目を離すとあっという間に変わっちゃうのよねー」

少女のような無邪気さで、矢継ぎ早に言葉がポンポン飛んでくる。シンの訪問を喜んでいるのが、弾んだ声と笑みでわかる。彼女は手を伸ばし、シンをハグする。

愛する妻が楽しそうで、チェスターもうんうんと頷いて満足げだ。

「外で動くことが多いので、日焼けはしているかもしれませんね。身長はまだ測っていませんけど、伸びていたら嬉しいです」

とりあえず、シンが目指すのは脱百五十センチ台である。少なくとも、抱きしめやすいサイズとばかりに、ミリアにぎゅうぎゅうされるのは、卒業したい。

「シン君ったら、お手紙や化粧水《けしょうすい》や美容液はまめに届けるのに、本人はなかなか顔を出さないいんですもの」

「顔、出していましたよ？」

「たまにでしょう？　同じ王都にいるっていうのに！」

可愛らしく怒るミリアだが、ちょっと拗《す》ねているという感じで、迫力はほとんどない。少し言っておきたいだけなのだろう。

だが、シンが直接顔を出しても、ミリアやチェスターがいない日だって多い。わざわざ二人の日程を割いてもらうほどの用事でもなかったので、自然と顔を見せる機会が少なくなっていたのだ。

それに、シンが学園に入学したのは春。貴族の社交も始まる時期であり、都合が合わないことが多かった。

この世界の学校は、欧米式に夏から秋あたりが入学シーズンではなく、日本式の春スタートだ。

これは、もしかしたら異世界人が関係しているのかもしれない。

(ビャクヤとかカミーユもそうだけど、日本から召喚された人が多いのかな？)

真田《サナダ》・日本《ヒノモト》・白夜《ビャクヤ》――この漢字が正解かはわからないが、明らかにシンの故郷である日本を思い出させる名前だ。

狐の獣人のビャクヤがお揚げ系に執着する辺りにも、日本と同系統のセンスを感じる。

この世界のベースは中世～近代ヨーロッパあたりに見えるし、メジャーな名前も欧米系に近い。

もし、そちらの文化圏の地球人がこっちに来ても、彼らの名前は埋没するだろう。

シンが思考に没頭しかけた時、ミリアの声が降ってきた。

「どうしたの？　シン君？」

「あ。はい！　ちょっと考え事を！」

「そう？　あ、もしかして、好きな子ができた？　青春ねー」

きゃっきゃとミリアは一人で盛り上がる。

だが、シンの目は熱もなければ動揺もない。虚《うつ》ろだった。

「スキナコ」

何か理解しがたい宇宙語で話しかけられたように、シンがハニワになる。

シンの脳裏に、玉《たま》の輿《こし》を夢見まくって仕出かしたゲロゲリテロリストのタバサや、レニの気を引きたくて盛大な自爆テロをかましたシフルトの姿が過る。

タニキ村で好き放題やったキカたちもそうだったが、シンの周囲で起きた惚《ほ》れた腫《は》れたの出来事は、大抵ろくでもなかった。

そのせいで、シンとレニはそういった関連の話題に非常に淡白《たんぱく》だった。

現在は色気より食い気で、勉強に忙しい学生業である。

期待したミリアと、げんなりしたシンの温度差に気づいたチェスターは、こほんと咳払いして話題を変える。

「晩餐の用意はできている。まあ、晩餐といっても、テーブルマナーは気にせず、シェフ自慢の料理を味わいながら、団欒《だんらん》を楽しんでくれ。積もる話だってあるだろうから、そこでゆっくりすればいいだろう？」

ドーベルマン家の料理が美味しいことは、シンもよくわかっている。

ここに滞在していた時はいつも楽しみで、ついつい食べすぎてしまうくらいだった。

「そうね！　あ、そうだわ、シン君は先にお着替えよ！　似合いそうなものを、仕立ててみたのよ」

「え？　ええ？」

そういえば、ミリアが人を呼んで、色々と仕立てていたと、レニが言っていた。

チェスターはシンに悪いという気持ちはあったものの、「これも人生経験と思って」と、ミリアを止めはしなかった。

シンはあれよあれよという間にメイドたちに囲まれて、衣装替えをすることになった。

ミリアが用意したのは、柔らかな白絹の半袖のフリルシャツに、空色のベスト、シルバーグレイの膝丈パンツ。黒のソックスはソックスガーターで吊り、ぴかぴかの新品の靴はモノクロのサドルシューズだった。

フリルシャツはタイの部分に、カメオのブローチがついている。それを触りながら、手の平に収まるこれ一つでいくらかと聞くのすら、シンには怖かった。

髪は簡単に梳《くしけず》られ、少し撫《な》でつける程度だったが、顔に色々塗られた。恐らく化粧品の類《たぐい》だろう。化粧ついでにシンのほっぺたをもいもいと力強く触ってくるメイドも何人かいた。若い肌が羨《うらや》ましいらしい。シンは化粧水や美容液のパッチテストを自分の肌でやっているので、自然とぷるぷる艶々のもち肌になっている。そのせいか、美にシビアな一部の者に火をつけてしまったようだった。

カジュアルさは残っているが、すっかりおめかしスタイルになったシンに、ミリアはご満悦だ。

「シン君はいい子ね。ソックスガーターをつけさせても、うちの子みたいに振り回して遊んで壊さないし、邪魔くさいって投げ捨てないもの」

ミリアは思わずと言ったようにこぼす。

またポロリとまろび出る、ドーベルマン夫妻のご子息たちのやんちゃ伝説。

止めるどころか、周囲のメイドたちはウンウンと深く頷く。彼女たちもそのアクティブさに散々苦労させられた口なのだろう。

「坊ちゃまたちは靴も飛ばし合いっこして、すぐに庭に落としていましたからね」

「お庭ならまだいいですけど、池に落ちたり、木に引っかかったりすると、取るのが大変でしたよね」

「一回、暖炉の煙突の中に落ちて、新品の靴が即日おじゃんになったことがありましたよね」

遠い目になる女性陣。未だに〝良い思い出〟にはなっていないようだった。

とてもじゃないけれど、シンにはそんな真似はできない。主に値段とかを気にして、絶対に踏み留まるだろう。

(馬子《まご》にも衣裳？　やっぱり着慣れないな)

シンは真っ白なシャツの襟《えり》を少し引っ張る。季節柄もあってジャケットやコートがないだけ身軽だったが、やはり違和感がつきまとう。

学園の制服もフォーマルに該当するが、着慣れたそれとはまた違ったものだ。

そんなシンの様子に苦笑したミリアは、案内をしながら話しだす。

「あのね、シン君。これらは少し改まった席に行くことも増えるかもしれない。場所もそうだけれど、服もそう」

「……ミリア様」

ミリアの優しい声音《こわね》で、少しだけ気分が上がったが、それは一瞬にして打ちのめされる。

「というより、王宮魔術師や神殿がティンパイン王国の久々の公式神子様の出現に、かなり沸き立っているの。お披露目《ひろめ》の時は、内輪であってもロイヤルウェディング並みに豪華絢爛《ごうかけんらん》な衣装を用意する可能性があるわ。さすがにコルセットやクリノリンはないでしょうけれど、長裾は覚悟して。盛装と言えば、グラディウス陛下とマリアベル王妃殿下の結婚式なんて、ドレスの後ろの裾は三メートルだけど、ヴェールは十メートル近いロングトレーンデザインだったわ」

シンの脳裏に、かつての同僚の結婚式がダイジェストで流れた。

セレモニー用の瀟洒《しょうしゃ》なチャペルで見た、真っ白で美しいが間違いなく動きを阻害しそうな長いヴェールやドレスの裾。

女性は憧れると惚れ惚れしていたが、男のシンはちっとも憧れるはずもなく、動きにくいし、鬱《うっ》陶《とう》しそうだとしか思わない。

だが、神子として公《おおやけ》の場に立つ際は顔を出したくないので、顔布や頭からすっぽりかぶるヴェールは必須である。

小柄な姿を少しでも威厳《いげん》がありそうに見せるために、服装で盛る可能性は十分あった。

シンは青い顔でぶんぶんと首を横に振るが、諦めろと言わんばかりに肩を叩かれた。

前にも神子様仕様になったことはあるが、あれとは比較にならないほど飾り立てられる可能性が出てくる。

そういえば、『天狼祭《てんろうさい》』だけは欠席不可と念を押されていた。

天狼祭はティンパイン王国で一番のお祭りである。国の威信をかけて盛り上げていく。

祭りを楽しみに国内外から王都に人が集まるため、その盛況ぶりは毎年凄《すさ》まじい。

シンも神子として唯一といえる露出なのだから、きっとここぞとばかりに周りが気合を入れるはずだ。

軽くて薄い素材でできているヴェールくらいならまだいいが、もしベルベットのマントなんて身につけることになったら地獄だ。重さはもちろんのこと、引きずった時の摩擦《まさつ》がすごいと聞いたことがある。

想像だけで萎《な》える。途端に目が虚ろになった。

「あー、えーあー、ハイ……ワカッテイマス」

歯切れの悪いシンだった。全く乗り気でない。

スポットライトに当てられることが大好きな人種は一定数存在するが、それと同じくらいか、あるいはそれ以上に注目を浴びたくない人種も存在する。シンは後者だった。

正直、神子という自覚も薄いし、周りが自由にさせてくれていたので、すっかり自分の立場を忘れていた。

冴《さ》えないシンの表情から心情を察したのか、ミリアは頬に手を当てて、可憐《かれん》に小首を傾げた。

「シン君は王都育ちではないからあまり知らないでしょうけど、大事なお祭りなのよ？」

仕方ないと言わんばかりにミリアが笑う。

そんな雑談をしている間に移動も終わり、ダイニングホールのある部屋に辿《たど》り着いた。

先に待っていたチェスターは、妻の手を取って食卓の席までの短いエスコートをする。シンも従僕に席へと案内された。

晩餐は和《なご》やかに進んだ。

最初に言っていた通り、ガチガチなテーブルマナーではないので、シンもリラックスして食事を楽しめた。

だが、真っ白なクロスの上に並ぶ磨き抜かれたカトラリーや、繊細《せんさい》な絵の描かれた食器類は、普段シンの使う物とは大きく違う。こちらの世界は電気が通っていないが、魔石のシャンデリアが煌々《こうこう》と部屋を照らしているので、明かりが足りないとは思わなかった。

全体的に派手すぎず、地味すぎずの絶妙なラインで、実に良い仕事をしていた。

ドーベルマン伯爵邸のシェフは相変わらず腕が良く、シンは美味しい料理に舌鼓《したつづみ》を打つ。

一見大根にしか見えない白マンドレイクが、色とりどりのベビーリーフやクルトンと和《あ》えられている。白いポタージュスープにも白マンドレイクが使われており、あっさりとしていると思ったら、ミルクの中に僅《わず》かにチーズの風味がして、意外と濃厚で美味しい。

スープと一緒に運ばれてきた三種のパンは、シンの好きな胡桃《くるみ》入りの丸いテーブルロールと、ふわふわした柔らかいバターロール、バターの香るサックサクのミニクロワッサンだ。

(あ、このパン好きなんだよな。もしかして、こちらでお世話になっていた時の好物を覚えていてくれたのかな)

その後には、子供の拳《こぶし》くらいある肉厚な貝柱のソテー。それだけでも美味しいが、緑色のソースをつけると、さらに美味しい。数種類の香草をブレンドしたソースは、やや酸味があるものの、コクのあるバターとよく合うのだ。

多くは語らないが、普段はドライなシンがわかりやすく顔を綻ばせているのを見て、チェスターとミリアもそっと目配《めくば》せして微笑む。

続いて運ばれてきたのは、レモンの氷菓子。口直し用なので甘味は少なめだが、口の中がサッパリする。甘さを足すシロップや蜂蜜《はちみつ》はあったが、シンはそのまま頂いた。

ここで、本日の功労者のシェフがやってくる。一緒に運んできたのは、ででんと赤く大きな肉塊だった。

「お次はメインディッシュの、クリムゾンブルのステーキでございます。焼き加減はいかがいたしましょう？」

シンはレアもミディアムもウェルダンも好きだった。みんな違ってみんな良い。

若い肉体は今宵《こよい》だけでなく、いつでもお肉を欲している。何せ、育ち盛りである。

チェスターは「ウェルダンで」と迷わず頼み、次にミリアが「レアで」と頼む。

シンが一人悩んでいる姿を見て、チェスターは微笑ましそうに目を細めた。

(うちの馬鹿息子だと、焼き加減じゃなくて量で喧嘩《けんか》するからなー)

お馬鹿な割には高級肉には目敏《めざと》い息子たちは、シェフが焼き加減を聞く傍から、カトラリーで焼く前の肉を狙いはじめる。そしてすぐさま場外乱闘コースで、チェスターの雷が落ちるのだ。ミリアの猛吹雪《もうふぶき》の時もある。

シンが甲乙《こうおつ》つけがたいとうんうん悩む姿を眺《なが》めながら「うちの子にしたいなー」と、こっそり思うチェスターだった。それを言葉や行動にすればアウトだが、内心に秘めるだけなら自由だ。

とはいえ、現在ティンパインでも唯一の公式神子様であるシンの身柄は、嫌でも政治的思惑《おもわく》が絡み合う。

後見人の話でも、悶着《もんちゃく》が起こったのだ。

だが、シンの警戒心の強さと聡明さを考え、顔見知りであるチェスターと、上手く空気を読みつつ相手ができるミリアがいる点が評価され、ドーベルマン家が後見人に選ばれた。

もしこれが正式に引き取るとなると、もっと周りが荒れるだろう。

とりあえず、今は頼りになる大人ポジションで満足しておく。チェスターは、悩めるシンに助言をした。

「シン君、とりあえず一通り、少しずつ頼んでみてはどうかな？　追加で焼くこともできるから」

「いいんですか？」

「もちろん」

「では、それでお願いします」

そう言ってキラキラと目を輝かせるシンの姿を見ると、チェスターとしても色々と用意した甲斐《かい》があったというものだ。

（大人びていると思ったけれど、こうしてみるとやはり年相応だな）

実に心が和む姿である。

焼けた肉を受け取ったシンは嬉しそうだ。

だが、さらに岩塩、レモン、三種のソースと実に悩ましい選択を迫られて、また硬直していた。

ずっと悩めば肉が冷めるが、一通り試すには一度焼いた分だけのステーキでは足りない。

小分けにするにはもったいない。ある程度は質量たっぷりの肉を頬張りたい。

そんなシンの葛藤《かっとう》に気づいたのか、デキるシェフは素知らぬ顔をして追加で焼いた肉をシンの皿に置く。

じっくり観察されているとは知らず、シンは「おにくおいしい」としか言わない生き物になっていた。幸せな美味しさに思考が溶けていたのだった。

ドーベルマン夫妻だけでなく、シェフや給仕たちにまでほっこりとした視線で見つめられていることに気づかないほど、シンはお肉様に魅了《みりょう》されていた。

クリムゾンブルは野牛だけれど、肉に癖はない。肉の見た目がやたら赤い以外は、霜降《しもふ》りの中の霜降りである。シンは食べたことはないが、シャトーブリアンというのはこういう味なのだろうと思わせる、抜群の旨味があった。

脂《あぶら》も肉も肉汁も全てが美味しい。噛《か》み締めるほど柔らかさと、ほどよい弾力がたまらない。

ハムスターがヒマワリの種を頬袋に入れるかのように、シンのほっぺたはパンパンになっている。入れば入るだけ幸せだった。

さらに焼き加減、ソースによって、美味しさの千変万化《せんぺんばんか》が起こる。

クリムゾンブル自体はシンも前に食べたことがあるが、このステーキの美味しさは別格だった。

舌鼓のドラムロールが激しいビートで刻まれている。某太鼓のゲームであれば「連打～～～！」

とシャウトが出ること間違いなしだ。

シンが美味しさの余韻《よいん》でほわほわしていると、気づけばデザートに移り変わっていた。

デザートは綺麗な焼き色が付いたオレンジグラタンだった。火を通したことにより、さらに甘く濃厚になったオレンジと、コクのあるクリームチーズと酸味のあるサワークリームがよく合う。アクセントとして爽《さわ》やかなベリーソースがかかっていて、舌を飽きさせない。

食後の飲み物に紅茶かコーヒーをと聞かれたので、シンはコーヒーを選んだ。

この辺りだと茶類は紅茶やハーブティーはよくあるが、コーヒーはあまり見ない。国内生産ができないか、少ないのだろうか。だから高級な嗜好品《しこうひん》なのかもしれない。

そう考えつつも、コーヒーを久々に飲みたい気分だったのだ。

ミルクと砂糖は自分の好みで入れるようだ。洒落た白磁《はくじ》のミニティーポットと、揃いのシュガーポットが置かれる。

チェスターはコーヒーを頼み、ミリアは紅茶を頼んでいた。

久々のコーヒーは独特の苦みと、フルーティーな香りを感じた。酸味や苦みは少なめで、飲みやすい。

とはいっても、やはり味覚も外見の年齢に引っ張られて変化しているのか、今のシンにはブラックだとずっと飲み続けるのが辛い。二口目からはミルクと砂糖を足す。そうすると、ぐっと飲みやすくなる。

（やはり美味しいは正義……！）

美味しさの幸福感に、色々と細かいことやら面倒くさいことやらが吹き飛ぶ。ついでに、帰省の話をするのもすっかり頭から抜け落ちていた。

すっかりシンの気分が解《ほぐ》れているのを見計らい、チェスターが先に口を開く。

「そういえばシン君、覚えているかい？　ティルレイン殿下の件のお礼に何が欲しいかと聞いた時、『麺《めん》つゆ』が欲しいと言っていただろう」

そんなこともあった気がすると、シンはこっくりと頷く。

「手に入ったよ。麺つゆ」

その言葉を合図に、老執事がスッとチェスターの隣に立つ。

白い手袋をはめた手には高級ワインが似合いそうだが、そこにはラベルの付いていない一升瓶《いっしょうびん》があった。

老執事は驚くほど静かに、流れるようにシンの隣に移動し、一礼をして瓶を差し出した。

魚醤《ぎょしょう》は町で見かけたので、もしかしたらと期待していたが、本当に手に入るとは。

シンは驚きながらも瓶を受け取る。

ずっしりとした重みと、瓶の冷たい感触。

シンは「ほぁあ」と溜息とも感嘆とも取れない声を漏らす。

麺つゆ――これがあれば、煮物も汁物も、作れる料理の幅が広がる。和食系のモノがぐっと作りやすくなる。この季節だと冷製の麺類も良い。

（素麺《そうめん》は作れないけど、うどんならギリギリいけるか？）

蕎麦《そば》は蕎麦の実を入手するところからだが、小麦は入手しやすい穀物だ。

夏休みにやりたいことが増えた。

うどん職人になるのだ。この麺つゆで、ざるうどんを飽きるほど食べたい。

シンはマタタビを与えられた猫のように、麺つゆの瓶に頬をすりすりしている。

ビャクヤのおかげで和食にありつける機会があったが、それでもまだまだ故郷の味が恋しい。

シンは野営料理はできても、繊細な和食はあまり作れなかった。そもそも身近に醤油《しょうゆ》やみりんがなかったので、土台難しかった。しかしこの麺つゆがあれば、大体は解決できる。

思った以上の反応の良さに、チェスターとミリアが顔を見合わせていた。

しかし、二人は一瞬だけ緊張のあるアイコンタクトをして、頷き合う。

「シン君——君は異世界人だね？　もしくは、転生者か、それに近い子孫だろう」

チェスターの言葉に、シンの表情が一気に引き締まる。

引き絞られるような警戒と緊張感を持った双眸《そうぼう》が、静かに向けられる。先ほどとは打って変わって、警戒心を露《あら》わに、チェスターたちを見ている。

それを正面から受け止めたチェスターは、さらに踏み込む。

「まずは言っておこう。君の待遇が変わることはない。そもそも、我が国はシン君以外にも異世界関係者を保護した過去がある。それは、他国も同様だ——テイランは無辜《むこ》の異世界人を召喚しては、戦争に巻き込んでいる。そして、不信感を持った異世界人や、自分たちにとって有用でない異世界人は、ちゃんとした支援もせず捨てているのは、こちらも知っている。君はその口だね？」

確認ではあるが、確信を持っている気配がした。

シンはじっとチェスターを見る。嘘《うそ》や謀《はかりごと》ではないか、信用に足るかを吟味《ぎんみ》しているようだった。

シンは勇者ではなく、特別な称号やスキルもなかったので、すぐテイランから捨てられた。

こちらの常識も土地勘も人脈もないのに、小金程度しか持たされなかった。あれだけでは、ひと月生きられるか微妙なものだ。

「そもそも、我が国の『聖女』は、もともとはテイランから捨てられ、逃れてきた異世界人だ。その麺つゆは、聖女様お手製だよ」

チェスターのまさかの情報に、シンは目を真ん丸にした。

「えっ！　聖女様、異世界人――っていうか、日本人なんですか⁉」

「ああ、確かニホン、もしくはニッポンのサイタマ出身と言っていたな。ダサイタマと言ったら聖女ビンタが飛ぶから、絶対口にしないように」

シンがびっくりしていると、チェスターが更なる情報をくれた。

懐かしい地名には覚えがある。思いっきり同郷――間違いなく日本人だ。ちなみに、シンは田舎《いなか》と都会の中間あたりの東京出身だった。東京といっても、全部が全部、商業施設やビルの林立した地域ではない。

それはともかく、チェスターの言うことが事実なら、この麺つゆの出どころにも納得だ。

同郷なら、材料さえわかれば作れる人がいてもおかしくない。

「シン君、本当よ。実際言ったことあるトラッドラの賢者様が、壁にめり込んだもの」

ミリアの一言により、シンの頭に〝聖女様＝物理攻撃型〟とインプットされた。

とってもアグレッシブかつ、パワフルな女性のようだ。男性の影も踏まない大和撫子《やまとなでしこ》というより、生活力溢れる肝《きも》っ玉《たま》母ちゃんというイメージができた。

そんな聖女お手製の麺つゆ。味はまだわからないが、仄《ほの》かに醤油の匂いがするから、シンが知っている麺つゆと大きく違うものではないはずだ。

「トラッドラにも異世界人がいるんですか？」

シンの質問に、チェスターが答える。

「トラッドラの方が多いな。あそこはテイランと隣接している。あの国から処分を逃れて亡命してきた異世界人もいる」

シンはテイランでの出来事を思い出す。

一度に大量に召喚された異世界人に、その振り分けに手慣れていたテイラン王国の人々。

シンは運よくと言っていいのか、すぐに役立たずとみなされて放棄されたが、ある程度利用されてからテイランの異常性に気づいて、逃げた人だっているはずだ。

急いでいれば、シンのように時間をかけて移動なんてできないだろうから、隙を見て隣国に飛びついて、保護を願ってもおかしくない。

そう考えるなら、チェスターの言っていることはおかしくない。

「しかし、我々は君が間者《かんじゃ》だと疑っているわけでも、異世界人だからと疎《うと》んでいるわけではない。これだけ貴重な加護を幾重《いくえ》にも持っている君を、あの強欲なテイランが何故野放しにしたかが疑問なのだ。現状を鑑《かんが》みれば、テイランは何がなんでも君を探し出し、引きずってでもかどわかしてでも連れていこうとするはずだ。テイランは今まで、戦神バロスに関わるもの以外は軽んじていたのだが、近頃は小さな加護持ちですらかき集めているそうだ。ちなみに、大雪の次は大干ばつらしい」

現在、テイランは極寒から猛暑へと、地獄のタイプがシフトしつつあるらしい。

シンの脳裏で、麗《うるわ》しき美と春の女神が嫣然《えんぜん》と微笑む。まだまだ許す気はないようだ。

静かにシンを見つめるチェスターに、責めるような鋭さはない。むしろ、心配しているとすら感じられた。黙って座るミリアはもっとその色が濃い。

全部が全部、言葉の額面通りに受け取るほどシンは素直な性格ではない。でも、全てが嘘だと疑うほど、彼らを疑ってもいなかった。

シンは無意識に緊張で唾《つば》を呑み込み、中身がなくなったカップの底を見つめる。

どこから話すべきだろうかと逡巡《しゅんじゅん》したが、順を追って話すことにした。

「……そうです、僕は異世界人です。恐らくですが、もっとも直近に行われた召喚により、こちらの世界に来ました」

「やはりそうか……こんな子供まで」

チェスターは唸るように小さく、苛立《いらだ》ちの混じった声で言う。

中身アラサーのシンは、一瞬だけ頭に疑問符が飛び交う。

シンの外見は十三歳。だが、日本人というか、アジア人というか、民族傾向的に童顔・小柄・大人しそうという、幼気《いたいけ》かつ健気《けなげ》にも見えなくもないコンボが決まっている。

初めて会う人にはほぼ実年齢より下に見られる。

しかもチェスターの子供たちは大いに体格に恵まれている上、元気さが弾けすぎて爆発事故を起こした脳筋《のうきん》である。

ウホウホしたゴリラの後でちんまりしたハムスターを見れば「何この小さい生き物」となる。

結果、様々な理由が重なって、シンはドーベルマン夫妻にとって圧倒的な庇護対象《ひごたいしょう》だった。

シビアなチェスターが、シンに対してやたら甘いのは、日頃の行いだけでなく、この外見が大いに作用していたのだ。

空気の読めるシンは、チェスターが疑いなく不憫《ふびん》そうに見ているのを察知した。

（フォルミアルカ様、ファインプレー！）

心の中でだけガッツポーズをとる。

ミスで——正確に言えば、社畜生活による魂《たましい》の摩耗やらメンタルの疲弊《ひへい》を癒《いや》すために——子供になっていたせいで面倒なこともあったが、今ここではかつてないラッキーな展開になっている。

二人の子供を持つチェスターは、自分の子供たちより小さく幼いシンが強欲の権化《ごんげ》のようなテイランの所業に巻き込まれたことが許せないのだ。

チェスターの中では、シンは文句なしの〝良い子〟であり、守るべき末子である。

だが、「それよりも」と、チェスターは気を取り直してまたシンに向き直る。

「だが、君の加護の強さを考えれば野放しにしないと思うのだが……」

「あ、加護は召喚された時にはなかったんです。テイランから出てティンパインに来て、しばらく経ってから色々増えていたことに気づいて……」

幼女主神の相談役になったり、隠れていた麗しい女神にアドバイスしたりしていたら、いつの間にか加護が増えていた。

正直言って、その頃は忙しく、ろくに確認せずにずっと放置していた。

シン本人でさえ、自分の加護やスキルがどうなっているか認知していない。

「なるほど、だから見逃されたのだな」

チェスターは納得したようだ。出国の経緯とかを突っ込まれるかと思いきや、その返答は意外とあっさりしていた。

異世界人は加護やスキルが、現地人より得やすいのだろうか。

「はい、多分そうかと。テイランは勇者が欲しかったみたいで、僕が勇者じゃないどころか、まともに使える見込みもなさそうだと思ったみたいで、即日で城から追い出されました」

おかげですぐにのびのびと自由生活ができたが、同時に最初はかなり不安だった。

テイランに対する疑惑や不信感が大きく、準備ができ次第、シンはすぐに国を出た。

シンの言葉に頷きつつ、チェスターは苦々《にがにが》しく呟く。

「となると……テイランは勇者を隠し持っている可能性があるのか」

「あ、勇者はお亡くなりになっています。召喚魔法？　召喚術？　とりあえずそのやり方が雑で、こちらに来る過程で挽《ひ》き肉《にく》になってしまっていたので」

挽き肉というパワーワードに呆然《ぼうぜん》として、スペースキャットならぬスペースチェスターになった。

シンの記憶では、勇者は間違いなく死んでいた。グロテスクな意味でR指定される、モザイク必須な、原形を留めていない何かになっていた。あれで生きているはずがない。

「……ソウカ」

「そうです」

脅威《きょうい》が消えたことはありがたいが、無辜の異世界人が一人、凄惨《せいさん》な死を迎えたと知って、チェスターはなんとも言い難い顔になった。

もしかしたら勇者という称号を持つ人間は、この世界では突出した戦力として以外にも、何か特別な意味があるのかもしれない。

だが、シンには興味がなかった。俺TUEEEEとは、精神的にも物理的にも広めのソーシャルディスタンスを取りたいと思っている。

「……家に、元の世界に帰りたいかい？」

「イヤです。来たばかりの頃はともかく、今考えれば劣悪ブラック極まりない労働環境でしたし、過労死するのが目に見えています」

運が良かったのが、この世界で暮らすにあたってネックになりそうな衛生面や食事事情が、魔法やファンタジー的な要素により、なんとかなったことだ。

前の世界は便利といえば便利だったが、ストレス社会だった。

ブラック企業に就職してしまったが運の尽き。多忙を極め、家族や友人とも疎遠《そえん》になっていた。

それにフォルミアルカが言うには、あちらの世界では、シンはもう死んでいるらしいので、戻るに戻れない。

シンのはっきりした答えを聞いてこっそり安堵した宰相夫妻は、静かに溜息をつく。

子供から過労死なんてパワーワードが出ていたのだが、ホームシックにかかっていないことに安心して、二人は気がつかなかった。たとえ気づいたとしても、子供が労働に従事する必要がある環境に、同情が増すだけだろう。

こちらの世界では、子供が口減らしや奉公《ほうこう》に出されるのは珍しくないのだ。

「こちらを気に入ってくれていたなら、嬉しいことだ。学園の夏休みはタニキ村に戻るのかな？」

「あ。はい！」

シンが言い出す前に、チェスターから話題を振ってくれた。

眼鏡《めがね》の奥の目を緩やかに細めるチェスター。シンを見る視線は、完全に保護者のそれであった。

「そうか。ならゆっくり楽しみなさい。多分ウチの馬鹿犬殿下もついてくるけれど、そこそこにあしらってしまっていいから」

「あー。やっぱり来るんですか？」

ティルレインはシンにご執心《しゅうしん》である。シンにいくらドライな反応をされても、友だと言い続ける、ある意味ナイロンザイルのように丈夫な精神である。

「野放しにするよりマシだ。あれでも、我が国の第三王子で、加護持ちなのだから」

「社交とか、婚約者様は大丈夫なのでしょうか？」

「今回は画材の用意に力を入れているようだから、ある意味趣味を兼ねた公務と言えるがな。殿下の絵は国際的にも人気なんだ」

確かに上手だったが、そんなレベルの技術だったとは……と、シンはびっくりしてしまう。芸術に造詣《ぞうけい》が深いわけではないので、シンにはシビアな良《よ》し悪《あ》しはわからない。とはいえ、外国でも欲しがる人が多くいるのは、凄いことである。

周囲からバカバカ言われるくらい残念王子だが、これは素直に凄い。

「あと、ご婚約者であるホワイトテリア公爵令嬢本人が〝社交にあの馬鹿は邪魔だ〟と仰《おお》せになっている。あんな騒動《そうどう》があったにもかかわらず、引き続きあの殿下を引き取ってもらっている負い目もあって、誰もそれに対して意見できるはずもなくてな……」

「うわあ、バッサリ切ってるぅ」

チェスターの説明を聞き、思わずシンの本音《ほんね》がまろび出た。

だが、ハイソな情報戦や、権力闘争による権謀術数《けんぼうじゅっすう》が跋扈《ばっこ》する中を、あの王子が華麗《かれい》に掻《か》い潜《くぐ》るなんて、想像できない。ヴィクトリアの意見ももっともだ。

ティルレインは良くも悪くも朗《ほが》らかで、大らかなのだ。

チェスターもミリアも、生温い目である。

ティルレインは悪人ではないのだが、向き不向きがあるというものだ。

申し訳ないような、残念なような、不憫なような——なんとも形容しがたい複雑な感情が湧き出る三人。

とりあえず、気を取り直して、話を続ける。

「夏休みが終わったら、天狼祭に向けて神子としての振る舞いをみっちり叩き込むことになる。その詰め込み具合によっては、学園を休む必要もあるだろう。それについては学園の授業も公欠になるように手を回す。単位が取得できるように、課題提出などで対応してもらうことになる」

チェスターの言葉に、シンは露骨《ろこつ》にテンションを下げる。

単位が取れるのはありがたいが、特権階級の礼儀作法をみっちり仕込まれるのは大変そうだ。

「やるんですか……」

しょんぼりなシンに、ミリアが追撃してくる。

大事なことなのだからと、改めて念を押してくる。

「やるのよ。シン君の正体をきっちり隠すために、普段とは歩き方や所作から変えてもらうことになるわ。というより、長い裾を捌くために歩き方は自然と変わるわ。忙しくなるから、帰省はその分しっかり羽を伸ばしてらっしゃい」

「了解です……」

夏休みを全部潰さないだけ、良心的な配慮なのだろう。シンを思っての短期決戦なのだ。

信用してタニキ村への帰還も許されている。

国の立場からすれば、今すぐにでも神子用の神殿に迎え入れたいはずだ。

しょぼしょぼした締まりのないシンの返答に、ミリアは頬に手を置いて、小首を傾げる。

シンの手製の化粧水のおかげか、以前にも増して艶と張りのある肌。美貌が一層に増し、若々しさに磨きをかけている。そのせいか、少女めいた仕草も不思議なくらい似合う。

「この時期の子供は成長期が来て、いきなり身長が伸びる子だっているから、衣装の採寸も改めてやるわ。大体はできているけど、最後の詰めがあるから」

全然気が乗らないシンだったが、ミリアの言葉に頷く。

豪奢な衣装は重いし暑い。着替えるだけだと甘く見るのはいけない。マネキン役も辛いのだ。

シンはいまいちピンときていないが、チェスターやミリアの目にはやる気が満ちている。絵面《えづら》が完全に〝授業参観で生徒本人より保護者の方が張り切っている〟というやつだ。

その日は、シンはドーベルマン邸に一泊した。そして、翌朝にピコで登校するのだった。

◆

ドーベルマン家での報告が無事終わり、一段落した。

シンたちが学園の温室で、いつも通り草むしりや水やりをしていると、真っ青な顔をしたカミーユが飛び込んできた。

手に白い紙片――というより便箋《びんせん》を持っている。

シンと目が合うと、なんとも情けないしわくちゃ顔をして、手をワタワタと動かしている。必死に何かを喋《しゃべ》ろうとしているのだが、声にならない喘《あえ》ぎが漏れている。

シンは魔法でざっと服や手を綺麗に洗浄し、もぎたての真っ赤な大玉トマトをカミーユの口に押し込む。

「なんかあったの？」

シンの問いに頷くカミーユ。口はもぐもぐとトマトを咀嚼《そしゃく》しているが、そっちに意識が逸《そ》れて、多少落ち着きを取り戻したようだ。

「その手紙が関係ある？　読んでいいもの？」

こくこくと頷くカミーユが、さっと手紙を差し出すので、シンはそれを受け取った。

カミーユは空いた両手で口元を押さえ、トマトの汁が溢れ出ないようにしている。

その間にシンが手紙に目を通していると、慌ただしい雰囲気に気づいたレニがやってくる。ビャクヤも豆の入ったザルから顔を上げ、なんだなんだと近づいてきた。

手紙の内容を要約すればこうだ。

そっちに行くから、歓迎の用意をしておけ——である。

先日の様子だと、カミーユは断るような雰囲気であった。それから間を置かずに着いた手紙の内容が、なんとも横柄《おうへい》な指示である。

「イヤでござる……あの父上や兄上たちを養《やしな》う気もなければ、置く場所もないでござる」

カミーユは真っ青な顔で呟いた。

彼は寮暮らしだし、母親も気ままな一人暮らし中だ。

そもそも学生寮は夏休み中、閉鎖《へいさ》するところが多い。カミーユの寮もそうだった。

「母上はとりあえず今の貸家を出て、囮工作《おとりこうさく》と陽動をしてくれるそうでござるが……某は伝手もなければ家を借りるお金もないでござる」

その言葉を聞き、ビャクヤが目じりを吊り上げた。

「おい、カミーユ。シン君から結構バイト料貰ってたやろ」

「母上に持たせたでござる。女人の一人旅は危険がつきものでござるし、事を成すには先立つモノが必要でござろう」

金欠の理由は意外とまともだった。

カミーユは母一人、子一人で異国へ来た。貴族夫人の身分を捨ててともにテイランから逃げてくれた母を思い、少しでも今後に役立てばと、手持ちの資金の大半を握らせたのだ。

その上、彼は後期の授業料で手持ちの大半を使ってしまった。

騎士科は貴族科よりは授業料が安いが、普通科に比べるとかなり高い。おまけに遠征費、騎獣の維持費やレンタル費、武具の修理や新調、怪我の治療費と、他の学科より入用になることがある。

幸い、カミーユは前期中に大きな傷病はなかったが、今後もずっとそうとは限らない。

「正直、実家からは逃げたいでござるが……自前の騎獣もない某には、長距離の移動が難しいでござるし、王都にずっといれば見つかる確率は跳ね上がるでござる」

カミーユは、夏休みの間は出費を控《ひか》え、王都近郊で冒険者業をしつつ素泊まりか安アパート暮らしをするつもりだった。

もし、運悪く実家の人間に遭遇《そうぐう》してしまえば、搾取要員として捕まることは間違いない。カミーユのような末の弟妹はヒノモト侯爵家では扱いが悪い。父や兄は、カミーユが彼らのために身を粉にするくらい当然だと考えるタイプである。

「ヒノモト侯爵が亡命とかして、大丈夫なん？　人格は糞でも、あっちでは名家やろ。カミーユみたいなスペア以下ならともかく」

ビャクヤの疑問に、カミーユは頭を抱えながら答える。

「よくないでござる！　普通は反逆を疑われるレベルでござるが、きっとそれだけテイランが滅茶苦茶なのでござるー！」

「うっわ、あの好色と権力大好きの権化が逃げるとか、相当やな。俺も学園が始まるまで、夏休み中は王都から出た方がええかな。テイランの糞貴族どもとは会いたかないわ。ケチが付きそうや」

家出したのに、実家ごと追いかけてくるとは悪夢である。この前は打診だったが、今回は決定だ。

カミーユだけでなく、ビャクヤまで頭を抱え出す。

下がった二つの頭のつむじを見つめながら、シンは考えた。

シンは夏休みにタニキ村に戻るが、あの無邪気にトラブルを起こす駄犬様も一緒だ。

シンは別にティルレインを本気で疎んでいるわけではないが、静かに過ごしたい派だった。しかし、ティルレインはというと、前期中構ってもらえなかった反動で、今回こそ構って攻撃が爆発するだろう。

そこでシンは「こいつら、駄犬のお守《も》りに使えるんじゃねーか」と、ビャクヤとカミーユを品定めしていた。上手くいけば、シンの自由時間が増える。

都合が良いことに、この二人にはテイランから距離を取りたいスタンスがじわじわ根付いている。

市井《しせい》にも、テイランの凋落《ちょうらく》ぶりは広まりつつあるし、情勢が安定するまで二人は帰郷など考えそうにない。しかも今は学園に通っているのだから、往復の旅費も馬鹿にならないだろう。

二人が本当に危険人物なら、レニやチェスターたちから警告が来るはずだが、タニキ村に連れて行くにあたり、改めて確認しておく。

シンは簡潔に「馬鹿犬のお守り要員として友人二人、カミーユ・サナダ・ヒノモトとビャクヤ・ナインテイルを連れていきたいです」とチェスターにお伺いを立てた。

事前に相談されたレニは、なんとも複雑な表情をして迷っていた。

翌日、チェスターから返事が来た。

シンプルに「彼らは本当にあの恥部のお守りをしてくれそうなのか？」と。

ティルレインの扱いが酷いが、ロイヤル問題児の一角の、やらかし経歴は伊達《だて》ではなかった。

幸い、ティルレインは政治的な情報には疎く、本人も大変健《すこ》やかな脳味噌お花畑である。

言ってほしくない情報は、お目付け役のルクスに言い含めてもらい、フォローしてもらえばいい。

しかし、念には念を入れて、シンが神子であることを喋ったら絶交とでも伝えておく。

ちなみにレニは、このオブラートが家出した手紙を見て、頭を抱えていた。

◆

ドーベルマン邸では、シンからの手紙を読み返しているチェスターがいた。

最初の頃に比べると、随分《ずいぶん》と文字に迷いがなくなり、安定感が出てきた。文章自体は書き慣れているようだが、どうもシンはこちらの世界の文字にまだ馴染んでおらず、筆記用具――ペンや紙の質にも違和感を覚えていたのだろう。

学園でノートをとる機会が多かったのも、成長の理由の一つと考えられる。

チェスターは思案顔を少し解し、「ふむ」と小さく呟いて、手紙を便箋に仕舞う。そして、金細工の施された書箱に入れた。最近新しく作った物だ。

似たような箱が他にもあるのは、独り立ちした息子たちや、かつて妻に貰った物や、腐れ縁の王などからの手紙と、こまごまと分けているからだった。

一連の様子を見届けたチェスターの細君が、静かに問いかける。

「よかったの？　テイランのお友達を一緒に行動させて」

「構わん。一番厄介なのはヒノモト侯爵家だが、先日国境沿いの山脈の雪解けで起きた雪崩《なだれ》に巻き込まれた。それにより、亡命を企《くわだ》てた家人全員、使用人や護衛ごと流された」

「あらまぁ。ちょっと前にお忍びで来ていた王妃様といい、テイランの方々は随分運に見放されているのね」

自国の混乱など知ったことかと言わんばかりに、テイランの王妃はティンパイン国王と極上の鰐《わに》皮《がわ》を競《せ》り合《あ》っていた。その後も、テイランは未曾有《みぞう》の災害で困窮しているというのに、優雅《ゆうが》に高級な別荘を貸し切って過ごしていたらしい。

しかし、テイランの王族が何故ここにいると咎《とが》めるかのように、彼女の行く先々では不吉なことが起こった。

馬車を走らせれば脱輪し、買い物をすれば突風が起きて巨大な木が店を圧し潰し、別荘にいれば、何故かそこだけに局地的な雷雲が停滞する。賭博場に行けば有り金をするし、これでもかと不幸が降り注いだ。

そんな不吉が続きに続けば、当然注目を浴びる。

最後は神殿の関係者に追い払われるようにして、テイランに戻っていった。

テイランの余波をこれ以上食らいたくない神殿は、面子を潰されないように、迅速《じんそく》に対応した。

バロスの失墜《しっつい》で、テイランの次に被害を受けたのは神殿である。

ティンパイン王国としても、王妃にはさっさと帰国してほしかったのだが、彼女は大災害の真っただ中には帰りたくないと渋って、イザコザに紛《まぎ》れて亡命する気満々だった。お忍び旅行と言っていたが、思惑は透けて見えている。

ティンパインは、無許可の貴賓《きひん》をいつまでも置いておけないという建前で、何度も帰国するよう勧告していたものの、王妃はのらくらと居座り続けた。その間も、普段なら日和見《ひよりみ》が少なくない神殿が猛烈な追い立て方をしたので、テイラン王妃はやっと帰った。

神殿に疎まれた有権者は、余程の大物であっても、後ろ指をさされて肩身が狭くなるのだ。

逆に、当代一と目《もく》される加護の強さを持つ神子のおかげもあってか、神殿のティンパインへの対応はかなり良い。

神殿の思惑は二つ。一つは安全地帯のティンパインを神罰領域にされたくない。もう一つは「頑張っているんだから、そちら様の神子様に会わせてほしいな～、チラッチラッ」である。

チェスターは相手が下手《したて》に出てきたからと言って、飛びついて横柄に振る舞う気はない。

権力は使わなすぎても錆付《さびつ》くが、乱発すれば威力を失う。一番効率の良いところで発揮できるかどうかで、政治家の技量が問われるというものだ。

シンも勝手に自分の威を借りられるのは不本意だろうし、どうしてもままならなくなる時までは抑えておくつもりだった。

チェスターの判断に関して、ミリアはそれ以上何も言わなかった。

だが、机にあった報告書をちらりと見て、彼女は長い睫毛《まつげ》をゆっくり伏せる。

それは、テイランに忍ばせた密偵からのものだ。追わせていた、ヒノモト侯爵家についての報告のまとめである。

ヒノモト侯爵一家――当主と前当主とその夫人たちは、見放した相手からの返事も待たず、ずうずうしくも見切り発進でティンパインに亡命しようとした。

しかし、それは無残なほどの失敗に終わった。

どんな貴人でも、金持ちでも、財宝を持ち合わせていても、大自然の脅威の前ではゴミムシだ。

「それにしても、雪崩なんて……でも、こっちで亡くならなくてよかったわ。ご遺体は見つかったの？」

テイラン以外の地で死なられたら、国際問題になる恐れもある。

どうにかして他国から援助を引き出したいテイランは、なりふり構わず吹っ掛けてきそうだ。

ミリアの言葉に、チェスターが頷いて答える。

「見つからんだろう。ヒノモトは追手を嫌って妨害工作してから、こちらに来ようとしたからな。雪の妨害もあり、発見や捜査に遅れが出た。野生動物か魔物かは知らないが、保存食として埋めた形跡が見つかった。辛うじて当主の指輪や、夫人たちのアクセサリー、子供たちの物と思《おぼ》しき衣類の残骸《ざんがい》はあったらしい。しかしそもそも、あの場所は雪崩が頻発していたから、いつ頃死んだのかも明確ではない」

色々流れに流れて、たまたま今回発見されたのかもしれない。

テイランはまだ雪が多く残っているため、あらゆる交通手段や通信手段が分断されている。伝達の遅れが至る所にあり、情報の整合性を取るのには様々な側面から精査しなくてはならない。

シンにつけた監視から聞いた話によると、カミーユがティンパインに来た頃には、すでにヒノモト家は亡命希望の手紙を出していたようだ。着いたのは、最近ではあったが。

見つかった貴金属を身につけていた遺体の本体は、恐らくとっくに消化されているだろう。

テイランの生き物たちは過酷な冬を乗り越えるため、本来食べない物まで口にし、中では共食いなども起きていたと聞く。

そんな中、遺品が見つかっただけまだましな方である。

「雪崩でヒノモトは目ぼしい後継者が軒並み消えた。一方、切り捨てられ、テイランに置いていかれた者たちは、当主の座を争って共倒れするだろう。争いなく継げたとしても、極度に困窮したあの国で、まともな当主教育を受けていない人間が生き残るのは至難の業《わざ》だ」

とはいえ、ヒノモトの当主、前当主共に好色だったため、多少間引かれても血筋には困らないだろう。侯爵家という肩書きが張りぼてとメッキでできた泥船であっても、欲しがる馬鹿はいそうだった。

ミリアは呆《あき》れたように溜息をつく。

社交界で会った、やたらギラギラしたヒノモト侯爵家の人間を思い出したのだろう。

ついでに愛妻に手を出そうとした糞野郎の話を思い出したチェスターが渋面《じゅうめん》になっているのに気づいて、ミリアはほんの少し笑う。

「そうね、来年にはテイランという国が残っていないのではないかと危《あや》ぶまれているもの。基盤となる国がなければ、王家も貴族もあったものではないわ」

つい最近まで、隆盛していたはずの屈指の強国が、見るも無残である。

同時に、連綿《れんめん》と続いた大国を一瞬にして崩壊させてしまう神々の力に恐れ戦《おのの》く。

人ならざる者の威光は、やはり人知の及ばぬものなのだろう。

「恐らく、国が滅びれば天災は落ち着くだろう。残ったとしても、今よりは酷くならないはずだ」

「それでも、この惨状を知っていて、いわくつきの土地に人が住みたがるかは、微妙なところよね」

そこに住まうしかない人々は住み続けるだろう。

大寒波に、大干ばつ——次はどんな災害が起きるのか。いつこの生活が、住居が、家族が、自分が圧倒的な力の前になすすべもなく淘汰《とうた》されるのかと、恐怖に怯《おび》えながら住むのは過酷である。

それなら、天候が安定している暖かい季節のうちに、他の土地へと移動する者が出てくるのは当然だ。

身軽な者から、健康な若者から、資金に余裕のあるものからと、働き手からいなくなっていく。

最終的には老人や幼子、病人など、一人では動けない者が取り残される。

無力な者ばかり残った集落は、弱い魔物にすら怯えて、朽ちていくのを待つしかなくなる。

今までのテイランの行いと、罰せられた経緯を鑑みれば、積極的に手を差し出すもの好きはいないだろう。

「シン君と友人関係にあるヒノモト侯爵子息は、実家とはすっぱり縁を切りたがっていたし、もともとこちらに亡命希望だった。どうやら権力に興味がない、どちらかと言えばうちの息子タイプだ。ナインテイルの子供は、テイランの王侯貴族を見返したかった――が、その見返す相手は今や落ちぶれ切って、下手に近づけば縋り付かれる恐れがある。それなりに鼻が利くようだし、テイランに寝返ることはないだろう」

レニだけでなく、あの少年たちと行動するようになってから、シンは年相応に振る舞うようになった気がするし、危険が及ばぬのであれば、強引な排除はすべきでないだろう。

彼はまだ、誰かの保護下にいていいのだ。

――いや、いるべきだ。人を頼ることを覚えるべき存在なのだ。

だから、チェスターは判断した。

「神子であると教える必要はないが、〝ドーベルマン家の従者候補〟として、不自然でない程度に人間関係を教えておけばいいだろう」

不安要素はざっくりと切り捨てることが多いチェスターにしては、優しい配慮だ。ミリアはこっそり笑いを噛み殺す。

(随分と甘い判断ですこと)

伊達に長年夫婦をやっていない。言葉にしていない内側も外側も理解していた。

チェスターはシンが可愛いのだろう。対策を施した上で、彼のできる精一杯の譲歩をした。

だからこそ、ミリアがちゃんと釘を刺す。

「ヒノモトのお坊ちゃまはともかく、ナインテイルの坊やはちょっと危険じゃないかしら？　ティルレイン殿下から、何か嗅ぎ取るかもしれないわ」

「大丈夫だ。あの重度のアッパラパーを前にすれば、冷静な判断や一般基準がガタつく。殿下のフレンドリーさは貴賤《きせん》を問わない――と言えば聞こえはいいかもしれんが、本当に何も考えていないからな。第三王子という生まれと、幼い頃の療養期間、殿下自身の気質、加護持ちという点で、王族としての教養がザルのように抜けてしまっている。あれだけ派手な馬鹿がいれば、目くらましとして機能するだろう。殿下に振り回されている間に、囲い込むか弾き捨てるか決めればいいさ」

オブラートが死滅している。宰相は今日も容赦なくロイヤル馬鹿を扱き下ろしていた。

だが、ティルレインは存在がうざったいとシンにも太鼓判《たいこばん》を押される、構ってちゃんである。

ティルレインがシンに傾倒しているのは周知の事実だ。最初にあの二人が不自然に思ったとしても、一緒に過ごしていくうちに「シン君、馬鹿犬殿下のブリーダー役ご苦労様です」と解釈するだろう。

ミリアはまだ心配そうだが、ティルレインの護衛の中に、シンのための護衛も多めに入れておけばいい。加護持ちは貴重だし、今回は避暑の旅行なので、大幅に増えても不自然ではない。

タニキ村は人柄も大らかで優しい人が多く、シンもティルレインもリフレッシュできるだろう。

（レニは……今回は非番にするか。改めて態勢や状況を模索し、そして護衛訓練をすると言えば納得するだろう。学園にいるとどうしても護衛としての鍛錬時間《たんれんじかん》が減る。アンジェリカをタニキ村随行の護衛騎士に入れているから、そう反発はしないだろう。あの聖騎士は殿下との相性も悪くないし、腕もそれなりに立つ）

タニキ村には、シンが加護持ちであることは、決して口外してはいけないと通達してある。この緘口令《かんこうれい》は村人を守るためでもあった。

悪辣《あくらつ》な人間が嗅ぎ付ければ、村を焼き払い、人質《ひとじち》にしてシンの身柄を求めるようなことも起きかねないのだ。

基本、加護持ちの出た地域では一律に情報統制を行っている。すでに噂《うわさ》になっている場合は、撹《かく》乱《らん》の噂を何重にも流して、足取りを掴みづらくする工作だってしていた。

それでも情報がどこからか漏れて、焼き討ちやあぶり出しが起こっている。

加護持ちの奪い合いは、それ専用の人身売買グループができるほどに激化している。

（加護狩りと言える人身売買グループは、テイランの方が凄惨らしいが……）

テイランでは国の治安維持機能すら麻痺《まひ》しつつあり、賊や無法者のやりたい放題になっている。

そんな輩《やから》がティンパインでも一攫千金と目論《もくろ》んで流れてくるケースも多い。

実際、地方では事件も起きている。しかし、彼らが欲を掻いて王都近郊で活動すると、軒並み運に見放されて悪事が露見する。その結果、アジトが摘発され、彼らの大事な商品が全て、ティンパイン王国の保護下に流れてくるのがよくあるパターンだ。

チェスターは首を捻る。

(偶然にしてはできすぎている……シン君の加護？　いや、安易に結論付けてはいけない。そもそもシン君は自分の加護が誰のものなのか把握《はあく》しているのか？　季節の四女神は有力視されているが、あの姉妹女神が同一の人間に加護を授けたという話は過去に例がない。だが、明らかに一柱の力で起こせる御業《みわざ》ではない)

この世界にはたくさんの神がいる。

そして、力の強い神の中には、加護を授けた者が自分以外の神から寵愛《ちょうあい》を受けることを良しとしない者も多い。

だが、しかし……優秀なチェスターの頭脳が一つの仮説を立てる。

シンは異世界人。イレギュラーそのものだ。

彼は、もしかして複数の——それも大神と呼ばれるような存在の加護を持っているのでは？

ぞわりと背が泡立ち、「そんな、まさか……」と、怯えた心が否定しようとする。

しかし、もしそうならば、今までの現象が全て納得できてしまう。

聖女やティンパインの王宮魔術師たちですら手を焼いた、ティルレインの回復。

各国で空前絶後の規模で起きている異常気象。

タニキ村でシンに無礼を働いた聖騎士たちの末路。

シンが学園で起こす、稀少な魔法植物たちの増殖。

シンの作ったポーションや薬、美容品の効能の高さ。

他にも、シンには種類を問わず、騎獣がやけに懐く。

それに、シンが教会に行った時、光が差したという報告もある。加護探知に優れた変態神官が、シンには酷く食いついたという。

おかげで気味悪がって、シンはますます神殿に近寄らなくなった。

時折教会に寄るが、新しいところや立派なところではなく、やや寂れた場所ばかり選んでいる。

神に祈りを捧《ささ》げる場合も、バリバリ宗教や神官の影響が濃いところは避けていた。

だから、神殿は一度としてシンを発見できなかったし、彼の動向も知らない。

一瞬、チェスターの中でティンパイン宰相として、政治家としての側面が首をもたげる。

だが、同時に晩餐で嬉しそうにステーキを頬張るシンの姿が思い起こされた。

利己的に彼を縛《しば》り付ければ、出てきた料理を二度とあんな風には食べてくれなくなるだろう。

美味しい料理に、純粋に目を輝かせる姿。

夢中になって何度も「美味しい」と繰り返していた声。

シンがドーベルマン邸に寄りついてくれるのも、何かの折に挨拶や報告をしてくれるのも、今までの信頼と信用の積み重ねがあるからこそだ。

最初に会った頃のシンは、明らかに胡散臭《うさんくさ》そうに黒い目を眇《すが》めていた。関わりたくない、近寄りたくないと、拒絶のオーラを常に纏っていたのだ。

気の迷いを振り切ったチェスターは、いつの間にかトレーに用意されていたカップを取る。見れば、ミリアは先に受け取ってカップを傾けていた。

チェスターの視線に気づいたミリアは、若草色の瞳をしんなりと細める。微笑にも見えるが、非常にぞくりとする仄暗《ほのぐら》さを持っていた。

「強欲は身を滅ぼすわよ——テイランのように。私たちはシン君の保護者で、神子を保護する立場。神子は臣下や部下ではないのよ。神々から授かった『国賓《こくひん》』だと思った方がいいわ」

「そうだな、我々は彼が道を違え、人道に悖《もと》りそうな時に引き留めればいいだけだ」

頷いたチェスターの頬に、ミリアがキスを落とす。

合格、と言わんばかりである。

チェスターは昔から、彼女に頭が上がらないところがある。それが嫌ではないあたり、おしどり夫婦と言えよう。

がらりと雰囲気を明るくしたミリアは、明るい声で話題を転じた。

「シン君はちょっと達観系男の子だから、そんなことはそうそうないと思うけどね。それにしても、今回の晩餐は若者向けのメインディッシュにして良かったわ〜。あれ、すっごく喜んでいたわよね？」

「そうだな。牛だったから、次は違うのをメインディッシュにしよう。どれが一番好みか知りたいところだ」

「豚、鳥、羊？　それとも魚とかの海鮮類？　麺つゆを喜んでいたから、シン君の祖国の料理とかを聖女様にお聞きしてみるわ」

はしゃぐミリアに、チェスターは優しい眼差しで頷く。

難しい話はおしまいと、チェスターの合図で、老執事が書箱や報告書を片付けていく。

速やかにブレイクタイムの手配をすると、メイドや従僕が給仕する。

その頃には、チェスターとミリアは二人の世界を築いている。

独身にはキッツイ、ラブラブな幸せオーラをまき散らす二人。バチバチと見えないハートマークが乱射されて、ぶち当たっている。

慣れている老執事は涼しい顔だが、一部のメイドや従者はほんのり眉間《みけん》や口元に不自然なしわが寄っていた。

ドーベルマン伯爵邸は、今日も平和だった。

◆

チェスターから無事許可を貰った翌日、シンはタニキ村の件をビャクヤとカミーユに聞いてみることにした。

先に説明したレニは「宰相閣下がご納得であれば」と頷いた。こちらにも何か連絡があったのかもしれない。

「二人とも、どっかアテは見つかった？」

「昨日の今日で見つかるワケないやろ⁉」

「傭兵や冒険者も多く来ており、某らのような半端《はんぱ》な冒険者には難しいでござる……！」

絶望と言わんばかりの二人だ。

ちなみに、終業日まであと三日である。

素泊まりや、一ヵ月の貸家すら見つからない。思った以上に難航しているようだ。

今年の宿場事情は、例年より競争が激化しており、普段は空いているちょっと微妙や宿ですら満杯だという。

テイランの神罰余波が思い切り来ているらしく、安定した気候のティンパインにはどんどん流入者が増えているそうだ。そして、その分だけ人気地域である王都やその近郊では、宿屋の争奪戦が起きている。

「どら田舎でいいなら、タニキ村に来る？　雑魚寝《ざこね》だけど屋根付き。あとやたら元気で、頭の出来がおめでたい血統証付きの犬の世話が付いてくる」

シンの提案に、すぐさまカミーユは飛びつき、民族的なネックがあるビャクヤがちょっと戸惑った。

「行くでござる！」

「え、犬って、魔犬とかやない？　俺は狐の獣人やから躾のできていない猟犬や闘犬だと狙われやすいんやけど。貴族のお犬様だと最悪コンボやん」

「貴族の飼い犬ではない」

王太子ではないし、手綱を握る婚約者は公爵令嬢なので、将来的にはそうなる可能性もある。だが、現在はおめでたい馬鹿犬ことティルレインは王族である。

猟犬や闘犬というより愛玩《あいがん》タイプだ。ニコニコと愛嬌があり噛みつき癖はない。でも、お散歩ド下手くそ選手権でぶっちぎり優勝しそうな、蛇行運転タイプである。

「領主の犬とかでござるか？」

「そんな感じ」

カミーユの質問に、シンは頷く。

国王＝ティンパイン全土の領主という意味では合っているだろう。

嘘ではないが、絶妙に事実をヌルッと避けている。

「ただ、僕に妙に懐いていて面倒だから、邪魔な時は相手してあげてほしい」

シンの言葉に二人とも納得した。

割と面倒見が良いせいか、厩舎《きゅうしゃ》や騎獣屋の近くに行くとシンはモテる。

「シン殿、動物から好かれるでござるからな」

「グラスゴーもそうやけど、シフルトをぶっ飛ばしたグリフォンも、シン君の前ではブリッコしとるもんな」

気高《けだか》く聡明《そうめい》なグリフォンは、認めた人間以外には冷ややかだ。

高級騎獣のグリフォンはグラスゴーと同じ厩舎にいるのだが、よく視線で火花を散らしている。

そこにシンが通りかかると、二頭ともキュルンとした眼差しで、ついさっきのドスの利いた威嚇《いかく》が嘘のように愛らしい声や嘶《いなな》きでお出迎えする。

レニは見事に丸め込まれている二人を見て、唯一事実を知る傍観者として、複雑な気持ちになるのだった。

二人はレニの憐《あわれ》みの視線など気づかず、田舎だろうが、王都から安全に距離が取れて、野宿じゃないなら万歳とばかりに浮かれている。

そこでシンが何かを思い出す。

「あ、そうだ。タニキ村に行くまでの騎獣だけど、どっちかが僕と二人乗――」

「某！　ビャクヤと！　一緒が！　いいでござるううう！」

「俺らピコちゃんと親睦《しんぼく》を深めたい気分やなぁああ！」

いくら名馬とはいえ、物騒《ぶっそう》なグラスゴーに乗るのは怖かった。

シンがいれば大丈夫だとは思うが、もし何かの拍子に一人で騎手となったら、地獄の首狩りサバイバルが始まる。

それだったら、最初から温厚なピコに騎乗していた方がいい。

ピコはジュエルホーンという魔馬なので、同じ体格でも普通の馬よりずっと丈夫で健脚だ。

幸い、カミーユもビャクヤも細身であるし、二人乗りできる。

二人の必死の説得もあり、荷物を多めに持つかわりにグラスゴーにはシン一人で乗る形になった。

◆

タニキ村の周囲の山々の中でも一段と高い山頂には、まだちらほらと白いものが見えていた。

それでも、数ヵ月前までどこもかしこも真っ白だったとは思えない豊かな緑が、山の大半を埋め尽くしていた。平野には色とりどりの種類の花が咲き、その香りに誘われて様々な昆虫や小鳥たちがやってきている。

澄んだ青空から降り注ぐ明るい太陽。清涼《せいりょう》な風が山から吹き抜け、雪解け水が川を下る。

風光明媚《ふうこうめいび》を絵に描いたような、長閑《のどか》な光景だった。

山間の一つにある集落、タニキ村では、狩人《かりゅうど》のハレッシュが薪作りに精を出していた。

冬場の薪は一年前から用意が必要だ。しっかり乾かさないと、火がつきにくいし、煙が充満してしまうからだ。

タニキ村は毎年、必ず雪が降るから、しっかり準備しなくてはならない。

照りつける日差しを見上げ、汗を拭っていると何かが上空で旋回した気がする。

「ん？」

チカ、チカと瞬《またた》く影を目で追おうとするが、太陽の光に見失う。

そして、空を見上げ続け、やっと見つけた。姿を確認した時に気づいた——あれは、シンにやたら懐いていた伝書魔鳥である。

最初は小鳥サイズだったのが、いつの間にか大型猛禽類《もうきんるい》サイズにグレードアップしている。

普通は何十年と掛けて育つはずが、ロケット進化のメタモルフォーゼだった。おそらく、シンのポーションを貰ったのと、どこかで質の良い魔石でも拾い食いして急激な成長をしたのだろうと、田舎村役場では雑に結論付けられた。

その魔鳥が凄いきりもみ回転をしながら、剛速球並みの勢いで急降下してきている。

「う、うわあああ！」

このままでは衝突してしまう。ハレッシュが咄嗟《とっさ》に這《は》いつくばって避けると、魔鳥はすぐ脇すれすれを通過した。

凄まじい風圧がハレッシュの汗ばんだ肌をなぶる。

その魔鳥はすいーっとあっさり旋回し、家屋との激突を回避して、再びハレッシュの方へ舞い降りた。今度は静かに、薪割りに使っていた切り株の上に着地した。

足に括《くく》られた金属の筒から、器用に丸まった封筒を取り出す。それを受け取って、封筒を留めていた紐《ひも》をほどくと、それは本来の形に戻った。端《はし》っこは若干丸まっているが、それはご愛嬌だ。

宛名を見て、ハレッシュは顔を綻ばせる。

急いでハレッシュが封筒を開けている間、魔鳥は優雅に毛づくろいを始めた。

広げた手紙を読み進めていくうちに、ぐすりと鼻を啜《すす》る音がする。

「……そうか。シン、帰ってくるんだな」

ティルレインのお守りをしながら、友人を連れてくると綴られていた。

元気そうだ。

目を潤《うる》ませ、仄かに鼻先を赤くしたハレッシュの呟きは、夏風にさらわれていった。

◆

無事、夏休みの宿泊先が決まったカミーユとビャクヤは、「ひゃっほう!」と叫びそうな勢いで、気分を切り替えた。

特にカミーユなど、よっぽど実家の家族たちに会いたくないらしい。すぐに母親に連絡の便りを出した。手元に残ったなけなしのお金で、旅の準備に奔走《ほんそう》している。

ビャクヤも馬具を積極的に綺麗にして、ピコと仲良くなろうと厩舎を頻繁に訪れていた。

ビャクヤがピコの蹄《ひづめ》をカットしている横で、シンはブラッシングの終わったブラシからグラスゴーの毛を取って、ゴミと毛を分けている。

魔馬の毛は材料として需要があるのだ。特にデュラハンギャロップは、ジュエルホーンより格段に採取が難しいため、順番待ちが発生している。

いつの間にか、教師の中で噂が出回り、争奪戦が起きていた。

今日も、ブラシ終わりのブツを待っている人がいて、ビャクヤが軽く引いていた。

厩舎の藁《わら》を取り換えながら、ビャクヤはぽつりとこぼす。

「他所ならタダ働きや、ヤバいバイトとか疑うかもしれへんけど、シン君とこなら安心や。ケモミミ美少年っちゅうのは、コアでエグいところに需要があるんよ」

「自分で言うか、ケモミミ」

シンの突っ込みに、ビャクヤは冷静に返す。

「事実や、事実。たまに夏季や冬季の長期休暇で行方不明になる生徒がおるんよ。騙《だま》されたり、売り飛ばされたり。頭がええの、顔がええのは単純な肉体労働よりお値段の良い特殊労働をあてがわれやすい」

世知辛《せちがら》いものであるが、シンもそういった世界の事情を知っている。

ティンパインでも奴隷がいるのを見たことがあった。

奴隷といっても、期間限定の奉公人のようなタイプのソフトな扱いと、犯罪奴隷などの人権ゼロの死地送りに近いものまで様々だ。

時々思い出したようにファンタジーダークサイドがこんにちはする。

割と危険度がガチな話にシンがドン引きする。

「あるのか」

「あるんよ。せやから、ええ誘いでも、よう知らんのには乗ったらあかん。ティンパインはテイランよりその辺の監視が厳しいいし、奴隷の扱いにも規定が多いぶんマシや。けど、なりたかないモンやろ？　奴隷なんて」

「そりゃそーだが」

ビャクヤの言葉はもっともで、シンは頷く。

仕方なく奴隷に身を落とすタイプもいるが、非合法に奴隷にされる者もいる。

誰だって、好きこのんで奴隷になるはずがない。

もしそんなのがいるとしたら、相当なもの好きか、よっぽどの訳ありだろう。

（もしかして、エルビアに来るまでに騙されたり、売り飛ばされかけたりしたのかな？　ニッチな需要があるって自分で言ってるし）

ピコの手入れが終わったビャクヤは、綺麗にブラシを洗うと、自分の尻尾を梳《す》きはじめた。

毛皮の部分は髪とは質感がだいぶ違うらしく、人毛用のブラシより獣用ブラシが合うらしい。枝毛は小さな鋏《はさみ》でカットし、毛玉未満の引っ掛かりを丁寧に解していく。

シンの道具は長く使うつもりで奮発したものなので、一つ一つ物が良い。

手慣れた動きで一通り梳かすと、もともとたっぷりとしたふさふさの尻尾が、繊細な艶を帯びてふんわり広がった。

ビャクヤも納得したのか、ブラシに付いた毛を取って道具箱に仕舞うのだった。

◆

学園は終業式を行わない。

簡単に教師陣から周知されるだけであった。

くれぐれも来学期の始まりに遅れないように、そして羽目《はめ》を外しすぎないように、と注意された。

シンはサクッとレニに挨拶を済ませ、すぐに寮に向かった。既に荷物はまとめられているので、それを持ってカフェテラスに行く。

シンは普通科だが、カミーユとビャクヤは騎士課である。どちらが先に終わるかわからないので、ここで落ち合う予定だったのだ。

木陰《こかげ》があって風通しも良いカフェテラスは、室内より涼しいくらいだ。

果実水を注文して啜るが、少し冷たさが足りなかった。夏が近づいてきたというより、もう夏の日差しだ。走り回って行動していたので、思ったより体が火照《ほて》っていたのだろう。

(魔法ってこういう時便利だよな)

シンは魔法で少しだけ果実水を凍らせ、半分シャーベット状した。

一気に飲むと頭が痛くなりそうなので、少しずつ飲んでいる。

すると、校舎の方から大きなリュックを背負ったビャクヤがやってきた。

「お待ちどうさん。一番はシン君か」

「カミーユは?」

「他のテイラン貴族に捕まってもうてな。俺は面倒やさかい、先にこっちに来たんよ」

悪戯っぽいビャクヤの笑顔の向こうで、恨《うら》みがましそうなカミーユの声が聞こえた気がした。

「へえ、面倒事の気配がプンプンするね」

「そーやろ?　なんでも、テイランの実家から仕送りが途絶えたとかでなぁ、同郷のよしみで金だの宿だの融通しろって絡まれとるらしいんよ。ヒノモトはテイランでは名家やったし、その伝手を頼りたいんやろ」

しかし、カミーユ本人は父方との縁を切りたがっていた。

父親は大層ヤバげな噂ばかりだが、母親はまともそうである。その母の薫陶《くんとう》を受けたカミーユは、ちょっと楽天的なところはあるものの、きちんとした倫理観を持っている。

「無理じゃない？」

シンの見る限り、カミーユには他人の世話をする余裕も伝手もない。

「せやろな。もっと前から宿探しとった連中が、ランク下げても見つからんって騒いどるくらいや。俺らかて、シン君のアテがあってなんとかってとこだしなぁ」

「二人はともかく、その人までは無理」

「俺かて嫌やわ」

実家におんぶにだっこのお坊ちゃまが、今更になって自分で宿探しとか、無理な気配しかしない。

なんでも、一部の寮は割高だが、ホテルのように――従業員を雇い入れて、炊事洗濯等の雑務をしてくれる――生活することも可能らしい。しかし、例のテイランの生徒はその費用も足りず、手続きも一人ではできずにここまで来たそうだ。

挙句、この土壇場《どたんば》になって、他の生徒にお世話になろうと騒いでいるそうだ。

そんなお坊ちゃんに冒険者生活ができるはずがないが、周りだって手助けしてやる気はないだろう。それぞれ事情がある。

「普通科ではそんなのなかったのにな」

シンが飲んでいる果実水を見て、ビャクヤの耳がピコピコ動いた。そして、彼はメニュー表を確認し、同じものを頼んだ。

ビャクヤもこの陽気に少々あてられていたのだろう。果実水を手にすると、一気に半分飲む。

「普通科だと、テイラン貴族は入りたがらんからやろ。ここに滑《すべ》り込《こ》んできたのは、コネや財産持ちの貴族が多い。授業の中身より、ただ単に〝普通科〟って響きが気に食わんからっちゅう理由で、貴族科か騎士科に入るのが多いんや。外国やと勝手が悪いし、普通は自国の学校に入るやろ」

言い切ると、ビャクヤはまた果実水に口をつける。

ちょっと前まで、テイランは周囲の国家に喧嘩を売りまくりだった。当然ながら、他国との遺恨《いこん》が多い。嫌われているため、テイラン出身者が本腰を入れて他国に長期留学をすることは珍しい。来るにしても、一時留学で済ませるはずだ。

「なるほど、それでうちはテイラン貴族が少ないわけね」

一番多いのはティンパイン貴族だが、トラッドラ貴族も意外と多い。

友好国なので、遊学するのに都合が良いのだろう。第四王子のヴィクトルもそうした者の一人である。

そして、名門校に通うならば、できるだけ相応《ふさわ》しいところに入りたがるのもわかる。普通科は幅広く学べるが、目的意識がないと〝浅く広く〟になってしまう。貴族しか必要のないような科目の授業は、貴族科の者しか受講できないものもあるのだ。

「そんなもんやろ。貴族として箔《はく》を付けたいから貴族科に通うんや。家庭の都合で、魔法科や商業科に行く人もおるけど、少数派やで？　それこそ、ジーニー先輩みたいな奇人変人タイプや」

チャレンジ精神溢れる愉快なアホ毛の先輩ことジーニー。実は彼女は、ティンパインでも由緒正しいマラミュート公爵家のご令嬢である。

普通のご令嬢と違うのは、普段の言動からも明らかであった。好奇心に負けて人間の味覚では食えた物ではないとされる『胡桃林檎《くるみりんご》』を食すくらいである。

シンも初めてその話を聞いた時は驚いた。

あのフランクで愉快な先輩が、ハイソでノーブルな出身だなんて、誰が思うだろう。

詩集より帳簿を見ている方が様になるし、ブティックよりベーカリーに興味がある人だ。

「公爵令嬢って話、やっぱりガチなの？」

「ガッチガチやで」

そして、未だにその疑いは払拭《ふっしょく》されていない。

あのジーニーがドレスを纏い、扇子《せんす》を片手に優雅に微笑む姿が、シンには想像できなかった。

「いや、だってジーニー先輩って婚約者に虫チョコあげようとしていたよね？　糞ロリコンとか言っていたよね？」

公爵令嬢の婚約者というくらいだから、相手も当然貴族だろう。

そもそも貴族や平民を問わず、婚約者や恋人にリアルな昆虫型チョコレートは贈るべきではない。ごく一部の虫マニアでない限り、嫌がらせの域である。

「年上やけど、ごっつイケメンらしいで、そのダーリンは」

騎士科には普通科より貴族関係者が多いこともあり、自然と情報量が多いのだ。

主君の家が貴族だったり、本人の家も貴族だったりと、様々なパターンで面識がある。そして、ある程度の派閥情勢《はばつじょうせい》や婚約などの話題も耳に入ってくるそうだ。

その後もカミーユが来るまで、シンとビャクヤは駄弁《だべ》っていた。


げっそりとしたカミーユがカフェテラスにやってきたのは、ちょうどシンたちが果実水を一杯飲み終えた頃だった。

彼は二人のいるテーブルに着くなり、突っ伏した。

相手の貴族にかなりしつこく食い下がられたらしく、逃げるように走って振り切ったそうだ。

既に心身ともに疲れ果てているのか、酷く情けない顔をしている。後頭部で揺れるポニーテールも心なしか下がって見える。

「某に頼まれても困るというのに……自分のことで精一杯でござるよ～」

「ほっとき。そんな阿呆《あほう》に関わるだけ時間の無駄や。自分のケツは自分で拭かせとき！」

うなだれるカミーユに、ビャクヤが正論をぶつけた。

無事三人揃ったところで、まずは厩舎に移動する。そこで騎獣に乗り、ドーベルマン邸に向かう予定だった。

ドーベルマン夫妻に旅立ちの挨拶と、そこで待っている駄犬王子と会うためだ。

ティルレインは学園に直接乗りつけようとしたが、ルクスが止めた。ファインセーブである。王家の紋章入りの馬車なんて滅茶苦茶目立っただろうし、王族と知り合いだなどと周囲に知れ渡ったら、厄介事になりそうだ。

夏休みの間に噂が消えればよいが、勝手に尾ひれ背びれがついて、情報の一人歩きなんてされたら、目も当てられない。

シンたちは厩舎にいるグラスゴーとピコにそれぞれ騎乗し、目的地に向かった。

「ドーベルマン邸でチェスター様にご挨拶してから、タニキ村に行くから」

ちなみに、神殿には寄らない。シンもティルレインも変態神官には会いたくないからである。

「宰相閣下とは、また大御所でござるな……某たち、テイランの出身であるから、嫌がられないでござるか？」

「変な欲望駄々漏れさせていなければ、子供相手に目くじら立てる人じゃないよ」

カミーユは少し心配そうだが、シンは気にしていない。

ビャクヤは何も言わないものの、耳や尻尾が神経質に揺れているので、落ち着かないのだろう。

宰相兼伯爵当主というチェスターは、すこぶる立派な貴人である。二人の緊張もシンにはわからなくはなかった。

なんだかんだ喋っているうちに、ドーベルマン邸に着いた。

真っ先に出迎えてくれたのは、ミリアだった。彼女はグラスゴーを厩舎に預けたシンを見つけるなり、駆け寄って抱きしめる。ぐるぐるとダンスのように回ったり、ほっぺたをぷにぷにしまくって、ひとしきり撫でたりを繰り返したところで、さも他の二人に今気づきましたと言わんばかりに「まぁ」とのたまった。

「ああ、この二人が例のシン君のお友達ね」

少女のような無邪気さで微笑むミリアに、カミーユとビャクヤはぽかんとしている。

あのシンが精神的にも物理的にも振り回されている姿を見て、二人は「あ、絶対に敵に回しちゃいけない人だ」と、素早く理解した。

シンはミリアにとっ捕まりながらも、大人しくしている。

大嫌いなお風呂に入れられる未来を理解した猫のように、虚無《きょむ》の表情だったが。

ミリアはふむふむと二人を観察した後、にっこりと笑う。

「わたくしはミリア・フォン・ドーベルマン。この国の宰相夫人よ。シン君のことはとっても可愛がっているの。仲良くしてあげてね」

何故だろうか。ミリアの「仲良くしてあげてね」というセリフが「余計な世話かけるんじゃなくてよ」と聞こえるのは。

ミリアは艶美《えんび》な貴婦人と言って差し支えない笑顔を湛えている。

こんな美人が微笑んでいるのに、ビャクヤとカミーユの本能は、激しく警鐘《けいしょう》を鳴らしていた。背中にはびっしょり汗をかき、髪や毛並みが逆立ちそうな鳥肌が止まらない。

二人は勝負に打って出るより、戦略的撤退と降伏を選んだ。

社交界で鍛《きた》えたミリアの優美な先制パンチは、見事に決まったのだった。

「お初にお目にかかります、ドーベルマン宰相夫人。ビャクヤ・ナインテイルです。シン君には大変お世話になっております！」

「同じく、カミーユ・サナダ・ヒノモトです！　お会いできて光栄です！」

貴族というより、軍人じみたきびきびとした動きで、最敬礼をする二人。こういった場面で咄嗟に普段の素《す》の喋りが出ないあたり、二人ともそれなりの良家出身だけある。

シンは「良いお天気だなー」と、まだ放してくれないミリアに現実逃避中だ。

「ミリア。シン君が困っているよ。ほどほどにな」

女性を無下《むげ》に振り払えずに固まっていたシンに手を差し伸べたのは、チェスターだった。

そこでようやくミリアは手をぱっと放して、夫に駆け寄る。

「だって、しばらく会えないでしょう？　今のうちにしっかり抱っこしておこうかなって」

ミリアは今の小さなシンのサイズ感がお気に入りなのだ。

実の息子二人は、幼い頃からジッとしていることができない暴れん坊で、大人しく腕の中に収まってくれなかった。そして今では可愛げのないくらい立派に成長している。

男の子があっという間に大きくなってしまうということを知っているミリアにしてみれば、今のシンは可愛い盛りだった。

チェスターだって、そんな妻の考えは手に取るようにわかっている。

だが、困惑するシンと、ミリアの先制パンチに怯えて縮み上がる子供二人を、いつまでもそのままにしておけなかった。

「ありがとうございます、チェスター様」

律儀に頭を下げるシンに、チェスターは僅かに苦笑する。

「少しくらいなら抵抗していいんだぞ？」

「半端に反応すると、もっといじくられそうな気がして」

「……そうか」

シンの懸念を、チェスターは否定しなかった。

チェスターはこれからもっと疲れるであろうシンを、出発の時点で摩耗させたくはなかったものの、後ろから迫りくる鬱陶しい足音と気配を感じ、眉間にしわが寄るのを止められない。

「シーンー！　会いたかったぞおおお！」

今日もアホ王子は、絶好調に馬鹿犬全開だった。

見えない尻尾がぶんぶん振られ、人語を喋っているはずなのに「わふわふ！」という鳴き声が聞こえる気がする。

国王譲りの色彩と美貌、そして王妃譲りの華やかさを持つティルレインであるが、それを社交界や政治的な意味で活かせたことは一度もない。言動がいつも残念すぎて、お話にならないのだ。

近づくティルレインに「うげ」と呟き、シンは露骨に嫌な顔をする。

「学園に行っている間、全然僕の相手してくれなかったじゃないかぁ！　寂しかったんだぞぅ！　シンも寂しかっただろう？」

「いや、全っっ然」

強めに断言するシンだが、ティルレインは「嘘つかなくていいんだぞ～、コノコノ」と小突いた。

つんつんされるたびにシンの顔が引きつり、怒りのメーターが蓄積されていく。

嫌がるシンが、抱きしめようとするティルレインの手をバシバシと叩き落としていると、ルクスが一生懸命に走ってきた。

どうやらティルレインは、お目付け役がちょっと目を離した隙にこっちに来たらしい。

「殿下！　シン君にウザ……ええと、ごほん！　しつこく絡むのはダメですよ！」

ウザ絡みって言おうとした――ティルレインを除く、そこにいた全員が思った。

真面目《まじめ》で誠実なルクスの良識と優しさをもってしても、ティルレインのシンに対する態度は、立派なウザ絡みだったのだ。

ルクスは素早くティルレインとシンを引き離す。

ティルレインは口を尖らせたが、シンの怒りのグーパンは飛び出る直前だった。ルクスに宥《なだ》められ、シンはそっと拳を下ろす。ティルレインはそのファインセーブに気づかない。

シンは美しい人妻のからかいのハグは許せても、ロイヤル馬鹿犬王子の全力ハグはダメだった。

一方、カミーユとビャクヤは、次々と現れる大物たちに完全に顔を強張《こわば》らせている。

ドーベルマン宰相夫妻の登場に続き、第三王子ティルレインまで出てきた。

追い打ちにシンが「この無駄に美形が、ティルレイン殿下。ほら、第三王子の」と、やる気なく告げる。

シンから紹介された白銀の髪と美貌の人物——ティルレインは、王子というだけあって、グラディウス国王陛下に似ていた。カミーユたちは本物を見たことはなかったものの、肖像画は何度か目にする機会があった。

宰相夫妻との面会は覚悟していたが、何故王族まで出てくるのだろうか——我慢できなくなったカミーユがシンに駆け寄って、小声で問い詰める。

「シン殿！　どーしてティルレイン殿下がこちらに!?」

「あの人、自称で僕の親友でポジティブストーカーだから」

「え、怖いでござる！　陽キャに見せかけたヤンデレでござるか!?」

ヤンデレと結婚させられた兄を持つカミーユが、震え上がる。

恋人だろうが友人だろうが、メンタルがヤバめな人間に粘着されるのは危険だ。そして、そういう人物に権力があると、さらに要注意となる。

カミーユは真っ青な顔でシンの肩を揺する。しかし、されるがままのシンはいたって平静だ。

ティルレインは鬱陶しいしお馬鹿さんだが、危険人物ではない。トラブルメーカーなのは否定できないが、悪人とはほど遠いタイプなので、カミーユの心配は否定しておく。

「どっちかっつーと動物に近い。番犬じゃなくって、家飼いのお犬様だな。血統証付きの馬鹿だけど」

「……それはそれで、大丈夫なのでござるか？」

シンの無礼な断言に、カミーユはなんだか微妙な顔になる。

ビャクヤは怖くて周囲を見られないとばかりに、プルプル震えている。

「安心しろ。殿下のおつむはかなりヤバいが、お目付け役のルクス様は良識ある立派な方だから」

「それはいいのでござるかあああ⁉」

珍しくカミーユのまともなシャウトが響き渡る。

普段は適当人間なところがある彼だが、腐っても出身は貴族で、立場の弱い末弟なので、身分に関してはシビアな視点を持っている。

ぐらぐらと混乱で煮え立ちそうな様子で頭を揺らしているカミーユに、シンがフォローを入れる。

「あの人だって良いところはあるぞ。顔が良いとか、絵が上手いとか、無駄に明るいとか」

最後は取ってつけたかのような褒め言葉だが、ティルレインはそれにエッヘンと胸を張っている。

この残念殿下の、シンからの褒め言葉判定は、かなりガバガバだった。早くもそれに気づいてしまったビャクヤは「え……この人、大丈夫なん？　主に頭的な意味で」という眼差しを向けている。

「わかったでござる。うん、その評価については。ティルレイン殿下とシン殿の関係に某が口を挟まぬ方が良いのでござろう。某が聞きたいのは、どうして二人は面識が？　お見送りをされるような仲なのでござるか？」

「いや、見送りじゃない」

「偶然でござったか……」

シンの否定に安心するカミーユだったが、無情にもその心を木っ端微塵《こ ぱ み じん》にする情報がもたらされる。

「僕の仕事は、この馬鹿犬殿下の躾《しつけ》と世話役。ティル殿下は一緒にタニキ村に行くよ」

「ござるーーーーー⁉」

驚きのあまり言いたいことが吹っ飛んで、語尾だけが残った絶叫が響き渡る。

その叫びを最後に、カミーユは泡を噴いて気絶した。

カミーユは受け身を取ることもできず、バッターンと地面——幸いにもふわふわで青々とした芝生の上に倒れた。

一方、気絶できなかったビャクヤは、恐る恐るシンに問いかける。

「シ、シン君……もしかして俺らって」

先ほどの説明に、以前聞いた情報が重なる。まさか、シンの言っていた〝犬〟とは……察しの良いビャクヤは、答えに気づいていたが、それでも確認せずにいられなかった。

「手伝うって言ったよね？　僕も自由時間が欲しいから、殿下の遊び相手がいると思って」

いつになく爽やかな笑顔のシンと、よくわからないけれどニコニコしているティルレインを見比べ、ビャクヤは顔色を絶望に染め上げた。

宰相夫妻も、お目付け役である侍従のルクスも反対しないということは、完全に根回しは終わっているのだろう。

見事に一杯食わされたカミーユとビャクヤだった。

涙目で魂を空の彼方《かなた》に飛ばすビャクヤを華麗にスルーし、シンはチェスターとミリアに向き直る。

ついでに周囲で構ってほしそうにうろうろしているティルレインは無視する。

それくらいの鈍感力とスルースキルがないと、これからの旅路でやっていけない。

「ではチェスター様、ミリア様。タニキ村に帰ります。お世話になりました。村に着いたら、また手紙を書きますね」

チェスターは少し目元を和らげ、シンを見下ろす。少しだけ伸びた身長や、精悍《せいかん》になった頬のラインに、子供の成長の早さが感じられた。

「ティンパインは治安が良いとはいえ、それなりに距離がある旅だから、気を付けなさい」

チェスターの隣に寄り添うミリアも、少しだけ寂しそうに微笑んで、見送りの言葉を掛けた。

「シン君、久々の帰省なんだから楽しんでらっしゃい。ティル殿下のこともよろしくね」

一番偉いはずの王子の扱いが雑である。

でもティルレインは気にしない。彼の隣にいるルクスは、残念な主人の思考回路に気づいているが、何も言わなかった。

「あ、そうだ。ミリア様。これ」

そこでシンは、思い出したようにウェストポーチから小瓶を取り出した。中には少しだけとろみがある液体が入っていた。

それを見て、ミリアの表情がぱっと明るくなる。

「新しい化粧水かしら？」

「いえ、ハッカをベースにして作った冷感剤です。これからもっと暑くなるので、そういう時に希《き》釈《しゃく》して使ってください。塗るだけで冷感作用があるのですが、非常に強力なので、くれぐれも乱用しないように気を付けてください」

希釈の仕方のメモを渡されたミリアは、やや不思議そうにしながらも、目を通す。

冷涼感だけでなく汗の臭いを抑えるほか、虫除けなどの効果もあると書いてあり、ミリアはその効能に目を丸くした。

夏場はどうしても汗をかくし、香水で誤魔化《ごまか》すとかえって悪臭になってしまうことがあった。

レディが悪臭を放つなどはあってはならないから、こまめに汗を拭いたり着替えたりと手は打っているが、猛暑の季節には悩ませられていた。

「あ、あと化粧水はこっちです。白マンドレイクの成分を多く含んでいるので、いつもよりさらっとした感じになっています。ポーションに近い効果もあるから、日焼けで傷んだ肌にも良いですよ」

「まぁっ！　あらあらあら〜〜！」

ずるりと大きめの瓶がウェストポーチから出てくる。

シンからそれを受け取って、ミリアは先ほどの小瓶と一緒に嬉しそうに抱きしめた。

大きめのパラソルがあったとしても、ガーデンパーティに招かれると日焼けは免《まぬが》れない。酷い時など、帽子の形そのままや、ドレスのデコルテラインにくっきり日焼けが残ることがある。

「嬉しいわ〜！　日差しですぐに真っ赤になって、ひりひりする肌質だから……そうなると、お風呂もシャワーも辛くて、服の布がこすれるだけで痛いの！　すごく辛いのよ！」

赤みが消えるまで、最悪一週間くらい痛みが続く。

もはやそこまで来ると火傷《やけど》の域だが、優雅なティーパーティの最中に抜け出すこともできない。

炎天下のエレガント我慢大会は、ある種の恒例行事である。

化粧が溶けそうな、うだる暑さでも、涼しい顔をしなくてはならないし、藪蚊《やぶか》が飛び回っていても、微笑を崩してはならない。そういう場所である。

どんなにえりすぐっても、数回は出なくてはならない。

自慢の庭の花々を自慢しつつお茶会を開く貴族は、夏場に結構多かった。

やれ異国の花で新しい花壇《かだん》を造った、噴水を造ったと、自らのセンスや財を誇示《こじ》するのだ。

社交の場では情報戦が繰り広げられる。そういったところに出るのは、貴族夫人の大事な仕事の一つだった。

ミリアは大小二つの瓶を持って、くるくると嬉しそうに回っている。

それを酷く優しい眼差しで、愛おしそうに眺めるチェスターだったが、ミリアが落ち着くのを待ってから、彼女に声をかけた。

「ミリア、落とすと大変だ。大事な物はメイドに渡して、使い方を周知しておいた方がいい」

「あ、そうね。うふふ、あらやだ。嬉しくってつい」

ほんのりと頬を染め、恥ずかしそうにしながら、メイドに瓶を渡すミリアだった。

その様子を見て、シンは思う。

（こーいうのがスパダリってやつか）

スーパーダーリン。略してスパダリ。

主にハイスペックな男性を示すことが多い言葉である。

ティルレインやグラディウスの前ではお小言怪獣と化すチェスターだが、愛妻の前では完全にできる男であった。理解と包容力が溢れている。

シンが眺めていると気づいたチェスターが、くるりと振り向いた。

「シン君、ありがとう」

「いえ、これくらい」

「実は前々から考えていたのだが、嫌でなければミリアの化粧水や美容液を商品化しないか？　もちろん、君に利益が行くように配慮しよう」

「うーん、お金にはそんなに困っていないから、レシピを渡しますよ。大それたものじゃないですし」

ポーションをベースに、日本にいた頃、テレビやスマホで見たり聞いたりしたことのある肌に良さそうなものを入れて、適当に調合しただけだ。

大衆向けには考えていないし、肌に合わない場合だってあるだろう。

シンの提案に、少し思案したチェスターは頷いた。

「ふむ……ではレシピを買い取ろう。プラス、売り上げに応じた金額を君に渡す。実は、磨きのかかったミリアの美しさの秘密を知りたいと、ご婦人たちが殺到しているんだ。王妃とは今も個人間でやりとりしている。しかし、他に欲しがる人の分を考えると、個人に依頼する規模では収まりそうもなくてな……シン君の存在をなるべく隠すために、手を打っておかねばならなくなってしまったんだ。君の作るものは、それだけ世に渇望され、求めるあまり暴走しはじめる輩が出ているんだ」

歯切れの悪いチェスターの悩みは、結構切実だった。

神子探し以外にも、シンに粘着ストーカーする輩が出ているとは、驚きである。

シンは思わず引き笑いする。

「アハハ……女性の美にかける情熱って、どこでもすごいんですね」

男性でも美を誇示しようとその道を究める者もいるが、この世界でも、美貌よりも別のことに情熱を燃やす男性の方が一般的だった。

貴族男性の趣味は、狩猟や剣術、騎獣や骨董《こっとう》・美術品の収集などが多いらしい。

ふと、シンはチェスターを見て気づく。シンやミリアよりずっと肌色が濃いのでわかりづらかったが、目元のクマが結構目立っている。

(うーん、凄く忙しい人だからな。そんな合間に顔を出してくれたのか)

目頭《めがしら》をもみほぐしているチェスターを見て、ちょっと目薬や疲労回復薬も作ってみようと思うシンだった。

その後、ティルレインがシンと同じ馬車に乗りたいとごねた以外は、特に支障なく出発することができた。

シンはグラスゴーに乗ると譲らないし、当然ティルレインでは彼を論破できない。

そもそも馬車があるのに王子をグラスゴーに同乗させるわけにはいかないので、結局ルクスとティルレインがともに馬車に乗るということで落ち着いた。

ティルレインは馬車の中で鼻水を垂らしながらべそべそと泣いて、ルクスのハンカチを汚している。ルクスはそんな王子を面倒見良く慰めた。

シンはグラスゴーに騎乗して、馬車の斜め前を走っている。

その反対側には、ピコの手綱を握るビャクヤがいた。

カミーユは相変わらず気絶しているが、寝起きに王族が馬車に同乗しているとなるとショックがデカいという配慮で、ビャクヤと一緒にピコに乗っている。意識がないので、荷物のように括られていた。

タニキ村へと向かうコースは、安全第一で街道を利用している。

定期的に討伐遠征や見回りが行われている道なので、危険が少ない道だという。

前回とは違う道だが、多少遠回りでも治安が良い場所を選ぶべきだろうと、シンも納得している。

王子のティルレインがいることもあって、馬車はかなり上等だし、牽《ひ》いている馬も毛並みが良くて健康だ。その他の積荷も金になる物が多く積まれているだろう。

また、今回もティルレインが画材を多く持っていくので、馬車は全部で三台あった。そして、当然それを動かす御者《ぎょしゃ》や、護衛の騎士もいる。

護衛の中にはシンが見覚えのある者もいたが、知らない人も増えていた。

シンが見知った顔の一人に、アンジェリカ・スコティッシュフォールドがいる。

神殿の聖騎士用のものより、実用的で機能美を感じさせる白い鎧を身につけていた。

彼女としては、本当ならすぐにでもシンの前で膝をついて挨拶をしたいところだろう。

しかし、まだシンを神子だと知らないカミーユとビャクヤがいることもあって、表面上は主従を感じさせないように振る舞っている。

それでも、護衛する意思があると言わんばかりに、さり気なくシンの後ろについている。

彼女は時折、周囲を警戒するふりをして、ビャクヤたちをそっと見ていたが、その頻度がだんだん増えている。

怪訝《けげん》に思って、シンもビャクヤたちの方を見てみると……カミーユが美形台無しの顔で爆睡していた。

気絶した時そのままで白目をむいており、半開きの口から涎《よだれ》が出ている。

ピコの歩調に連動するように首がぐわんぐわんと大きく揺れているのに、起きやしない。

すぐそばにいる別の護衛騎士など、笑いを堪えるあまり真っ赤になったり、不自然な咳払いで誤魔化したり、劇画調かというほど真顔になったりしている。

ビャクヤはまだ王族ショックが抜けきらないのか、少し目が虚ろだ。それでもピコはちゃんと走っている——が、その視線はグラスゴーやシンに向かっていた。

よく見れば、ビャクヤはただ手綱を握っているだけで、完全に心あらずの様子だ。

お利口なピコは、人型の変な荷物まで乗っているけど、ご主人様のシンがいるから、お行儀よくついてきたのである。

その事実に気づいたシンは、思わず顔を覆った。

（ピコ……今日の宿に着いたら、美味しい果物でも買ってやるからな）

なんということだろう。自分の騎獣が健気で可愛すぎる。

グラスゴーほど激しく主張はしないが、ご主人様大好きなのは、ピコも一緒なのだった。

第三章　故郷への旅路

タニキ村への旅路は順調だった。

天候も酷く乱れることはなく、時折獣や魔物が襲ってくるのも想定の範囲内だ。

目が良いシンがそれらを見つけて、矢で射抜いていく。取りこぼした敵は、騎士やビャクヤたちが仕留める、というのが基本スタイルだった。

回数を重ねれば、自然と連携も上手になっていく。

互いに相手の呼吸や得手不得手《えてふえて》、戦法、癖を理解していった。

ちなみに、ティルレインは戦闘においては全く頼りにならないので、馬車の中で小さくなっているのが仕事だった。

基本、日の高い間は移動して、夕方には町や村の宿のある場所に着くことを目指す。

どうしても無理な場合は野宿もあったが、ここにいるのは護送も遠征も得意な騎士ばかりだし、シンたちも学園で野営の技術を習ったり、冒険者をしているうちに覚えたりしている。

こうした遠征では、保存が利くカッチカチのパンや塩辛い干し肉といった携帯食で済ませることも珍しくない。だが、一行は王族を乗せている馬車なので、物資は豊富だし、現地で食料調達ができる狩人がいる。食事の質は悪くなかった。

時間が経つにつれて、最初はぎこちなかったカミーユやビャクヤも、だんだん周りと打ち解けてきた。

時折カミーユが悪気なくポロリとこぼすヒノモト侯爵家のブラックファミリーぶりに、周りが少し引くこともあったが、旅の雰囲気は悪くない。

カミーユとビャクヤは、先輩である現役騎士たちから生のアドバイスを聞けて楽しそうだ。

ルクスとティルレインが学園の先輩として色々と教えてくれたのも、嬉しい誤算だ。二人は貴族科出身とはいえ、興味深い話が多かった。

ティルレインは今年卒業予定だが、色々とありすぎたせいで卒業式に出席できるか微妙らしい。

同学年のヴィクトリアは、彼の代わりにあっちこっちの公務や社交に忙しいのに、学業はレポートや課題提出で対応し、既に履修を完了しているそうだ。

話を聞いたカミーユとビャクヤは、「このへっぽこ王子の婚約者が、なんでそんな立派なレディなんだろう」という顔をしていた。

二人はその完璧淑女が、とんでもないサディスティックな性癖を持っていると知らない。

彼女はティルレインの情けない泣き顔が大好きで大好きでたまらなく、時に虐《いじ》め、時に慰め、時にからかって、耽溺《たんでき》するためだけに婚約を結び直したのだ。

シンは内心で苦笑する。

（改めて考えると、ひっどい理由だよなー）

知らないのは、時にとても幸せなことだ。

◆

その日の宿は、大きなお屋敷だった。

周囲は向日葵畑《ひまわりばたけ》に囲まれており、よく晴れた夏空と白い石畳の道、そしてその先にある屋敷の白い壁とチョコレート色の屋根のコントラストが、一枚絵のようであった。

（観光名所として金が取れそうなほどの絶景だな）

シンは輝かんばかり溌剌《はつらつ》と咲く黄色の花々に、目を丸くした。

日本だったら、インスタ映《ば》えとか言って人が密集してきそうな場所である。

そんな景色をたった数人と共有して楽しめるのは、実に贅沢だ。

「久々だなぁ～」

馬車からひょっこり顔を出したティルレインが、周囲を眺めて懐かしそうに目を細めた。

彼はこの場所が初めてではないようだ。

「ティル殿下はこの場所を知っているんですか？」

「ああ、ここは僕が幼少期に過ごしていた屋敷だ。体が丈夫でなかったから、王都ではなく、ここで療養をしていたんだ」

なるほど、とシンは頷く。このお屋敷と広々とした花畑は王家所有らしい。むしろお屋敷だけでなく、この一帯がそうなのかもしれない。

だとすると、人気《ひとけ》がない割に手入れが行き届いていることに納得する。

「ここにはシンディードの墓もあるから、墓参りもしたかったんだ。なんだかんだあって、去年は来られなかったからな」

ティルレインの心からの親友、シンディードは随分前に亡くなったと、シンは聞いている。

向日葵越しに遠くを見つめるティルレインの目は、ほんの少し寂しそうだ。いつだったか、向日葵はシンディードの好きな花だと言っていた。だからこの季節、この場所は彼の好きな黄色い花で埋め尽くされているのかもしれない。

シンディード・キャンベルスター男爵は、ティルレインにとって大切な存在である。

寂しい幼少期を支えてくれた唯一無二の友であり、度々名前を口にするくらいには、その存在は大きい。

ティルレイン曰く、シンに似ているらしい。

おかげで、シンはこのおめでたいお馬鹿王子に粘着されているのだが。

「男爵様なのに、このお屋敷にお墓があるんですか？」

貴族なら高級墓地や、自分の家の領地に墓があると、シンは勝手に思っていた。

しかし、シンディードは血縁が少なく、伴侶《はんりょ》や子供に恵まれていなかったらしいので、ここにあるのかもしれない。

二人にとって、ここは思い出深い土地なのだろう。

シンがシンディードの話に興味を持ったのが嬉しいのか、ティルレインは表情を明るくする。

「ああ、あるぞ。そうだ、せっかくだから、先にシンをシンディードに紹介してから屋敷に行こう。ずっとシンのことを見せてやりたかったんだ」

親友が亡くした悲しみは吹っ切れているのだろう。ティルレインの笑みは晴れやかだ。

だが、その後ろのルクスは少し複雑そうな顔をしている——あと、一部の護衛も。

シンは何か事情があると察したが、故人の事情を無闇に詮索《せんさく》するのは失礼と考え、何も聞かなかった。


敷地に入ると、数人の使用人が迎えてくれた。

ティルレインがこの屋敷を去った後も時々シンディードの墓参りに訪れることもあって、手入れをする人の出入りはあるようだ。

若い使用人は少なく、老人と言っていいような者ばかりだ。

なんでも、元は宮廷仕えをしていたが、年齢で引退した人たちが多いという。彼らは王家からの信頼も厚く、年季もあって仕事はできるものの、体力は衰《おとろ》えてしまっている。そのため、この別荘くらい閑散《かんさん》としている場所の方がちょうどいいそうだ。

ティルレインは全員顔見知りなので、笑顔で挨拶をしている。

出迎える彼らの顔も嬉しそうだ。懐かしくも眩《まぶ》しそうにティルレインを見ている。

「まあまあ殿下、また一段とご立派になって。シンディード様のお墓参りですか?」

「ばあやも元気そうで何よりだ。いつものはあるか？」

「ええ。もちろんですよ。少々お待ちを」

にこにことしわくちゃの顔を綻ばせる老婦は、向日葵の花束と小さな布袋を持ってきた。

最初はルクスが受け取ろうとしたが、ティルレインはそれを制してわざわざ自分で受け取る。

「屋敷でお茶の用意をして待っていますから、お早めに戻ってくださいね。日差しも強いですし」

「ああ！　では、行ってくるぞぅ！」

老婦にそう応えたティルレインは、ふんすふんすと気合たっぷりに出発した。

庭先にあったシンディードの墓は、ちんまりとしていて愛らしいものだった。

楕円形のよく磨かれた墓石に「シンディード・キャンベルスターここに眠る」と、シンプルな文字が彫られている。

墓は小さいが、手入れが行き届いていた。墓石が崩れたりひび割れたりはしていないし、雑草も綺麗に刈り取られている。

墓の前に着くと、ティルレインは座り込み、ニコニコと墓石に話しかけはじめた。

知らない人の墓の前に来ているので、シンはイマイチ実感が湧かない。

（そういえば、この世界のお墓って、初めて近くで見たかも。今まで見たのは遠目からだったし、無縁仏《むえんぼとけ》なんかはただ埋めるだけだって珍しくなかったしな。タニキ村にある墓地は墓石じゃなくて、木製の十字架や角材みたいなのを立てていたっけ）

墓石を誂《あつら》えるには、それなりの資金が必要になる。ティルレインがいなければ、シンディードには墓を作って弔《とむら》う人もいなかったのだろうか。

シンも似たようなものだ。うっかり転移させられた異世界人なので、こちらに親戚は一切いない。

シンは思わず自分の葬儀のことを考える。

(僕もそうなのかな……神子としては埋葬されたくない。僕個人って意味なら、ハレッシュさんは弔ってくれそうだな。あとチェスター様やミリア様あたり?)

ティルレインもやりそうだが、シンの意向に沿わない大仰《おおぎょう》なことをしそうである。

そう思ってティルレインを見ていると、彼は墓前に花束を置き、麻袋から何か小さな豆――にしては平たい何かを取り出して、小皿に置いていた。

(お菓子かな?)

相変わらずティルレインは墓石に何か話しかけている。

シンはこちらの世界の日常生活にはだいぶ慣れたが、冠婚葬祭などに参加したことはない。そのため、こちらの慣習や風習はよくわからないので、ティルレインの振る舞いが儀式的なものかも判別できなかった。

「シンディード。こっちは僕の友達のシンだ! お前の愛称と同じなんだぞぅ! ほら、黒髪なところとかもお揃いだ!」

ティルレインはにこにことシンを引き寄せながら、墓石に向かって紹介する。

当然ながら墓石から返事はないが、シンはとりあえずぺこりと頭を下げておいた。

(確かシンディード様は同じ黒髪……ティル殿下が言うには雰囲気が似ているらしい。ってことは日本人か日系とか？）

この世界には意外と身近に同郷が現れることがある。聖女がそうだった。

カミーユやビャクヤも、祖先に転移者や転生者に関係があったから、日本の名残《なごり》を感じる。

そんな中、ルクスはどこかソワソワとティルレインとシンを見つめながら、口を噤んでいた。

その様子に気づいたビャクヤは、そっと口元を袖で隠しながら少し怪訝そうに目を細める。

悪女アイリーンに騙されて傀儡《かいらい》にされ、王都エルビアから追放されたティルレイン。その頃からずっとここに来られなかったのだろう。積もる話が多く、最初はあっちこっちに話題が飛んでいた。

ひとしきり色々あったことを喋り尽くすと、ティルレインは満足したらしい。日差しが強いのもあって、屋敷に戻ることとなった。

屋敷では、先ほどの使用人たちがカットフルーツと良く冷えたアイスティーを用意して待っていた。

シンたちはティーテーブルを囲んで座り、生き返る思いでアイスティーを飲む。

この暖かい天候で、口の中が乾くクッキーや濃厚な生クリームのついたケーキを食べる気にはならなかったので、ありがたかった。

室内には冷房はないものの、風通しの良い日陰になっており、快適だ。

ふと、シンは壁にいくつもかけられた大小の絵に気がついた。

「あの絵って……」

シンが壁を指さすと、ティルレインが反応した。

「ああ、僕が描いたんだ。あの頃は、ここで見た物ばかり描いていたから、庭の花や番犬やシンディードばかりだったな」

「へー。見てもいいですか？」

シンはティルレインの許可を得て絵に近づく。そこには色とりどりの花や風景、ドーベルマンやシェパードに似た精悍な犬たちが描かれてがいる。だが、それに交じって変なのがいた。

シンが怪訝な顔をしていると、同じくそれを目に留めたビャクヤが首を傾げる。

「なんやこれ、黒い鼠《ねずみ》？　ドブネズミ？」

ビャクヤの呟きに反応し、カミーユも絵を覗《のぞ》き込《こ》む。

「鼠の割に尻尾が短いでござるな。もしかしてハムスターでござるか？」

「え、黒いハムスターっているんだ」

「数年前、貴族の間で小型のげっ歯類の飼育がブームになったでござるよ。ハムスターもその一つで、確かいろんな色や柄があったはずでござる」

愛玩用の動物というのは、人気に火がつくと、商売として細かに種類が細分化されることがある。そうなると、一見需要が低そうなものも珍品として取り扱われる。

もふもふが売りの一つになる犬猫の中にも、毛がない品種だってある。スフィンクスやヘアレスドッグなどもその一つだ。体温調整が難しく、日差しに弱いというデメリット満載で――ちょっと生物的には退化している――飼うのにも神経を使いそうな品種である。

この一見ドブネズミと間違われそうな黒いハムスターも、もしかしたらレア品種の可能性がある。何せ、王子が飼っていたと思われるハムスターだ。

「殿下、この鼠さん、ペットにしとったんですか？」

ビャクヤがドブネズミもどきのハムスターを指さしながら聞くと、珍しくティルレインが怒った。しかし、ぷんすかという感じでまるで迫力がない。

「鼠じゃなくて、ハムスター！　ペットじゃなくて、親友にして心友！　シンディード！　その子がシンディード・キャンベルスターだよぅ！」

ティルレインの答えに、質問したビャクヤどころか、傍にいたシンやカミーユも凍り付く。

全ての事情を知っていたルクスは、真っ青になって顔にギュッと力を入れた。苦虫《にがむし》を何十匹も噛み潰した顔である。

シンもさすがにぽかんとしてしまった。

「え、待ってください。殿下、シンディード様をキャンベルスター男爵って言っていませんでした？　実は変わった亜人とか、異種族とか？　ネズ――んんっ！　ハムスターですよね？」

異世界のフェアリーやファンシーな種族という可能性もワンチャンある。

なんでこのちっこいネズ公が貴族なんだというツッコミは、ギリギリで呑み込んだシンだった。

しかし、そんなシンの葛藤も気づかず、ティルレインが溌溂と暴露する。

「療養中の僕を支えてくれるシンディードに爵位をあげたいって言ったら、お祖父様や父上や兄上たちが動いてくださったんだ。シンディードはちゃんとティンパイン王室に公式に認められた男爵だぞぅ！」

ある意味では立派に遺影と言えるハムスターの絵を示し、ティルレインはエッヘンの胸を張る。絵の中のシンディードは、真っ黒な円《つぶ》らな瞳がとってもキュートだ。小さなお手々がヒマワリの種を持っている。その姿は、どこからどう見てもハムちゃんである。

シンの中で貴族の概念が揺らぐ。貴族ってそんなに適当になってもいいものなのだろうか。そんなことができるのだろうかと、頭を抱える。

この国は大丈夫なのかと、シンは本気で心配になった。

「え、鼠が貴族なの？　本気でぃ――ふぐ⁉」。

シンの口をふさぎ、早口でまくし立てたのはルクスだった。

「シン君‼　……その、色々と事情がありまして！　ぶっちゃけて言いまして、下手に人間に爵位を与えるより、三年以内に寿命で死亡が確定している小動物に与える方が安全なんです。人間の一代貴族や名誉貴族にするより知恵が回らなくて、短期間で必ずなくなる爵位ですから。当時、ティルレイン殿下は病弱で……同じ屋敷、同じ部屋に昼夜問わず傍にいてくれるハムスターは、とても慰めになっていました。床に臥すことの多い殿下に、祖父である大公も国王夫妻も兄殿下たちも、すこぶる甘くて……」

要約すると、病弱で可哀想《かわいそう》な王子を家族は喜ばせたかった。社交もほとんどできず、孤高のボッチ王子が、大好きなハムスターのお友達に寂しさを慰められていたと聞いて、憐憫《れんびん》や愛情といった感情がこねくり回され、爆発したそうだ。

その結果、件《くだん》の鼠——ではなくハムスターのお友達に、王家から特例で爵位が与えられた。

もし人だったら一悶着あっただろうが、相手は第三王子のペットだ。

シンディードを親友だとティルレインが主張しても、傍《はた》から見ればただの小動物である。

権力闘争よりも、手の中に向日葵の種があることを重要視する生き物だ。

家臣たちはざわついたものの、特に問題は起こるはずもないと、議会で通った。通ってしまった。

普段は止めるチェスターや大臣たちも「こんなことで勅令《ちょくれい》を使うなよ」と思いつつも、反抗するのもくだらないので、さっさと済ませることにしたのだ。それ以外は小さな王子の慰めになればと、同情的に擁護《ようご》してしまった。

もし彼らが全力で反対しても、シンディードの授爵を阻止するのは難しかっただろう。

何せ、国王も王妃も王太子も大公も乗り気という役満だった。

結果、ハムスター男爵誕生である。

シンディードは円らで真っ黒な瞳に、頭から背中にかけては黒い毛並みのハムスターだった。

キャンベルスターという種類だったので、もともとあったシンディードという名とくっつけて、シンディード・キャンベルスター男爵の爆誕である。

名前はとっても立派だった。

大抵の人は、真実を知るまでシンディードを普通の人間だと思ってしまう。シンもそうだった。

そして、いちいちシンディードの話が出るたびに深く聞くほど興味がなかった。突き詰めるにしても、無駄に鬱陶しいティルレインから話を聞くのは余計に面倒くさかった。

（まさかハムスターとは……そういえば、僕ってやたら小動物扱いされることがあったけど、原因はこれか……）

ティルレインの父――グラディウス王も、シンをハムスター扱いしていた。

恐らく、あの辺りの人たちはシンディード＝ハムスターということを知っていたのだろう。

それ以外でも小動物扱いが多かったから、基本シンの外見はそういったちんまりとした生き物に見られやすいようだ。

シンはじっとりとした視線を向けるが、当然ティルレインはその気持ちをわかるはずがない。

普通、男性が小動物扱いされて喜ぶわけがない。しかも鼠、ハムスターである。女性でも微妙だ。是非の判断が分かれるところだ。

ルクスは全て知っていたから、この屋敷に近づくにつれて顔が引きつっていたのだろう。

愛玩鼠と同類にされる心境を察することができたからこそ、居心地が悪そうにしていたのだ。

シンだって、ティルレイン以外にハムスター扱いされようものなら、絶対に馬鹿にされたと判断していた。

だが、この王子はガチである。本気でハムスターを親友だと思っている。

一点の曇りもなく、心から、親愛と敬愛をもって、この小さなげっ歯類（故ハムスター）を友と呼んでいるのだ。

そのガチっぷりは、屋敷の至る所にあるシンディードの肖像画や、あの小さくも立派な墓から察せられる。季節柄というのもあるが、屋敷を囲む向日葵畑からも、その熱意を感じられる。しかも、与えられた爵位も本物というおまけつき。

シンは最初「鼠と同類扱いしやがって」と思ったものの、一般の感性とずれたティルレインを怒鳴ったり諭《さと》したりして、意味があるだろうかと、冷静になった。

悪気も悪意もないのだ。シンは悩み、考えた。そして、結論を出す。

「きっとシンディードも、ティル殿下が来てくださって喜んでいますよ」

慈愛と諦観《ていかん》のアルカイックスマイルと共に、シンは自分が大人になることにした。シンの中身はアラサーだし、ティルレインは立派に成人の年齢であろうと、その心に永遠の少年を住まわせているタイプの人間だ。

悟った笑顔のシンを見て、周囲は彼が譲歩したのだと察した。

「うん！　きっとそうだぞぅ！　シンやルクスも来ているから、いつもより喜んでいるさ！」

晴天のような笑みのティルレインだけが、何も知らず、気づかず、表裏なく幸せそうだった。

シンディードとシンの名前の類似性や、どことなく似た容姿に勝手に運命を感じていた彼は、ようやく二人（正しくは一人と一匹）を会わせることができて、嬉しそうである。

背後で顔を覆い、心なしか背中を丸くする侍従の様子など全く気づかずに、ご機嫌だ。

全てを察している一人であるルクスは、シンへの申し訳なさで、顔を上げられなかった。

一方、シンは「もうどうにでもなれ」と、半分自棄気味にティルレインの暴挙を許容した。

天然かつ奇天烈《きてれつ》なティルレインを叱《しか》るのが面倒くさくなったとも言う。

いろんな視線が突き刺さる中、ティルレインは土産を屋敷の人たちに配るために飛び出していった。

そして、彼がいなくなったのを確認して、カミーユとビャクヤがススとシンに寄ってきた。

「いいのでござるか？　鼠扱いでござるよ？」

「一緒にすんなって言ったところで、びーびー泣き喚《わめ》いてごねるだけだしね。僕らにとっては鼠でも、殿下にとってはお友達だし」

「シン君……いや、なんや思ったよりぶっ飛んだ王子様やね」

ビャクヤは何か言いかけたものの、呑み込んだ。シンの気持ちもわからなくはなかった。

なんだかんだ今日も移動し続けて疲れたし、下手に否定的な意見を述べて、ティルレインが癇《かん》癪《しゃく》を起こした場合、相手をするのも骨が折れる。

駄犬を扱うプロのシンは、その辺の見切りも上手くなっていた。

「しっかし、ルクスとかいう眼鏡の兄さんも、よう頑張っとるなぁ。あの王子様、カミーユより頭のネジが愉快に弾けとるで？」

しみじみと言ったビャクヤの言葉に、カミーユはショックを受けたように声を上げる。

「え、某は同類でござるか!?」

「あそこまで愉快に弾けているのは、ティル殿下だけだよ。悪意はないよ。本当に悪気なく迷惑な人だけど」

ざっくり言い捨てるシンに、ビャクヤとカミーユは「せやな」「そーでござるな」と、心なしか硬い声で返事をする。

二人はまだ、駄犬王子ティルレインと凄腕調教師シンという力関係を受け入れきれていない。ティルレインは王族で、シンは平民ということがネックなのだ。

最初はシンの冷ややかな発言にどぎまぎして脂汗や冷や汗をかいていたのだから、だいぶマシになってはいるが。

「シン君が宰相様のお世話になっとるのって、ティルレイン殿下が関係しとるん？」

「まあね。あの宰相はもっと厄介な……そうだな、言うならティル殿下に悪知恵と権力が付いた人を、現在進行形で躾けているから。だから、ティル殿下だけでも僕に躾けさせたいみたいだよ。殿下は僕に無駄に懐いているし、正論パンチでぼこぼこにできる人材を探していたっぽい」

シンの権力に対して常にブレずにスーパードライなところも高得点なのだろう。カミーユとビャクヤは察した。目の前に頭の悪そうな権力者がいれば、媚《こ》びへつらって甘い蜜を吸おうとする人間は、掃いて捨てるほどいる。

「え、コワ。つーか、誰なんソレ、あの殿下上回る面倒さやん」

「王子より権力があるとなると、それこそ王太子殿下か陛下くらいでござるよ？　悪夢でござるな」

引き気味のビャクヤとカミーユに、シンはあっけらかんと答える。

「あ、ちなみにそれ、国王陛下だから」

二人の少年はその夏、一つのことを勉強した。知らないって、時にとっても幸せであると。

テイランの欲望に腐敗しきった王族もアレだが、愉快な感性が爆発しているのも嫌なものだ。

◆

一行は向日葵の屋敷に三日滞在した。

ずっと移動し続けていたので、馬を休ませる意味もあるし、色々と補充したり点検したりと、少し多めに時間を取ることにしたのだ。

また、ここには信用できる人が多くいるおかげで、護衛やお世話係も休息を取りやすかった。王家の管理下にあるので、安心できる。

ピコやグラスゴーも、久々にシンにいっぱい構ってもらえて嬉しそうだ。

特にグラスゴーは焼きもちやきなので、シンとたくさん触れ合ってご機嫌だった。角の先から磨いてもらい、蹄の手入れや尻尾の先までブラッシングされてピカピカだ。

その後、ピコも同じように手入れしてもらって、嬉しそうにしていた。

カミーユとビャクヤは、厩舎の掃除や飼い葉《かば》の用意をするなど、彼らは彼らで動き回っていた。

しかし、騎士科の二人にとって、騎獣の世話はごく当たり前のことだ。イタリアの赤いパイナップル並みに爆発スイッチのわからないティルレインのお世話より、騎獣の面倒を見る方が楽である。

少し離れた場所で、シンに見守られながらはしゃぐ黒馬と鹿毛を眺め、カミーユは目を細めた。

「やっぱり飼い主が良いのでござろうな。ピコもシン殿にお世話をしてもらった後は、すごく機嫌が良いでござる」

「そーやろ。ピコはシン君大好きやん。シン君は騎獣屋でバイトしとったことあるらしいで。ブラッシングも上手いもんやし」

カミーユの後ろにいたビャクヤは、ピッチフォークを器用に操り、新しい干し草を移動させたり解したりしている。

先に汚れた干し草と馬糞を運び出して捨てに行くので、木製の一輪車に集めてある。

「グラスゴーの機嫌が良いのはもっとありがたいでござる。馬車馬どころか、騎士も怯えるでござるからな」

瞳からハイライトを消したカミーユがぼそりと言うが、優秀な獣人の聴覚を持つビャクヤにはきっちり聞こえていた。

動物に好かれるシンは、騎士の騎獣や馬車の馬にもモテた。

それが癪《しゃく》に障《さわ》ったらしく、グラスゴーは――その騎獣に噛みついたり蹴りを入れたりはしなかったが――それはもうピリピリしていた。道の途中で獣や魔物が襲い掛かろうものなら、憂《う》さ晴《ば》らしが爆発する。火柱ならぬ、雷柱が発生し、クレーターが街道沿いにいくつもできた。

「グラスゴーの機嫌取りは、シン君限定やからな」

「グラスゴーは戦力としては心強いでござるが、ちょっと怖いでござるよー」

たはは、と苦笑いをするカミーユの言葉に、ビャクヤも同意した。

グラスゴーはすこぶる上等な騎獣だ。しかしあの気性は危険すぎる。

憧れないと言えば嘘になるが、あそこまでアンタッチャブルだと、かえって諦めがつくというものだった。

遊びを終え、シンはグラスゴーとピコを厩舎に戻す。

満足した二頭はごねることもなく、素直に入っていく。

それぞれの場所は綺麗に掃除されており、飼い葉も用意されていた。

さっそく食べはじめる二頭を眺め、シンはふと気づく。

「……すっかり角も伸びたなぁ」

二頭とも根元からへし折られていたはずの角は、まっすぐ伸びている。

グラスゴーは黒曜石《こくようせき》の如《ごと》き漆黒《しっこく》の角だ。中にうっすらと魔力が輝き、白い靄《もや》のように見える。最初はそれが何かわからずシンは心配したが、ずっと観察していると気づいた。これはグラスゴーの鼻筋にある『白刃線《はくじんせん》』と呼ばれる模様の延長のようなものだ。白刃線は特に強いデュラハンギャロップに出る模様で、魔力の流れが白い筋になって表れるという。

つまり、それだけ魔力が濃密に溜まっているのだ。

(まあ、すごく魔石やポーションを飲み食いしていたからな……)

食欲があるうちは大丈夫だと思って与えていたので、パワーアップしていたのかもしれない。

ピコはグラスゴーほど魔石もポーションも消費しなかったが、それでもしっかりシンから貰っている。

ピコの角は、黄色にも鮮やかなオレンジ色にも見える。光の角度によってきらきらと宝石のように輝いていた。

シンは宝石には詳しくないので、どんな宝石かと問われたら答えに詰まる。とても綺麗だった。

（さすが、宝石の角《ジュエルホーン》だよな）

もしかして、騎獣泥棒の一味がピコの角をへし折ったのは、グラスゴーに似せるだけでなく、角を売却する目的もあったのだろうか。

これだけ美しいのであれば、色々付加価値がありそうだ。

ジュエリーとして宝飾品にもできそうだし、単品でも十分綺麗なので、コレクターがいてもおかしくない。だからと言ってシンは、ピコの角を折ろうなんて思っていない。こんなに綺麗に伸びたのだから、自慢したいくらいだ。

その心理は完全に、うちの子が可愛くてたまらない飼い主である。

「明日からまたいっぱい歩くから、頼んだぞ」

シンはそう言って手を伸ばす。ピコの鼻面を撫でると、嬉しそうに目を細めて一層顔を寄せてくる。グラスゴーも、自分もしてほしそうに近づいてきた。

大好きなシンから愛情と信頼をいっぱい貰い、二頭はやる気も元気もフルチャージするのだった。

◆

お世話になった屋敷の人たちとシンディードに別れを告げて、一行は再び旅を始めた。

その後も順調に進み、懐かしい山が見えるようになる。

あと一息。タニキ村はもうすぐそこだった。

ゴトゴトと馬車が少し音を立てる。

舗装《ほそう》されていない土と石の剥《む》き出しの道は、馬車がギリギリ一台通れる幅しかない。

タニキ村へ行く一本道に差し掛かると、道幅はさらに狭く、獣道のようになっていく。

人口が少ない村なので、人の行き来も稀《まれ》だ。それに、今の季節は草木が生《は》える勢いも凄まじいのもあって、道は草に侵食されていた。馬車の車輪に、細い草の葉が巻き込まれている。

少しずつ風に涼しさが混じり、草の匂いが山の緑の匂いに変わる。

空高い位置から、ピーヒョロロと良く響く鳥の声が聞こえてきた。


山間を抜けると、そこには風光明媚な田舎だった。

長閑さを絵に描いたようなタニキ村が、シンの記憶と違《たが》わずにあった。

遠くに見える、米粒より小さい人影が動く。畑仕事に精を出していた村人が、こちらに気づいて手を振った。

それにシンも大きく手を振り返す。

カミーユが眉間にしわを寄せ、目を細めて「どこにいるでござるか？」と、怪訝そうに問う。どうやら、彼はシンほど目が良くないらしい。

外の風景を見て、大体の位置を把握したルクスが、馬車の窓を開いて顔を出した。

「すみません、シン君。領主のポメラニアン準男爵に知らせをお願いしていいですか？」

「あ、はい。先に行っていいんですか？」

「ええ。シン君なら話も早いでしょうし、この中で一番早い馬はグラスゴーですから。スコティッシュフォールド卿《きょう》はその後を追ってください。貴方がこちらの書簡をポメラニアン準男爵に」

早馬役と伝令役に見えるが、これはルクスによるシンへの配慮だ。

ずっと王子のお守り役をしていたのだから、先に家に帰らせてあげたい。そして、念のために神子であるシン専属の聖騎士であるアンジェリカ・スコティッシュフォールドをつけた。

書簡はルクスが後で渡してもいいのだが、タニキ村に近づくにつれて静かに目を輝かせるシンを見ていたら、ついついおせっかいをしてしまいたくなったのだ。

唯一駄々をこねそうなティルレインは今、馬車の中で午睡《ごすい》を貪《むさぼ》っている。クッションを抱きしめながら、深い眠りについているのがわかる。呼吸が規則的で、非常に静かでゆっくりだ。

ルクスの顔と、ティルレインの寝顔を見比べ、シンは素早く頭を下げてグラスゴーを走らせた。

その後ろを白い鎧の美女が追う。

馬車を追い抜かす時、アンジェリカは小さく「では、後ほど」と、承諾《しょうだく》を込めて返事を置いていった。

ルクスは窓を閉める直前、広がる村を見た。緑と空の眩しさに目を細めながら、遠くを眺める。

（……シン君、私の目には、家はわかっても人はわかりません……）

きっとシンなら、たとえ遠くに領主のパウエルが開墾や狩りに出かけていても、いち早く見つけてくれるだろう。狩人の視力、侮《あなど》りがたしだ。

グラスゴーに跨《また》り、シンは一気にタニキ村の道を通り抜けていく。

進行方向に飛び出してきた子供もいたが、グラスゴーがあっさり頭上を飛び越える。

懐かしい古びた木と石でできた民家の脇を通り過ぎると、一番奥に領主邸が見えた。

お屋敷は王家の配慮によって立て直されたばかりなので、真新しく立派だ。

屋敷まであと五十メートルを切ったところで、扉が開いて子供が出てきた。こちらに気づいて、両手を振って跳びはねている。

領主子息のジャックが、弾けるような笑顔で歓迎している。

「シンにーちゃん！　おかえりー！」

「ただいま！　領主様は？」

「あっちの畑だよ！　今の時間なら休憩しているんじゃないかな？」

そう言ってジャックが指さしたのは、最近開墾できた土地に作られた畑である。

シンは一度馬上から降りて、ジャックの髪をかき混ぜるように頭をクシャクシャと撫でた。

ちょっとだけジャックの背が伸びた気がする。そんなところに、時間の流れを感じた。

そうだ、と思い出して、シンはマジックバッグから袋を取り出す。

「ありがとな。これ王都土産の菓子。これと一緒に、家にいる人たちにも僕や殿下の帰りを伝えてくれ」

「わかったー！　やったー！」

お目当ての物をゲットしたジャックは、あっさり回れ右して屋敷の中へ入っていった。

ちなみに中身はシュトーレンのような長期保存のできる菓子パンである。大きさはフランスパンだが、ドライフルーツやナッツがふんだんに練り込まれ、砂糖衣で包まれている。

あれなら、余程誰かが欲張らない限り、屋敷の人間に行き渡るはずだ。

シンは元気なジャックの背中に苦笑し、グラスゴーのもとに戻ると、示された畑の方向へ駆け出した。

山を開墾して作った場所なので、上り坂になっている。

だが、グラスゴーは涼しい顔で駆けていった。

少し上ると、茣蓙《ござ》のような敷物の上で村人たちと一緒に休憩しているパウエル・フォン・ポメラニアン準男爵を見つけた。

相変らず、村人と共に汗水流して労働していたようだ。

ずば抜けた有能さはないものの、パウエルは領民と苦楽を共にすることのできる人間だ。おかげで人望が厚く、その人柄もあって、村人たちも彼に気さくに話しかけて笑い合える。

休憩していた一団はすさまじい速度で急接近してくるシン——というか進撃の巨大馬に、すわ魔物の襲撃かと身構える。

だが、その背にシンを確認すると、手に持ちかけていた鍬《くわ》や斧を下ろした。

パウエルは近くに大きな農具がなかったので、小さなシャベルを握り締めて固まっていた。

「あれ？　シン君？　おかえりー……ってことは——ティルレイン殿下!?」

「察しが良くて助かります。こちらに向かっておいでです」

シンの頷きに、パウエルはあわわはわわと挙動不審なくらい狼狽《ろうばい》する。

気温は暑いというのに、パウエルの顔から赤みがどんどん引いていく。それを見ると、シンは申し訳なくなった。

「え？　ええ？　ちょっと前の伝書だと、あと二〜三日かかりそうだって話だったのに？」

パウエルはティルレイン一行を出迎える気はあったが、まだまだ到着に猶予《ゆうよ》があると考えていた。

シンだって、予定よりも早く来ている自覚はある。

強行軍をした覚えはないが、もともと天候や、人や馬の体調を考慮して少し余裕を持った予定を組んでいた――が、今回は何一つ問題が発生しなかったので、スムーズに帰れたのだ。

「思ったより旅路が順調でして」

「知ってる……連絡来るたびに繰り上がりに繰り上がって、予定よりかなり早い到着だよね？」

パウエルは大慌てで「うひゃーっ」と叫ぶ。なんだかほっこりしてしまう驚き方だ。

しかし、彼にとっては雲の上と言える王族と上級貴族が来るのだから、かなり切羽詰《せっぱつ》まっている。

口にはまだ食べかすがついているし、服だって農作業で泥だらけだ。いくら見知っている仲とはいえ、キチンと身なりを整えて出迎えたいだろう。

シンはサクッと魔法を使って、パウエルの汗や泥を落とした。

だが、汚れを落としたところで、パウエルの服装は麦わら帽子と着古したチェック地のシャツと、ダボッとしたオーバーオールと長靴だ。

ペンやサーベルよりピッチフォークが似合いそうな姿である。

「屋敷まで送りましょうか？」

どうせ戻るのだし、とシンは提案をする。

「お願いいいいいい！」

良識のあるパウエルは、両手を胸の前で組んで懇願した。風呂は省けても、着替えは必須だと、シンもわかっていた。さすがにラフすぎて王族を出迎える姿ではない。

たとえティルレインは気にしないとしても、そしてパウエルが田舎貴族であっても、体裁というものがある。

シンは先にパウエルだけ領主邸に送り届けた。

ちょうど、書簡を持ったアンジェリカが着いたところで、タイミングよく伝達が済んだ。

「アンジェリカさん。僕はカミーユとビャクヤを回収したら、先に家に帰りますね」

「はい。ではこれを」

アンジェリカとしてはシンを家まで送り届けたかったが、学友二人がついているところに同行して不自然に思われてはいけないため、待機することにした。

かわりにと言わんばかりに差し出したのは、トイレットペーパーの芯《しん》に似た物だった。だが、中身は空洞ではなく、何か入っている。

「これは？」

「簡易な発煙筒……狼煙《のろし》です。もし何か問題が発生したら、それを使ってください」

「使わないことを祈るよ……」

切実にそう思うシンである。せっかくの夏休みを殺伐と緊張の中で過ごしたくはなかった。

アンジェリカとしても、使う機会があってほしくないと願っていた。

かわりに、狼煙の使い方を教える。

「その狼煙は火がなくても、強く叩きつけると使用できます。端に衝撃を加えると狼煙になりますが、全体に衝撃を与えると煙幕にもなりますよ。魔物や獣が嫌う煙が出るので、対人以外にも使えます」

「へー」

魔物が嫌う煙幕というものには、シンも興味があった。

隣家のベッキー家の子供たち――カロルやシベルはまだ畑仕事や薪《たきぎ》拾いくらいしかしていないが、狩りをもっと教えるとなると、この手の品は用意した方がいいだろう。非力な女性や子供にとって、魔物の接近は死活問題だ。非常用とわかっていても、発煙筒をばらしたい衝動に駆られるシンだった。


その後、パウエルはなんとか出迎えの準備を間に合わせることができた。ルクスが気を利かせて、領主邸までゆっくりとした速度で来てくれたのも大きいだろう。

ティルレインは久々に会う村人たちにニコニコと愛想を振り撒き、挨拶や軽い会話をしつつ、楽しんでいた。

以前から護衛に同行していた騎士たちは村人の顔を覚えているので、見覚えのない人間に目を光らせていた。表面上はにこやかに対応していたが、あえてゆっくり行くことで、新参者の顔を頭に叩き込んでいる。道すがら話を聞いて、村の近況を把握することも忘れない。

どうやら、冬に来たキカたちの放蕩《ほうとう》によって破談になった家は少なくなかったそうだ。それにより、村の外から縁談を仕切り直すことが多かった。浮気をした男どもは、大半が村の外に叩き出されるか、妻子に尻に敷かれてドアマット以下の扱いになっている。

若者はやり直しが利くが、既に子が大きく、孫がいるような年齢の男たちは、村から爪弾《つまはじ》きにあったら老後が悲惨《ひさん》だ。必死に機嫌を取る毎日だという。耐えきれずに逃げ出した者もいるらしいが、今更一人暮らしでの男やもめ状態は、相当寂しそうだ。

新しい顔が増えていたのは、そういった影響もあったのかと、ルクスたちは納得する。

良くも悪くも、田舎には閉鎖的な面があり、そうそう顔触れが変わらない。都心より人間の流動が少ないのだから当然だ。

そんな中、ちょっと脳味噌のネジが緩いものの、とびきり美形で朗らかなティルレイン王子は、タニキ村の人気者だった。

若い女性より、ご老人やお子ちゃまたちに大人気なあたりが、彼らしいと言える。

たくさんのぴかぴかドングリの首飾りや、シロツメクサの花冠で着飾ったティルレインはご満悦の様子である。

一行が領主邸に着いたのは、シンが離れてから一時間以上経った後だった。

同じように飾りを貰っているルクスや騎士たち、カミーユやビャクヤも一緒である。

各々サイズによって花冠《はなかんむり》だったり腕輪だったり、ちょっとずつつけている場所が違っている。

一部の者はつけていないと思ったら、馬がやけにもごもごして、口に白い小さな花弁がくっついていた。食われたらしい。

「俺の馬、好きなんですよ……クローバーの葉も花も」

困ったように、若い騎士は答えた。心なしか、その背は悲哀に染まっていた。

よく見れば、他の馬も花輪を狙っている。

馬の目には、アクセサリーが食料に見えている。瑞々《みずみず》しい香りにうずうずしていた。道中は野営をなるべく避けて宿に泊まっていたので、そこで出される干し草の飼い葉には飽きたらしい。

前にもタニキ村に来た馬たちからすれば、山と森に囲まれたこの村は、自然という名の最高のビュッフェ会場でもあるのだ。

「とりあえず、我々もそうですが、馬たちも休憩と慰労のご馳走《ちそう》が必要ですね」

ルクスが苦笑して、それを合図に騎士たちの間にもどっと笑いが広がる。

「そりゃそーだ！」

「さあ、最後の一頑張りだ！」

「荷を下ろして、厩舎を確認しに行くぞー！」

わあわあと賑《にぎ》やかに、しかしきびきびと、騎士たちは動き出す。

一行は無事にタニキ村に到着した喜びに沸くのだった。

一方、シンはこっそり別行動をとっていた。

ポメラニアン準男爵一家に歓迎され、うっきうきにはしゃぐティルレインの目を盗んで、シンはカミーユとビャクヤを自分の家に案内した。

ハレッシュは家にいて、庭の田畑の世話をしていた。

グラスゴーに跨ったシンと、その後ろをついてくるピコに跨ったカミーユとビャクヤに軽く目を丸くしたが、嬉しそうに駆け寄ってくる。

「シン、お帰り！」

「ただいま！　ハレッシュさん！」

グラスゴーを降りようとするシンを、途中からあっさり持ち上げて、手に持ってぐるぐるするハレッシュ。いわゆる〝高い高い〟である。

ハレッシュの上腕二頭筋《じょうわんにとうきん》はシンの予想以上に屈強《くっきょう》だった。若干の気恥ずかしさと、羨望《せんぼう》を感じながらも、シンは大人しく回される。

「で、後ろは例のダチか？」

ハレッシュはそう言って二人に目をやりつつ、シンを下ろした。

視線を受けて馬上から降りた二人は、自己紹介を始める。

「お初にお目にかかる。カミーユ・サナダ・ヒノモトでござる。学園では騎士科に所属しているでござる」

「僕はビャクヤ・ナインテイルと申します。同じく騎士科に所属しております。お世話になります」

カミーユはいつも通りだったが、久々のビャクヤの外面《そとづら》モードになる。

神秘的な美貌をはんなりと微笑みに変え、蠱惑的《こわくてき》だ。

(最初はこんな感じで、僕やレニにも接近していたなぁ)

シンはちょっと懐かしく思ったが、久しぶりに見るとかなり胡散臭い。普段のビャクヤをそれだけ見慣れているからでもあるだろう。

思わずシンとカミーユは顔を寄せ合う。ひそひそと「キモイでござる」「なんかうすら寒いよな」と、小声だけれどバリバリに周囲に聞こえる声で喋っていた。

当然、ハレッシュにも聞こえていて、なんだか申し訳ないような苦笑を浮かべている。

せっかく被った猫が消え、ビャクヤの眉がヒクヒクと青筋《あおすじ》と連動するように動いた。

外面良くさせてくれない同級生に、ビャクヤが怒鳴る。

「だあらっしゃい！　そこの二人！」

狐の飼っている〝猫ちゃん〟は、非常に脱走が速かった。多分相当遠くへ逃げていってしまったので、戻ってくるのはだいぶ後になるだろう。

こうして、ビャクヤの外面モードは早々にサービス終了を迎えるのだった。

狐の耳と尻尾の毛を逆立て、怒りを露わにするビャクヤを、カミーユが「どうどう」と落ち着かせる。

恨みがましい視線もなんのそので、シンは全く気にせず、ハレッシュに説明を続けた。

「夏休みの間、この二人は僕と同居します。そして僕の代わりに馬鹿犬殿下《ティルレイン》の世話をしてくれる、大事な生贄《トモダチ》です」

ハレッシュはその言葉に企みを感じながらも「へー、そうかそうか」と流す。

彼も、あのティルレインがしつこくシンに構ってほしいと駄々をこねていたのを知っている。王侯貴族に見る、鼻に付く居丈高《いたけだか》さはないものの、ティルレインの駄々は見ていていたたまれなくなる。主に、こっちが恥ずかしいという意味で。

しかも駄々をこねている相手が、ティルレインより小さく、一般的に見て童顔・小柄・華奢《きゃしゃ》というミニマムコンボの決まったシンである。

そのシンが、冴え冴えとした冷たい視線で、涙目で遊ぼうと誘ってくるティルレインをあしらっているのだ。酷い絵面としか言いようがない。

ちょっと遠い目をするハレッシュの前で、シンがゴソゴソとマジックバッグを漁っている。

「お土産の砥石《といし》とお酒です」

「お、サンキュ。エルビアにはやっぱりあったか」

シンが差し出したお土産を、ハレッシュは嬉しそうに受け取る。

希望の品を事前にリクエストしていたのだ。タニキ村にも行商が来るものの、基本的には生活必需品をメインに取り揃えている。だから、ナイフから鉈も斧も研磨できる良い砥石や、ハレッシュの好きなややマイナーな酒といったものは、運が良くなければ手に入らない。

逆に王都にはたくさんの品物が流入しているので、少し探せば見つかる。

ふと、ハレッシュは砥石の大きさと酒瓶の大きさに軽く目を細めた――渡していた駄賃《だちん》より、値段が張るのがわかった。

（シンにもプライドがあるだろうからな。奢《おご》れるってことは、ちゃんと稼げているってことだな）

大人しく奢られるハレッシュであった。

シンがすくすくと立派に――というか、あまりにもそつなく堅実に成長しているのが、少し寂しくも感じる。嬉しい気持ちもあるのだが、もう少し手がかかってほしいという、少し欲張りな親心があった。

なんだか無性にシンの頭を撫でたくなったハレッシュは、ちょうどよく黒髪の頭が傍にあったので、即行動に移す。

そして、困惑するシンに怪訝な顔をされるのであった。


再会の挨拶の後、グラスゴーとピコを厩舎に入れて、シンも久々の我が家に入った。

たまにハレッシュが換気をしてくれていたそうだが、やはり密閉された部屋独特の空気を感じる。

長らく籠っている、埃《ほこり》のような停滞した気配というか、そういう臭いがするのだ。

「こんな感じ。一人暮らし用だから狭いだろ？」

カーテンを開け放ち、明るくなった室内を一望しながらシンが言う。

カミーユとビャクヤも物珍しそうに、部屋を見ている。寮室よりはずっと広い。ただし、一人暮らしにはちょうどいいが、三人暮らしにはちょっと手狭である。嵩張る寝具が必要ない夏場であれば、雑魚寝の広さは確保できる程度だ。

それでも、二人の目は失望や落胆《らくたん》はなく、むしろキラキラと輝いている。

「寮室より良いやんか。予想より全然マシやな」

「下手な宿よりずっと良いでござる」

うんうんと深々と首肯するビャクヤとカミーユ。

シンはあっさりと二人が納得したのが意外だった。二人ともなんだかんだで育ちは良いし、騎士科の寮室はシンのところより立派なイメージがある。

「二人の寮室って、そんな狭いの？」

「広さはソコソコあんねん。でも、騎士科は普通科より荷物が多いんよ。剣・槍・弓は一通りやらされるから自分で持っとるし、さらに演習や遠征の荷物あるんよ？」

ビャクヤの答えをカミーユが補足する。

「ルームメイトが軽装鎧の帷子《かたびら》や胸当てくらいならともかく、重装甲のフルメイルを持っていたら、割と洒落にならないでござる。あと、普段使い以外の武具以外にも、コレクター癖があるルームメイトに当たったら地獄でござる」

シンのようにマジックバッグを持っている人は少ない。いたとしても、財産持ちや貴族などが大半だろう。そういった生徒はだいたい、最初からランクが高く広い寮に入っている。

ランクの低い寮には自然と庶民や財の少ない家柄の生徒が集まる。荷物を部屋に置くと、それだけでかなりの面積を使ってしまう。

また、スペースの問題だけでなく、道具の手入れを怠《おこた》ってカビが生えたり、腐臭を放ったりして地獄になる。

騎士科あるあるで、この手のことが諍《いさか》いの種になるのはしょっちゅうらしい。

(そういえば、僕の寮室もあんまり広くない。クローゼットやタンスもないから、自然と床に置くことが多かったな)

シンも使っていた寮室を思い出すが、本当に見た目の面積のままで、備え付けの家具はシンプルな机と寝具しかなかった。床下収納や屋根裏部屋、押し入れといった収納スペースはない。

荷物の大半をマジックバッグか異空間バッグに入れているシンでも少し手狭に感じるのだから、荷物が多い騎士科の生徒の寮室は、もっと悲惨なのは想像できた。

「野外訓練で慣れとるから、雑魚寝でも平気やで。魔物や獣がおらん！　雨風凌《しの》げる！　家賃なし！　空気が美味くて、飯が安全！　それだけで上等や！」

「安宿は荷物も置けないでござるからなー。ちょっと手先が器用な泥棒がいれば、あっさり侵入されるでござる。運が悪いと、宿屋と裏稼業が仲良しで、寝て起きたら檻《おり》の中とかもあり得るでござる」

「なんでお前らそんな修羅の道を知ってんの？」

ビャクヤとカミーユがハード&ワイルドな熱弁を繰り広げるが、シンはドン引きしている。

シンは清潔好きな傾向のある日本人なので、宿屋には最低限のクオリティを求めるタイプだ。当然、きちんとした宿は安全性も高く、一度もその手の輩に狙われたことはなかった。

逆に、カミーユとビャクヤは亡命する覚悟で、節約しながらティンパインまで流れてきたので、結構危険な目に遭ってきた。

彼らが出発した頃はテイランの治安もどんどん悪くなっており、神罰の余波が至る所に出ていた時期だった。だが、無事逃げおおせただけ運が良い方だろう。

「テイランは食うか食われるかや。それにいくらティンパインの治安が良くても、裏路地にはヤバいのがいんのが大都市ってもんや」

「特にここ最近は人の流れが多くて、エルビアの治安も不安定になりつつあるのでござろうな」

「だから、なんで都会で変なサバイバルしてんの？」

シンはもともと、この世界に来た時点でフォルミアルカのお気に入りだった。

創造主のビッグラブを受けた存在に、世界が優しいのは当然なのである。

そして、ティンパインに流れてきてさらに数多《あまた》の神々の寵愛を手にしたシンは、不幸や災厄が自然と避けていくようになっていた。

過剰干渉されたくないというシンのスタンスを守り、神々はやんわり包囲網に留めているので、時々それを掻い潜った害虫が寄ってくることもある。

しかし、それはシンが自力で対処できるレベルの問題ばかりだった。

シンはカミーユとビャクヤの言葉に軽く引いていたが、この世界ではごく普通のことだ。

前世のシンは日本という、世界屈指の安全な国家に生まれた。しかも、世界そのものが技術も民度もかなり高い、文明の進んだ場所である。土台が違いすぎた。

良くも悪くもカミーユとビャクヤとは全く違う生まれをしている。

三人は互いの認識のすり合わせや殴り合いをしつつ、我が家を住みよくすべく、掃除と寝床の準備を始めるのだった。

第四章　タニキ村の歩き方

タニキ村に着いてから数日間は、シンは同居する二人にタニキ村の案内や森の歩き方を教えていた。

魚がたくさんいる川や、山菜や野苺《のいちご》のある場所など、比較的村に近い場所から教えていく。

ティルレイン一行に紛れてカミーユとビャクヤがいたことに、村人も最初は驚いていたが、数日もすれば慣れてくる。

カミーユは気さくだし、ビャクヤはなんだかんだで要領が良い。無事に馴染んで――

「シン君、あの子らどうにかならへんの？　人の尻尾を毟り取る気か！　狐獣人にとっては美しい尻尾の毛並みはとっても大事なんやで⁉　尻尾はデリケートなのに、なんで引っ張ろうとするん⁉」

ビャクヤは子供の無邪気な好奇心によるモフハントの餌食《えじき》になっていた。

「あー、タニキ村には獣人がいないからなぁ」

タニキ村では獣人を見る機会は少ない。たまに行商で見ることはあるが、大抵はせっせと商売に動き回っているため、子供の相手などしない。

しかし、ビャクヤは馬の世話や薪割りをしている時に外面良く接していたら、子供たちが懐いた。

そして、その自慢のモフリティを誇る尻尾を狙われまくっている。

隣家のカロルとシベルなどはその筆頭である。

「どうにかならへんの⁉」

「尻尾、仕舞えば？」

「嫌や。ごわっとすんねん。空前絶後にチンポジ決まらんくらい気持ち悪いねん」

「そりゃ最悪だな。ごめん」

シンが思っていたより、獣人の尻尾はデリケートだった。

同じ男としてわかりやすい表現だったので、シンもあっさりとその案を取り下げた。

「じゃあグラスゴーにずっと乗ってるとか」

「俺の頭が毟られる。尻尾のために頭ないとか、アウトやろ」

デュラハンギャロップの本気を見せつけられてしまう案件である。

シンであれば背中に乗ったまま転寝《ごろね》しても大丈夫だ。むしろ上機嫌にゆっくり歩くくらいの気を利かせてくれるだろう。しかし、それ以外の者はお命頂戴される。

「じゃあ、カミーユを生贄《いけにえ》にする」

「使えんくはないけど……今日は殿下のとこやん。領主様の坊ちゃんと一緒に出かけとる。川に蟹《かに》を獲りに行くって言っとったよ」

「カミーユ、意外とすぐ慣れたな。女の子以外に対してはコミュ力高いよな」

「精神年齢一緒なんやろ」

「というか、ティル殿下やジャックと川や沢に行くなら、カロルとシベルも一緒に連れていかせればよかったのでは？」

「あーっ！　そっち！」

ビャクヤは失敗した、と頭を抱えて唸る。

カミーユは人数が増えるくらいは気にしなかっただろう。

この面子で一番危なっかしいのはティルレインだ。カミーユは野営や遠征で慣れているし、ジャックたちは普段から自然が遊び場という生活をしている。

とはいえ、ティルレインが行くなら、ルクスや護衛騎士がつくので、危険はないだろう。

「というか、普通に仲良くすれば？」

「尻尾を無闇に触らんならな！」

ビャクヤは別に子供が嫌いなわけではないが、デリケートゾーンを無遠慮に触られたくはなかった。恐らく彼は、外面モードではんなりしているから、ちょっと侮られているのだろう。

「あのお子様らはシン君の言うことは聞くのに、俺の言うことは聞かへん……」

「だって僕、この村でも稼ぎ頭の狩人だし。猟の腕は大人にも負けないから、一目置かれているんだと思うよ」

「あー、なるほど。コミュニティ強者やな」

シンは仕事ができるので、大人からもちょっと特別扱いされていた。

山村において、弓の腕は食料事情や経済事情に直結する。糧《かて》や金子《きんす》だけでなく、村の守りとしての機能も兼ねているのだ。当然、大人に劣らぬ働きをするシンは、子供たちの中で頭がひとつ飛びぬけている形だ。

「ビャクヤは剣でも教えてやんなよ。騎士科だろ？　あの子らだって騎士様にちょっと憧れとかあるだろうし」

「剣はカミーユの方が上手いで？」

そう言いつつ、ビャクヤはその辺に落ちていた棒を拾い、物は試しと子供たちに教えてやった。

カロルとシベルだけでなく、他の子供たちも騎士様ごっこにハマり、ちょっと手頃な木の枝があると振り回すのがタニキ村の男の子たちに流行《はや》ることとなる。

これをきっかけに、今度は別の意味で追いかけ回されるのだが、二人はまだ知らなかった。

◆

タニキ村に戻って早二週間。ティルレインはタニキ村のお子ちゃまたちと元気に駆け回るか、静かに絵筆をとっていることが多かった。

そんな中、シンはある事実に気がついた。

（カミーユ……使える！　アイツ、ティル殿下と相性が良い！）

時々はティルレインの遊びに付き合っているが、魚釣りや蟹獲りに夢中になっている横でシンが薬草採取をしていても、駄々をこねない。

カミーユが「あっちにデカい魚がいるでござる！」「石の下に蟹が！」と騒ぎまくり、ティルレインは一緒に大はしゃぎする。キャンキャン騒いでいるカミーユがいるおかげで、シンに絡むタイミングが激減しているのだ。

波長が合うのか、二人はやたら似たテンションで跳びはねているので、シンとしても楽だった。

今もみんなで川に来ているところだが、木陰になっている岩場で魚釣りするビャクヤとシンを横目に、ティルレインとカミーユは大騒ぎしながら罠《わな》に魚を追い立てている。

ルクスや騎士たちは、すぐに休めるように設営したパラソルの近くで、戯《たわむ》れる子犬——と言うには大きすぎる馬鹿犬——二匹の狂乱ワルツを見ている。

遊びに夢中になりすぎて、完全にハイテンションを突き抜けていた。

「あれ、絶対魚逃げるというか、追い立てすぎて罠飛び越えてるよな」

「せやな」

シンの冷静な指摘に、ビャクヤが頷く。

「まあいいか。結構ニジマスが釣れたし、殿下の相手が一番面倒だし」

「シン君、そない獲ってどーすんねん。明らかに飯の分には多いやん」

「近所にも分けて、残ったら干して保存食。マジックバッグに入れれば、かなり日持ちするし」

その時、大きな水飛沫《みずしぶき》が上がった。

どうやら、ティルレインが盛大に転んだらしい。そして、カミーユもそれに巻き込まれたようだ。

二人ともびっしょり濡れている。

幸い、今日は暑いくらいで、水遊びに最適な気候でもある。空気が冷えてくる夕方まで濡れ鼠のままでなければ、風邪《かぜ》は引かないだろう。

ティルレインもカミーユも気にせず笑っている。しかし、ルクスや騎士たちは慌ててティルレインの安全を確認に来ていた。

（なんかこう……既視感というか？　どっかで見たような見てないような？）

記憶の中の光景ともう少しで照合が成功しそうなのに上手くいかず、シンはなんとも気持ち悪かった。

そこで、さながら神の啓示のようにハッと気づく。

バラエティの動物系番組などで目にする、アニマル面白映像が脳裏をよぎった。

ティルレインとカミーユ、そしてルクスや騎士たち――あれは、夏場に水溜りや水路や川に、飼い主の制止を振り切って飛び込む犬と、慌てて止めるが時すでに遅しな飼い主の図だった。

思い出せて、一人すっきりするシン。

ルクスが、ティルレインだけでも一度岸に上がるように説得しているが、二人ともどこ吹く風だ。

「お昼の分の魚をとったら上がる！　お魚パーティをするんだ！」

「ティル殿下から、ここの魚は美味と聞いたでござる！　なんでも以前、シン君に馳走になったのが、すこぶる良かったと！」

自分の食べる物を自分でとろうとする気概は良いとして、どう見てもそのやる気が空振りしている。

ハキハキと我儘《わがまま》に良い子な――明らかに矛盾しているが――二人は、一切悪意などなく、自給自足を頑張っているだけだ。

侍従として色々思うところのあるルクスは、ティルレインの体調と、彼の向上心を天秤《てんびん》にかけて難しい顔をしている。

そこで、シンが助け舟を出すことにした。

「殿下、魚はこっちでとれたんで、火の番をしていてください。カミーユ、火をおこして」

シンは魚の入っているバケツを掲げた後、岩から下りる。それに続いてビャクヤも降りた。

バケツの中には、元気な魚が数匹いる。さらにそれとは別に、転がっている石を使って川の傍に池を作ってあり、そこにはもっとたくさんの魚がいる。バケツに収まらなかったのだ。

ティルレインが泳ぐ魚に目を輝かせる。

「大漁だな！」

「さっそく焼いて食べましょう。いいですか、ポイントは弱火でじっくりです。強火でやったら半生の炭焼きしかできませんからね。殿下、大任ですよ」

「わかったぞーぅ！」

別の重要任務という名の、火に当たる場所をキープさせるのに成功したシン。

その会話を聞いて、後ろでは騎士たちがカミーユやビャクヤと連携して、素早く簡易な焚火《たきび》スペースを設置し、手の空いた者は追加の薪を集めている。

幸い、周辺には流木も多いので、良い感じに乾いた薪代わりになる物はたくさんあった。

ルクスとシンはそっとアイコンタクトを取った。

(助かります、シン君。殿下はなんだかんだで温室育ちの王子なので……)

(任せてください。風邪なんかで王都から医者の集団とか派遣されても迷惑です)

そんなこととは露知《つゆし》らず、ティルレインは任務を全《まっと》うしようと、みんながつけてくれた火を興奮気味に見つめていた。

数分後、シンが串刺しにした魚を焚火の周囲に設置すると、焚火を見守るメンバーにカミーユも加わった。根でも生えたのかというくらい、べったり張り付いている。

涎を垂らさんばかりに目が爛々《らんらん》としている同郷の友を見たビャクヤは、王子を差し置いてつまみ食いをしないよう、目を光らせることになる。

その間にシンは、薬味になりそうな山菜やデザートに食べる木苺を摘みに行く。

シンが魚をたくさん釣ったのは、何も自分たちの分というだけではない。一緒に来ていたお目付役のルクスや騎士らにも振る舞った。

焼けた魚は彼らにも一匹ずつ行き渡り、みんな顔を綻ばせて、川の幸に舌鼓を打っていた。

味付けはシンプルに塩を振りかけるだけだが、鮮度は抜群だし、出来立ての美味しさは格別だ。

「美味いな！」

「やっぱ王都の魚とは違うよなー。鮮度っつーか、海や川が近いところはやっぱりな――」

「水辺はあるけど、なんかそれでもやっぱり違うんだよなー」

魚の美味さを口々に皆が言う。

さすがの護衛騎士たちも美味しい物にはついつい笑顔になる。

「うんうん、美味いだろー！　もっと褒めていいんだぞぅ！」

喜びの歓声を上げる周囲に、ずっと火を見ていたティルレインはご満悦である——本当に見ていただけである。

シンが魚をひっくり返して薪を足し、つまみ食いをしそうなカミーユをビャクヤが監視していた。

時々、ルクスがカミーユに「本当に貴族？」と疑わしげな眼差しを向けている。

テイランは凋落しているとはいえ、ヒノモト侯爵家はかなりの名家だ。十一男とはいえ、貴族子息が何故こんなに魚に目を爛々とさせているのか、理解しがたいようだ。

もともとカミーユがポロリとこぼすブラックなお家事情は聞いていたものの、人のできた両親に育てられた生粋《きっすい》のお坊ちゃんのルクスには、カルチャーショックがあるようだった。

シンは思わず温かい目で見てしまう。

（ルクス様のご両親は会ったことないけど、きっといい人たちなんだろうなー）

人当たりが良く、真面目で面倒見の良い——ちょっとお人好しなところがあるけれど——普段のルクスを見ていれば、なんとなく想像がつく。

その後も川遊びを満喫したシンたちは、食料と薪を入手して帰路に就《つ》いた。

その途中で、村の方向から土埃を立てて、馬に乗ったハレッシュが近づいてくるのが見えた。

ただ迎えに来ただけにしては騒々《そうぞう》しいので、シンは首を傾げる。

今日訪れた川は、村から歩いて十分ほどの距離だから、普通ならわざわざ馬に乗るほどではない。事実、誰も今日は乗ってこなかった。ハレッシュは余程、急いでいるのだろうか。

ハレッシュが乗っているのはピコで、後ろからはやる気がなさそうにグラスゴーがついてきている。

シンに声が届くまでの距離に来ると、ハレッシュはやや安堵に近い表情を見せた。

「シン、いたか！」

「ハレッシュさん？」

シンたちの数メートル手前でピコが止まり、グラスゴーはシンの横に来て鼻面を寄せる。シンはグラスゴーを撫でながら、何事かとハレッシュを見る。

「シン、悪いが急いで来てくれ！」

「どうしたんですか⁉」

ハレッシュのかなり焦っている表情につられて、シンも声が大きくなる。

「ベジトレントが出たらしいんだ！　しかも複数！　今男手は全員山狩りしている！」

「え⁉」

驚愕《きょうがく》と喜びでひっくり返った声が出た。

ベジトレント——それはトレントという名がついている通り、植物系の魔物である。

だが、シンを含めタニキ村の中での認識は〝歩くご馳走〟である。

樹木サイズの外見巨大ブロッコリーとも言うべきその魔物は、季節を問わずにランダムにたわわな実をつける。

毒は持つが人間にはほぼ効かないという、人間の胃袋に収められるために生まれてきたような個性を持っている。何より、とても美味しい。重要なことである。

しかも、脆《もろ》くて斬撃・打撃にも弱いため、ローリスクハイリターンな魔物である。

この魔物の名が出た瞬間、村人は誰もが、絶対殺すマンもしくはウーマンと化す。

この魔物を討ち取ると、村は盛り上がる。全て美味しくいただくことが正義と言わんばかりに、宴《うたげ》や祭り状態のどんちゃん騒ぎになる。シンやハレッシュも例外ではなかった。

二人の妙に駄々上がったテンションに、テイラン出身組はちょっと引いている。

「他の村にバレたら、獲られちまう！　厄介なところに逃げたのがいてな！」

「全部こっちで狩りましょう！」

「一匹デカいのがあっちの山に行ったんだ！」

ハレッシュがあっちと指さしたのは、ちょっと前にシンが穴場として教えてもらったところだ。

深い森になっており、強い獣や魔物が出没することもあり、腕に覚えのない人間が行くのには危険な場所だ。

なので、シンを捜していたのだろう。

「ごめん、ちょっと行ってくるから、カミーユとビャクヤは先に戻ってて！」

シンは素早くマジックバッグから馬具を出して取り付けると、グラスゴーに跨る。

「魔物退治なら、俺らも手ぇ貸すで？」

「べじとれんと？　というのは魔物でござるな？」

ビャクヤとカミーユが善意の申し出をするが、シンは一瞬迷った後に首を横に振った。

「どっちかが僕とグラスゴーとタンデムになるぞ」

「「いってらっしゃい」」

二人とも手の平クルリンが鮮やかだった。

（だからなんなんだ、そのグラスゴーへの変な信頼は）

呆れるシンだが、ご主人様至上主義系愛馬であるグラスゴーは、迂闊《うかつ》に触る人間の首を刈り取るのが種族に根付いたスタイルの基本である。

シンと一緒の二人乗りならぎりぎり許される。それでも、厩舎の掃除をはじめ、お世話中にやたら喧嘩腰になられた怖い思いは、二人の記憶にこびりついていた。

ピコには大柄なハレッシュが乗っているから、そこに二人も追加で乗るには難しい。逆にグラスゴーならギリギリ乗れただろうけれど、二人は頑《かたく》なにグラスゴーに乗りたがらない。

シンも強制はしなかった。


シンとハレッシュは森を駆け抜ける。

山の天気は変わりやすいので、夕方は日が暮れると雨が降りやすい。

獣道すらなくなるほど緑が濃いこの場所は、山の中でも一段と森が入り組んでいる。緑の色からして、他とは少し違っていた。

獣も多く出るし、実りも多い――だが、その豊穣《ほうじょう》と引き換えに、魔物や獣も少し強い。

識字率が微妙な山村ばかりなので、玄人《くろうと》猟師が代々口伝《くでん》のみで語り継いできた――一人前と認めた弟子や子弟に伝えてきた狩場である。

シンはハレッシュから早々に教わったが、タニキ村の子供たちはほとんど知らない。

また、若干足場の悪い場所もあるので、足腰の悪い老馬や駄馬では辿り着けない。人の足だともっと大変だ。

そんな場所にベジトレントが逃げたので、自然とハレッシュが誘える相手は限られた。

別の場所に散って逃げたベジトレントも他の村人たちが追っていたので、人数の都合から、シンとハレッシュの二人で追うこととなったのだ。

それぞれを乗せたグラスゴーとピコは、鬱蒼《うっそう》とした緑に全く怯まない。場所によっては薄暗いほど枝葉が密集しているが、その足取りは軽快だ。

（つーか、グラスゴーは若干テンション上がっているような……）

手綱を握りながら、シンはグラスゴーの様子がちょっと心配だった。

いちいち地面を蹴り上げる音が強いし、鼻息が心なしか荒い。目も輝いていて、そりゃもうウッキウキに喜んでいる。

シンにはその理由に思い当たる節《ふし》があった。近頃、あまり構ってやれていないのだ。

タニキ村に来てから、ちょっとそこまで程度の短距離しか走っておらず、お世話はびくびくしながらカミーユたちがやっていた。

（昼間は家の掃除やリフォームとか、夕方からはオウル家から賠償としてもらった本を読んだり、新しい調合とかやったりしてたからなー）

なんだかんだで色々忙しいシンだった。

家が狭いので、二人が外出や爆睡している間にこっそり増築していた。

女神謹製《めがみきんせい》のスマホが持つ機能でぽちぽちと微調整レベルの変化をさせているだけなので、今のところ誰にも気づかれていない。

カミーユはともかく、ビャクヤは気づきそうなので、ちまちま棚や荷物を動かして誤魔化している。

そんな家事情はともかく、問題はグラスゴーだ。

大好きなシンとのおデート（※ハレッシュとピコもいる）に、ちょっと気分が上がりすぎている。

パッションとアドレナリンが弾けていた。

そのアゲアゲな御心《みこころ》のままに、強力な魔法かスキルかわからない攻撃をぶっ放されたら、ベジトレントなんて一瞬で木っ端になる。

ベジトレントは擬態《ぎたい》と捕食動物用の毒にしか特化していない、トラップ型ハンターなので、肉弾戦や遠距離攻撃には滅茶苦茶弱い。紙防御で、滅茶苦茶脆いのだ。

当然ながら、戦いの申し子のようなデュラハンギャロップの一撃なんて食らえば、一発で終わりだ。可食部やドロップアイテムまで一緒にお陀仏《だぶつ》になりかねない。

愛馬のテンションに、シンはハラハラしっぱなしだ。

「おっかしいな……この辺りだと思うんだが」

ハレッシュがぼそっと怪訝そうな声を漏らした。

シンがそれを聞いて、首を傾げる。

「もしかして擬態中ですか？」

「かもな。アイツら、動いている時はいいんだが、いったん止まると本当に木にしか見えないからなぁ」

「幹が緑のヤツを探せばいいんじゃないんですか？」

ベジトレントは巨大ブロッコリーだ。幹は明るい緑か黄緑である。

シンがそう言うと、ハレッシュは渋い顔になった。

「擬態が上手いのは幹を茶色く変えるんだよ。枝葉の雰囲気まで変えて、ガチ樹木になる。モンスターにも時々特化型個体みたいなのもいるんだ。ほら、人でもファイター型とかマジシャン型って言えばわかるか？」

ハレッシュの説明に、シンは顔をしかめる。ただでさえ鬱蒼とした森で、目印がなくなるとは、厄介すぎる。

「それ、普通のトレントじゃないですか」

「見分けるにはアレだな。火だ。松明《たいまつ》を近づければ身を捩る。あと斧とかで軽く傷をつけるとか」

この鬱蒼とした森の中で、普通の木と、幹が茶色のベジトレントを選別するなんて、滅茶苦茶面倒だ。周囲は昼間でも薄暗いし、いくら森に慣れている狩人でもしんどい。

シンは馬上で腕を組んで、考え込む。

（魔物と木を見分ける方法……魔力とかだろうか）

この辺りは魔力を濃密に含んだ魔法植物が山のように生えているわけではないし、魔石の鉱山でもない。特別なパワースポットではないはずだから、魔力が手がかりになるかもしれない。

シンが目をつぶって、周囲の魔力を探ってみると、この辺りの魔力が濃かった。やはりベジトレントはこの近くに逃げ込んだのだろう。木にも随分と魔力が纏わりついて――いや、違う。

普通の木は、これほどの魔力を纏わない。周囲一帯がトレントなのだ。

「グラスゴー、ピコ！　囲まれている！　走れ！」

シンは警告の言葉と同時に魔力を練り上げて、自分やハレッシュを騎獣ごと包むような火と風の防壁を作る。

風で大きく広がる火に驚いて、トレントたちは触手のような動きをする枝葉を引っ込めた。

焔光《えんこう》で明るくなった森に見えたのは、怒ったような恨みがましさを持ったトレントの目だった。

木漏《こも》れ日《び》や小さな水滴の反射ではない。敵意と悪意の意思を持った眼光が、いくつも浮かび上がる。

「トレントの群れ!?　嘘だろう！」

ハレッシュは驚きにぎょっと目をひん剥いた。

捕食するつもりが、捕食される立場になっていた。それでも驚愕と恐怖を呑み込み、素早く現状把握に切り替えるのはさすがである。

彼は脱出経路や敵数を把握しようと、大ぶりの剣を構えながら警戒する。

だが、トレントも狡猾《こうかつ》だった。

獲物の逃走を阻《はば》まんと、樹木の檻が編み上がっていく。

火の防御壁があるから、トレントは直接絡みついてくることはなかった。しかし、視界が塞がれて行くべき方向がわからなくなり、進もうにも進めず、ピコがたたらを踏んだ。

シンはどうすべきか迷う。多少大技を使って一気に焼き払うか、一点突破を仕掛けるべきか。

――と思ったら、バチバチと電気が弾けるような音と共に、何か激しい光が近くに生じた。

先ほどまでのご機嫌がどこへやら、キラッキラだった目からハイライトが抜け落ちたグラスゴーが、角に凄まじい魔力を集束させている。

息を呑むシン。トレントに囲まれていると気づいた時より、心臓がヒュンとなる。

「グラスゴー！　どうどう、落ち着け。どーどーどー!!　ここ！　森！　何ブチかまそうとしてんの!?」

ヴヴヴと馬らしからぬくぐもった唸り声を上げるグラスゴー。苛立たしげにガツガツと前足で地面を削っている。

周囲のトレントは恐怖のあまりドン引きだ。ピコやハレッシュも心なしか距離を取っている。シンだって相当焦っていた。今までもこういうことはあったが、今回の溜めは一段とデカい。

グラスゴーはこの一帯を巨大クレーターにするつもりだろうか。

シンはバラエティ番組で出てくる破裂寸前の巨大風船を持っている気分だ。だが、実際爆発したらもっとヤバい代物だ。

トレントたちも逃げ出そうとしているが、シンたちを捕らえるために編んだ樹木の枝の檻が絡まって、互いの動きを縛り合う形になっている。

カウントダウンをするようにバチバチと音を立てつつ、明滅《めいめつ》するグラスゴーの魔力玉。

その間にも、グラスゴーの不機嫌は一直線に驀進する。シンが宥めても、今回ばかりは機嫌が直らない。

シンは考え――そして、諦めた。ただ、自分とグラスゴー、ハレッシュとピコを包む魔力の防御壁をグレードアップする。そして、しっかりグラスゴーの背中にしがみ付いた。

「ぐらすごー……やっていいけど、地形は変えるなよ？」

その時、シンはミリアの言葉を思い出す。

バトルホース種の中で、デュラハンギャロップは一等狂暴であること。

グラスゴーの鼻筋にある白刃線は特に強い個体に出るということ。

そしてやっぱり――グラスゴーはシンの前では可愛い子でも、戦馬であるということを。


その頃、ティルレインは領主邸で一休みしていた。

彼は一瞬違和感を覚えて、首を傾げた。すぐそばにいたルクスに聞いてみる。

「今、なんか揺れなかったか？」

「地震ですかね？」

ルクスも感じたようで、少し周囲を見回していた。

だが、一拍置いて臓腑を揺するような爆音が響いた。

ルクスは素早くティルレインを庇《かば》おうとし、護衛騎士たちは武器を構えて周囲を警戒する。

だが、外から「なんか山に煙出てるー！」とジャックの声が聞こえ、原因がわかって少しだけ空気のピリつきが緩和した。

そして、それを後押しするように別の声が響いた。

――ぐらすごおおおお！　地形は変えるなって言っただろおおおおーーー……っ!!

遠くから、聞き覚えのある我が国公式神子の悲愴な怒号が響いた。やまびこも響いていた。

彼の愛馬が相当やんちゃをしたのだろう。

理由とか原因とか全てがマルッと納得できる声に、ティルレインは今度こそ安堵した。

◆

一番の大物ベジトレントは、有象無象《うぞうむぞう》のトレントたち（明確な種別不明）と同様、仲良く灰になってしまった。

周囲は抉り取られたようなクレーターになり、疎《まば》らにある燃えかすに交ざって、ドロップアイテムの入った木の実っぽいものも残っていた。

焦げ付いているが、幸い中身は無事だったので、食料はゲットできた。メープルシロップのような味がする『メープルドロップ』や、石鹸《せっけん》代わりに使える『セケンの実《み》』などが出てくる。

木の実から出てくるものは相変わらずバグのように種類が豊富で、野菜や果物もたくさん手に入った。キャベツに大豆やクコの実、パイナップルやココナッツという地域や季節感を無視したものがポコポコ出た。

ポーションや美容品に使えそうな薬草や植物性油脂もゲットできたので、シンとしては嬉しい限りだ。

ちなみにトレントたちの魔石は、まだ苛々していたグラスゴーに無慈悲に咀嚼されてなくなった。

シンたちを取り囲んだトレントはかなり数がいたようで、戦利品を拾い集めると相当な量だった。

シンのマジックバッグが大活躍したのは言うまでもない。

なんとかタニキ村に戻ると、シンたちは待っていた村人たちに野菜や果物類を全て出した。

手早く分担して、老若男女問わず次々と調理を始める。やんちゃな子供たちの中にはつまみ食いをしようとしてどやされる者もいた。

だが、ある場所だけ人が避けてぽっかりと空いている。なんだと思ってシンが顔を出すと、そこには油揚げの妄執《もうしつ》にとらわれた狐の獣人が。彼は血走った目で大豆を選別していた。

本気を通り過ぎてガチすぎるオーラに、誰もが顔を引きつらせて避けている。

ゆーらゆーらと無防備にビャクヤの尻尾が揺れているが、子供も近づかなかった。

巻き込まれたカミーユは、別に大豆にも油揚げにも興味はないので、悟り一歩手前のスンッとした真顔である。いかにもつまらなそうに大豆を分けている。

「おーい！　鹿の煮込みができたぞ！」

どこからか聞こえてきた声に反応し、カミーユは好物の肉の気配にバッと勢いよく振り向くが、隣の狐にポニーテールを容赦なく掴まれ、阻まれてしまった。

我慢できなくなったカミーユがついに暴れだす。もっとも、せいぜい喚いて地団駄《じだんだ》を踏むくらいだが。

「ビャクヤ、いい加減にするでござる！　某もお腹が空いたでござる――！」

「ぉおおん⁉　ナメた口を利いとると、次の試験で手伝わんぞ、この脳味噌ドポンコツが！」

カミーユの抗議は瞬殺された。

先の試験ではビャクヤに一番世話になった。彼に見放されると、カミーユとしては非常に困る。どれくらい困るかといえば、進級が本当に危ないくらいだ。カミーユはそれだけは理解していた。

ショボッショボに萎《しお》れた顔になり、くたびれた背中で哀愁《あいしゅう》を語りながら豆の相手をする。

見かねたシンが声をかける。

「ビャクヤ、今日くらいはその辺にしておいて……」

「ぁああん⁉」

ヤンキー狐が睨《にら》みを利かせるが、シンはそれ以上に圧が強く冷ややかな睥睨《へいげい》を返す。

「メシ代と宿代取るぞ」

「あ、スンマセン。ごめんなさい。イキってました……」

今度はビャクヤが萎れる番だった。一瞬とはいえ、欲に塗《まみ》れて家主様を睨みつけてしまったのだ――秒殺で弱点狙いのカウンターを食らったが。

ビャクヤの尻尾と耳が気まずそうに垂れたのを見て、反省していると判断したシンは、そっと嘆《たん》息《そく》する。

薄々は気づいていたが、この狐はお揚げ――原料の豆が絡むと人が変わる。

「そんなに欲しいなら、大豆だけはこっちで引き取らせてもらうように交渉するよ。別に人気の食材なわけじゃないし」

不人気ではないが、ビャクヤほど執着していない。村人にとって、他にも美味しい食材はたくさんあるのだ。

「ほんまに!?」

「食べるは食べるけど、この辺だと豆はスープか煮物くらい？」

人気があるのは季節外れの野菜や果物である。

大豆は保存食としては優秀だが、この辺りでは加工はあまりされず、使い道が限られていた。保存ができる食料に限っても、小麦や芋類の方が人気である。

シンの話を聞いたビャクヤは、大豆独り占めのチャンスに表情を輝かせる。

先ほどの猟《りょう》奇《き》じみたオーラを撒き散らしながら粘着していた姿を見ていたため、村人も特にごねることなく豆を譲った。

（学園でもかなり収穫したのに、まだ欲しいのか……）

ちょっと呆れるシンだった。

村人から大量の豆を貰ったビャクヤは、すっかりほくほく顔である。大豆以外の豆も含まれていたが、大豆でなくても豆であれば嬉しいようだ。

タニキ村の人々も「よかったねー」と、豆狂いのビャクヤをのほほんと受け入れていた。

甘いトウモロコシを口いっぱいに頬張りながら、シンはお祭りムードを眺める。

（平和だ……）

大きく焚かれた火にかけられた大きな寸胴鍋《ずんどうなべ》には、スープがいっぱいに入っていて、良い匂いを漂《ただよ》わせている。近くには肉の串や、魚の串を焼いているエリアもあった。

（肉、ちょい足らないかな）

シンのマジックバッグや異空間バッグの中には、肉になりそうな魔物や獣、今日獲った魚が入っていたはずだ。

子供たちや男性は真っ先に肉類を食い尽くしにかかっているため、野菜ばかり残っている。このままでは、調理を率先している女性たちが食べだす前に、肉類だけ食い尽くされそうだ。

力作業になる猟や運搬やおおざっぱな解体は男性たちがやり、調理や取り分けなどを女性側が担当することが多い。

今はみんなベジトレント豊漁祭り状態で浮かれて気づかないが、取り返しがつかない状態になった後で、女性VS男性の争いになりかねない。食べ物の恨みは怖いのである。

（差し入れしておこう……）

シンはちょっと家に戻り、スリープディアーやギロチンバーニィ等の魔獣を取り出して、捌いて持っていった。ほとんど肉がなくなった状態に、焼けばすぐに食べられる肉が追加されたため、場のテンションが上がった。

男性が真っ先にトングを伸ばして焼こうとするが、シンはひらりと皿を避ける。

「これは女性用ですよ。まだほとんど食べてないでしょう――この肉まで手ぇ出したら、今度こそ家どころか村から叩き出されますよ？」

その村人はキカたちに籠絡《ろうらく》された一人だった。仕事をサボり、家の蓄えにまで手を出したので、彼の家は酷い修羅場と化した。全身全霊の謝罪で妻子の許しを得て、元の鞘《さや》に戻ることができたものの、贖罪《しょくざい》がそれで終わったと思っているのは男性だけである。

たとえ喉元《のどもと》を過ぎても、浮気された方にはしっかり遺恨が残った。

たらふく食べて酒まで飲んだこの男一人を敵に回すより、お腹がまだペコペコでも自分を後回しにして料理を振る舞っていた女性たちに嫌われる方がヤバい。

だが、全くナシというのも意地悪だろう。仏心を出したシンが、小さな皿に肉を分ける。ちょっと潰れた失敗肉を押し付け、ちゃんとした物を女性たちに残した。

男性はちょっとむっとした顔をしたものの、シンの背後で獲物を横取りされかけた餓狼《がろう》たちが睨んでいることにやっと気づく。自分のやろうとした行為がいかに危険かを理解し、ほうほうの体《てい》で逃げ出した。それでもしっかり小皿は貰っていくあたり、ちゃっかりしている。

シンは女性たちからお礼として、一番にスープをよそってもらった。

肉を柔らかくなるまで煮込んだ野菜たっぷりのスープ。陽が沈みはじめて冷えた山風が吹いてきた今の時間、一段と美味しくなる。

きっと味付けは塩だけのはずだけれど、たくさんの旨味と混ざり合って美味しい。滋味《じみ》な温もりに、ほっと肩の力が抜ける。体が喜ぶ味である。

単純に舌を楽しませるなら刺激の強いジャンクフードや甘いお菓子、脂たっぷりのステーキなどもある。そういったものも美味しいが、田舎の味もシンは好きだ。

一息ついていたシンは、隣に嫌でも慣れた鬱陶しい気配を感じた。

「シーン！　見て見て、じゃじゃーん！　デザートだ！　焼き林檎だぞ！　焼きバナナもあるんだぞぅ！　どっちがいい？」

この祭りを子供たち以上に楽しんでいるティルレインだった。

お高い服を汚されないように、スタイどころか割烹着《かっぽうぎ》タイプのエプロンを着させられている。

とっても愉快な服装になっているが、本人は全く気にしていない。

だが、そんなとんちきな状態であっても、実害はない――というか、ちゃんと理由があるとわかっているので、シンはスルーする。

「じゃあ林檎を」

「アッツアツだから、気を付けて食べるんだぞぅ！」

滅茶苦茶はしゃいでいる。

王子であるティルレインにしてみれば、庶民のこういった催《もよお》しは新鮮なのだろう。シンに焼き林檎を渡すと、自分は焼きバナナを頬張る。その横顔はとても楽しそうだ。

焼き林檎は真ん中の芯の部分を取って、その中にバターと砂糖を入れて焼いたもののようだ。仕込みはだいぶ前からしていたのだろう、果肉に溶けたバターと砂糖がしみ込んで、フォークで割れるほど柔らかである。

ティルレインの食べている焼きバナナは、一見すると真っ黒で危ない代物に見えるが、皮を取れば、柔らかくてトロトロに蕩けたバナナが出てくる。そのままでもいいし、シナモンをかけて食べれば、香ばしさとアクセントになる。

あっちも良かったなと思いつつも、焼き林檎を平《たい》らげるシン。

この腹具合なら、もう一つデザートが入りそうだ。

隣のティルレインは、はふはふと熱さと格闘している。

彼の立場なら、こんな素朴なデザートなど、望めばいくらでも食べられるだろうに。宮廷料理で芸術的な飴細工や、瀟洒《しょうしゃ》なデザインのチョコレート、贅《ぜい》と粋《すい》を凝《こ》らしたデザートをたくさん見ているはずである。

だが、ティルレインは目を輝かせて食べている。

（そういえば、初めて焼き魚をあげた時も、随分と嬉しそうというか、美味しそうに食べていたな）

創意工夫を凝らした料理ばかり食べていて、素材をそのまま焼いたり煮たりしたような料理は、ティルレインにとってはレアなのかもしれない。

「美味しいですか？」

「すっごく美味しいぞぅ！」

「殿下は王宮やお屋敷で、もっと美味しいものを食べているでしょう？」

シンの問いに、ティルレインは僅かに眉を下げて笑った。珍しく、ほんの少し苦い感情が乗っている。

「王宮の料理は、冷たいんだ。毒味役が食べて、時間が経っても異変がないと判断できてから手をつけるから、味も落ちて、風味も飛んでしまう。屋敷での食事は、毒味は略式になっても、家族がいないから一人ぼっちで食べるんだ。使用人だから、護衛だからって、みんなは立っていて、一緒に食事はできないんだ」

暗殺対策に、身分による差別化。これらはティルレインが王族であるがゆえに避けては通れないものだ。

「……そういえば、前にも言っていましたね」

「幼い頃はもっと王宮は物騒だった。フェルディナンド兄上が立太子してから、危険因子はかなり排斥《はいせき》されたんだぞぅ」

へらり、とティルレインは笑うが、結構危険だったのではなかろうか。

同じ母親から生まれても、それぞれ別の貴族が付いて派閥争いが起きれば、本人の意思にかかわらず、骨肉の争いになっていただろう。

家督争《かとくあらそ》いというのは、権力があるところほど激化しやすい。

「厨房から食堂までは遠いから、長い回廊を移動している間にどうしても冷めるんだ。その後に一つずつ順番にお皿が置かれる。コース料理が順番に運ばれてくるんだ。しかもメニューの説明がいちいちすっごく長ったらしくて。素材の産地や調理の仕方くらいならいいけど、シェフによっては自慢や経歴もごっちゃになって説明しだして、一つの料理を食べはじめるまで十分ずつかかる時もある」

「そんなシェフ、クビにしてしまえ」

シンの口から掛け値なしの本音がまろび出る。

料理人なら作る料理にプライドを持って、少しでも美味しいうちに食べられるように配慮するべきだ。

シンの知る貴族のスープ皿は、平たく底の浅いものだ。もし温かいスープが出たとしても、表面から湯気が出て、気化熱でどんどん冷たくなっていくだろう。冷製スープだとしても、ずっと外気に当てられてぬるくなったスープなど飲みたくない。

「食事のマナーとは別に、そのシェフの変なこだわりがあって、食べる順番や口に入れる具材まで、ネチネチ指導が入る」

「注文の多い料理店のシェフバージョンかよ。こだわりの蕎麦屋やラーメン屋の頑固おやじと同じテンションが王宮料理人とか、鬱陶しくないですか？」

聞いているだけで食事がまずくなりそうだと、シンも呆れる。

蕎麦屋やラーメン屋についてはわかっていない様子だが、ティルレインは話を続ける。

「最終的にトラディス兄上が切れた。こんな食事やってられるかーって。で、実は幼い僕らに対してだけ特にねちっこくやっていたのがバレて、他にも嫌がらせが露見して解雇されたぞぅ。珍しく父上が凄く怒っていたな〜」

「いや、陛下が正しい。食べる相手を不快にさせる食事を強要する時点で、料理人としてド底辺だと思う」

料理を美味しく楽しむためのアドバイスならまだしも、嫌がらせなど論外である。

シンが思わずザクザク突っ込んでいるが、いつもそれより辛辣な言葉を吐かれているティルレインは、気にしていない。

「今のシェフはそんなことしないぞぅ。でも、もっと悪質なところがあってだな……」

あれより悪質って何があるんだ――と、シンはぎょっとする。

ティルレインが声を潜め、やけに神妙な表情になっている。

「今の料理長は、僕や父上の大嫌いな食材をすっごく細かく刻んだり、好物に混ぜ込んだりして、バレないようにして食べさせようとするんだ！　酷くないか!?」

「滅茶苦茶いい人じゃないですか。ガキンチョじゃないんですから、ちゃんと食べてくださいよ」

「好き嫌いのないシンにはわからないんだ！　大っ嫌いなグリーンピースがコロッケの中に粉砕されて入っているなんて、誰が思うんだ!?　美味しかったよ！　外はカリッカリで中はホックホクで、ちょっとお肉多めなのが凄く美味しかった！」

「とっても優秀じゃないですか」

「変わり種でアボカドのクリームコロッケとか出されて、後で三割くらいグリーンピースって言われるとか、もう詐欺《さぎ》じゃん！　うらごしってなんだよぅ！　クリーミィなアボカドにボソボソのグリーンピースが中和されて、全然気づかなかった！」

くわっと精一杯顔を怖くしているつもりらしいティルレインが、シンの方を向く。

シンには嫌いな物を美味しいと思ってしまったことが気に食わないようにしか見えない。これは完全に八つ当たりに近い感情だ。

ティルレインの主張には、とりあえず今のシェフが優秀としか言いようがない。

というより、「この王子と同列で、国王陛下にも苦手なものがあるって、いいんだろうか……」などと、シンは微妙な気持ちになった。

ルクスが気を揉んでしまいそうな、ティンパイン王家のちょっとアレな実態だ。

（あれ？　そういえばルクス様は？）

そう気づいて、シンは周囲に目を向ける。

面倒事を増やす天才であるティルレインをフォローして回っていることが多いルクスは、大抵どこか傍に控えているのだが――今はいない。

「ティル殿下、ルクス様はどちらへ？」

「アンジェリカと逢引《あいび》きでもしているんじゃないか？　最近良い感じだし」

ようやくバナナが火傷しない温度になったので、ティルレインはせっせと食べている。

だが、今割とスルッと凄い情報を漏らさなかっただろうか。

「は？」

「へ？」

シンがぎゅるりと振り向くと、事の重大さをわかっていないらしいティルレインが、首を傾げる。

「ルクス様と、アンジェリカさんが？」

「おかしいことではないだろう？　年齢も近いし、伯爵子息と子爵令嬢だから、身分的にもＯＫだぞぅ。僕はシンと仲良しだから、派閥の問題もないし」

シンとしては正直派閥などどうでもいいが、あの奥手で真面目そうな二人が……というのが気になるのだ。

「え？　いつどの辺からそんな関係に？」

「明確な時期は知らないが、なんか僕がしょっちゅう公式神子用の離宮に立ち寄るようになった頃？　いや、聖騎士たちがごたごたやっていた時でも仲良しさんだったぞぅ？」

それは故意にやらかしたキカたちのフォローをして、その後も悪気なくやらかすティルレインのフォローをしていたから、接触の機会が増え、そういう仲になったのではなかろうか。

苦労を共にすると仲間意識や親愛の情は芽生えやすい。

きっと迂闊なティルレインの口裏合わせのため、ティルレインの側近であるルクス、そしてティンパイン公式神子の騎士であるアンジェリカが、色々暗躍《あんやく》せざるを得なかったのだろう。

キューピッドはティルレイン説が濃厚になってくる。

ティルレインはシンに付き纏うのが趣味なところがあるので、当然お付き的立場の二人も会う機会が増える。

「知らなかった……」

ルクスもアンジェリカも、仕事中にベタベタいちゃつくような不真面目な人間ではない。

今だって、ティルレインとシンが一緒にいるし、周囲には護衛騎士がいるので、会っているのだろう。

しかし、あの二人が並ぶと美男美女でお似合いである。

ルクスは目立つタイプではないが知的な美形であるし、アンジェリカは凛《りん》としながらも華がある美人だ。

（あの二人は、話が煮詰まって、結婚が決まったあたりで報告してきそうだよな……）

ある意味オフィスラブであるし、上司へのカミングアウトは慎重にするはずだ。一応上司サイドになるシンとしては、あの二人であれば大歓迎だ。むしろ、変なのに捕まってほしくない。

だが、ティルレインはいまいちな表情をして口を尖らせていた。

「サモエド伯爵も、アンジェリカの印象は良いだろうなぁ。でも、ヴィーは難しいって言ってたんだよ」

ヴィーとはヴィクトリア・フォン・ホワイトテリア公爵令嬢のことである。

ティルレインの婚約者であり、鞭《むち》が強めで飴が少々のサディスティックな調教を得意とする淑女だ。好物はヘタレ王子の泣き顔という変わり者でもある。

このティルレインの手綱を捌くレディの言葉には、信憑性《しんぴょうせい》があった。

「なんで？」

「アンジェリカの実家、スコティッシュフォールド子爵家は、ちょっと複雑なお家事情があるらしい。なんでも、アンジェリカと実家は仲が良くないというか、微妙みたいなんだよ」

ティルレインの次なる暴露に、シンは目を丸くするのだった。

シンとしては、ああいう人たちこそ真っ当に幸せになってほしかった。しかし、問題は本人たちではなく外野にあるという。

「具体的に」

「うっ。シン、珍しくグイグイ来るなぁ。えーと、アンジェリカはスコティッシュフォールド子爵家のご令嬢なんだ。でも、母親が亡くなった後、お家のトラブルで実家から追い出されて、神殿で騎士として仕え、今に至るんだけど……」

「トラブル？」

アンジェリカが問題を起こすとは思えない。身内に非常識な人間がいたのだろうか。

「アンジェリカには婚約者がいたんだけど、それが彼女の妹に乗り換えたんだ。しかも当主の父親まで妹とその婚約者に家を継がせるって言いはじめたらしくって」

「ゴミ屑が湧いてやがんな」

シンは思わず吐き捨てる。

浮気した方もそうだが、それを容認して被害者を追い出す父親も父親だ。

シンにはティンパインの家督相続や貴族の家のルールなどはよくわからない。だが、当主の権限は一般家庭とは比較にならないほど大きいのだろうというイメージはある。

アンジェリカを擁護しないあたり、スコティッシュフォールド子爵とやらは、妹を偏愛《へんあい》しているか、毒親の類の可能性が高い。

「つまり、当主からアンジェリカが勘当されているからダメってこと？」

「勘当はされていないというか、できないはずって、ヴィーは言ってた」

「なんで？」

「ゲイブル……あ、ゲイブルって、アンジェリカの父親なんだけど、婿養子なんだよ」

つまり、子爵家はアンジェリカの母親から受け継いだのであり、婚姻《こんいん》によって一時的にゲイブルの手にあるだけ。今の爵位は借物ということだ。

シンの中でゲイブルに一段と大きな糞野郎レッテルが貼られた。

「妹さんに継がせるくらいなら、できるんじゃない？」

「いや、妹はゲイブルの愛人の娘らしくって。元々爵位はアンジェリカの母親であるフランチェスカ夫人が持っていたものだから、妹には継承権がない。家督相続の原則は直系を辿っていくからね」

アンジェリカを廃嫡《はいちゃく》にしてしまうと、家督がいとこ筋や分家にいってしまう。

「スコティッシュフォールド子爵家はアンジェリカが継承権を持つってことか。なら奪い返せるんじゃないの？」

「アンジェリカもそれはわかっているはずなのに、やらないんだよ。何かあるのかなーって」

確かに、アンジェリカの境遇は酷い。本来受け取るべきものを親に取り上げられ、妹に奪われた。恨《うら》み節《ぶし》を唸っていてもおかしくない扱いだ。

「……もしかして、ルクス様って、サモエド伯爵家の跡継ぎ？　スコティッシュフォールド子爵家の婿養子になるのは不可だから？」

「んー……それもあるかも。それか、アンジェリカは実の親と争うのが嫌なのかもしれない」

両方あり得る話だ。

アンジェリカは真面目な性格だし、ましてやルクスは爵位が上の貴族である。相手の立場に遠慮して身を引く可能性はあった。そして、実父がゴミ屑でも、父親というだけで顔を立てている可能性も考えられる。

想像の域を出ないとはいえ、アンジェリカは爵位の放棄を求められているかもしれないし、ゲイブルに言われるがままに妹に爵位を譲ろうと考えていても不思議ではない。

そんな方法があるかは不明だが、養子縁組的な方法がある可能性は十分ある。

シンはそれだけのことをやられたら、絶対やり返す。

ただ、あくまでこれはシンの考えであって、アンジェリカの考えはわからないのだが。

お祭り騒ぎも落ち着き、片付けも終わった。

いつの間にかルクスは戻ってきていて、アンジェリカも片付けに加わっていた。

二人に問いただすことはなく家に帰ったシンは、布団の中で考える。

少し離れたところで、二つの寝息が聞こえる。たらふく食べて、騒いで、楽しんだカミーユとビャクヤは熟睡していた。

安全な宿があるだけで御《おん》の字《じ》と豪語《ごうご》していた通り、雑魚寝でも全く問題なく寝ている。

暗闇の中で眠気の来ないシンは、一人、天井を眺めながら物思いに耽《ふけ》る。

ティルレインの言う通り、二人は逢瀬《おうせ》をしていたのかもしれないし、ただ単にたまたま同時に傍にいなかっただけかもしれない。

アンジェリカはシンの意向を重視しているので、接触は必要最低限にしている。

シンの傍にずっといれば、彼が訳アリだと宣伝しているようなものだ。あの連絡用の発煙筒は、彼女の精一杯の譲歩だった。

さらにシンの周囲には学友がいる。その学友二人はシンのもう一つの身分を知らないので、大っぴらにはできないだろう。

ちなみに、タニキ村の人々は「なんかシンちゃんが出世したみたいよー？」「へー」くらいのノリである。戻ってきたシンは、相変わらず黙々と、狩猟や採取や冒険者稼業に学業と――まぁ、子供なりに忙しそうにしている。とはいえ、隔たりのない態度なので、村人たちには割とヌルッと綺麗にスルーされていた。

その裏には、高貴な身分の代表格でありながら威厳もクソもないティルレインの存在も大きいだろう。彼は恭《うやうや》しく距離を取られるより、フレンドリーに接してもらうと大変喜ぶ。

彼は村人たちから、やんごとなきお犬様と認識され、生温かく見守られている。

シンとしてはとても住み心地のよいタニキ村と、現在の護衛のメンバーを変えられたくなかった。

正直認めたくはなかったが、シンには自分の望まぬところで厄介事が時にクラウチングスタートし、時にじりじりとやってくる傾向がある。

（一応、把握しておいた方がいいかなー。なんつーか、凄く地雷臭がするというか、寄ってきそうな気がするんだよなぁ）

無防備なところに満を持したトラブルがぶち当たってくるより、事前に対策済みで迎撃した方がずっと楽だ。

本来の後継者であるアンジェリカを排斥した父親と、姉の婚約者を奪った妹。

今のアンジェリカは、シンの――ティンパイン公式神子の聖騎士だ。神子の立場は王族に準ずるらしいので、言ってみればアンジェリカは、王宮騎士の中でも王族選任である役職クラスだ。

スコティッシュフォールド家の人間は、追い出したはずのアンジェリカが、落ちぶれるどころか貴人の覚えめでたく大出世したらどう思うだろう。やっかみにしろ擦り寄るにしろ、彼女に何か言いに来そうである。

（妹とやらは気分が良くないだろう。自分で追い出しておいて、アンジェリカさんがイケメンの次期伯爵を旦那に捕まえたら、逆恨みしそうだ）

ここで姉の幸せを素直に喜ぶような性格なら、そもそもアンジェリカは神殿に身を寄せていないはずだ。新しい婿を探し、爵位を引き継いでいただろう。爵位を受け継がなくとも、貴族令嬢として過ごしていたと考えられる。

だがこれはド庶民で、貴族に関してはなんとなくのイメージしかないシンの推察にすぎない。

一番知っていそうなのはルクスだが、この状況だと聞きづらい。敏い彼は、何かしら勘付く可能性があった。

領主のパウエルは準男爵ではあるが、超ド田舎の貴族なので、事情に詳しいとは思えない。

そしてティルレインは論外。婚約者のヴィクトリアはしっかり者であるが、彼女に聞くのは気が引ける。

（……貴族の情勢に詳しい人といえば……ミリア様？）

チェスターも知っているだろうけれど、どちらかと言えば社交界よりも政治に明るいタイプな気がする。もちろんその気になれば子爵家の事情くらい調べられそうだが、わざわざ手を煩《わずら》わせるのも気が引けた。

ミリアたちに連絡するならついでに何か贈り物をと、シンは考えを巡らせる。

（ミリア様……新作の……美容液……と蚊取線香……チェスター様に目薬……栄養剤……）

チェスターが眼鏡をしているのは、当然目が悪いからだろう。

それに、眉間によくしわを寄せていたし、目の下に隈《くま》もあった。多忙だから目を酷使しているのかもしれないし、近視や遠視や乱視、年齢的に老眼が始まっている可能性もある。

（『目薬《めぐすり》の木《き》』……が、山に、白マンドレイク……と薬草、ポーションベースに――）

ウトウトと眠気が襲ってきて、やがてシンはゆっくりと目を閉じたのだった。

◆

翌朝、シンは頭を抱えていた。

よく寝たカミーユとビャクヤは、すっきりと目覚めている。

カミーユはてきぱきと朝食の用意をしながらも、ずっと動かないシンに首を傾げる。

「どうしたでござるか？」

「寝落ち間際《まぎわ》になんかエエ感じのレシピが思い浮かんでたらしいんやけど、起きたら覚えとらんそーや」

ビャクヤの答えを聞き、カミーユは自分が絶対アテにならないタイプの悩みだと理解した。それよりも、どのスープの器《うつわ》により多くのお肉が入っているかのチェックが大事である。

本日のスープ係であるビャクヤは、カミーユのいじましい努力に冷ややかに言い放つ。

「出汁目的《だしもくてき》やし、そない目ぇかっぴらかんで、とっとと選んどき」

そう言って、サクサクとそれぞれの席に配膳していく。

カミーユがぎゃんぎゃん騒いでいたが、当然ビャクヤは無視した。

朝食後、どうしても思い出せないレシピにモヤモヤしながら、シンは目薬を作る。

作り方はオウル伯爵から貰った本をもとにしたレシピである。

ルクスからお下がりで貰った教材にも、目に効く素材は載っていたが、オウル伯爵家にあったレシピは、素材からして質が違う。魔法薬と言っていい効果の高いものだった。

(凄いレシピだと材料も貴重だし、それだけ難しいから、まずは簡単なのにしよう)

目薬の木は、葉や実ではなく樹皮を使う。

薬草から煮出した抽出液と魔力を混ぜ合わせ、白マンドレイクのエキスを入れる。

(そーいや、大根って葉っぱも栄養価が高いって聞いたことあるな……)

白マンドレイクの姿から大根を連想したシンは、いつもは白い我儘ボディをメインに使用していたところ、今回は上の葉っぱも使うことにした。一応スマホで鑑定したが、薬効アリと出たので問題ない。煎《せん》じて飲んでも効果があるそうだ。

ふざけた外見だが、やはり白マンドレイクは素材としては優秀なのだろう。

完成した目薬は手のひらサイズの小瓶に五本。かなりたくさんできた。

(……余った。目薬ってちっちゃいからなー)

余った素材の白マンドレイクの葉は、グラスゴーとピコのご飯になった。

ちなみに、そのことを後で知ったビャクヤが「そんな貴重な素材、飼い葉にすんなー!」と絶叫したが、半身の〝聖護院ボディ〟がテーブルに転がっているのを見つけて黙った。

美味しい方が残っていたので、いそいそと浅漬けとサラダにしていた。

翌日、シンは防虫効果のあるハーブをネリネリして蚊取線香を作った。

お香を作ったのは初めてだったのもあり、歪《いびつ》な円錐型《えんすいけい》になった。均等にぐるぐる巻きの線香など、素人《しろうと》には作れない。

試しに屋外で焚いてみたら、遥か上空からボトボトと虫型の魔物が落ちてきた。蚊だけでなく、虫全般に効くらしい。

ちょっと臭いがキツめだし、効果が強烈なので、小型化するか砕いて使った方が良さそうだ。円錐の形そのままに火をつけたらえらいことになる。

（お屋敷の防虫のために焚くにはいいかもしれないな）

使わなかったら、その時はその時である。ドーベルマン伯爵家は立派な貴族だし、もっと便利で使い勝手の良い道具があるかもしれない。

ひびが入ってしまったものや、形の崩れてしまったものは、シンが自宅で使うことにした。

目薬と蚊取線香ができたところで手紙を認《したた》める。

近況を伝える手紙には、アンジェリカの実家がきな臭いかもしれないので、ちょっと知りたいと添えて送った。

◆

シンの手紙と贈り物は、魔鳥《まちょう》の速達ですぐさま届いた。

受け取ったチェスターは、書類と格闘しまくったばかりだったので、さっそくありがたくその目薬を使うことにした。

ゆっくりと絞り出した一滴を点眼する。

目に痛いくらい、ぐわりと何かが広がるのがわかった。痛みとも熱さとも違う感覚。眼窩《がんか》どころか、こめかみや側頭部辺りまでピリつくような気配がした。

チェスターは思わずふらついて、近くにあった机に手をつく。

少しの間、目を閉じたまま感覚が落ちつくのを待つ。

「……治まったか？」

恐々と目を開くと、視界に凄まじい違和感があった。

やけにすっきりとして、あらゆる物の輪郭《りんかく》がシャープだった。目からの情報量が多い。今は眼鏡を外しているはずなのだが、レンズ越しよりもはるかに良く見える。

「これはまた……凄い威力だな」

チェスターは感嘆する。

シンは薬学系の成績が良いとは聞いていたが、そういう次元ではない。

素人と玄人が同じものを作っても、効能や精度が違うように、シンの作った目薬の効果は半端なかった。

ちなみに、シンは自分で使用してみたが、元々目が良かったので、大して効能を感じなかった。可もなく不可もなく。ちょっと目がすっきりする程度だった。

もとよりマックス元気な人間に栄養剤やポーションを飲ませても意味がないのと同じである。良くなる部分がなければ、変化が少ないのだ。

逆に長年の酷使と激務により蓄積しまくっていた疲れ目のチェスターには効果抜群だった。特に今は、疲労の蓄積度が抜群だったため、それが一気に吹き飛んだ。眼精疲労からくる首や肩の凝り、頭痛も緩和された気がする。

鮮明な視界に慣れてくるのに従って、少しずつ視界がぼやけてくる。五分ほどすると、それ以上ぼやけることはなくなった。

だが、いつもの裸眼よりはずっとしっかりした視界だった。

(……昔、使っていた眼鏡はどこにやったかな)

今まで使っていた眼鏡だと度数がきつすぎる。

家と職場に眼鏡のスペアを置いていたので、歴代の眼鏡の中にあるはずだ。

体の一部と言えるほど大事な眼鏡。どれもこだわって作ったものなので、捨てずに残してある。

チェスターは一つずつ掛けて、今の目に合う物を探す。今の彼に合う眼鏡は、なんと二十年前の物だった。レンズがだいぶ薄いので、付け心地が違う。

鏡で自分の顔を見ると、懐かしい眼鏡をかけた自分の姿があった。やけに血色が良いと思ったら、隈がだいぶ薄くなっている。

チェスターは自分に起こった変化を一つ一つ確認し、だんだんと眉間にしわが寄るのがわかった。

(……道理でシン君のレシピを再現しても、化粧水や美容液の効果が落ちるはずだ。あの子が作る物は、すでに一般の領域ではない。薬神や医神といった類の加護も受けている可能性があるとは思っていたが……)

実際に使ってみると、どう考えてもそうとしか考えられなくなってしまう。まっくろくろである。以前からチェスターが抱いていた疑念は、ほぼ確定だった。そうでなかったら、高度の錬金スキルや調剤スキルがあるはずだ。

シンは自分に加護を授けた存在について、あまり興味がなさそうだし、探ってほしくなさそうだ。だが、こんな凄まじい効果のある薬やポーションをホイホイと作ってばら撒いたら、金に汚い連中や、金の匂いに敏感な商人が確実に嗅ぎつけるだろう。

シンの専攻は錬金術や魔法薬系ではないので、周囲との技術の差に気づいていない可能性が高い。まだ学年も低いし、授業は効能の良し悪しを調査するレベルに達していない。せいぜい、成功か失敗かというアバウトな判断しかしていないだろう。

（目薬の礼と、忠告の手紙はすぐに書いた方がいいな。蚊取線香……虫除けはとりあえず今度、外で使ってみるか。頼まれたスコティッシュフォールド家はすでに調査してあるが……最新の情報とは言えない。調べ直すとするか。アンジェリカは縁を切っているとはいえ、あちらはどう出るかわからないからな）

なんだかんだで、チェスターはシンに甘い。〝良い子〟の末っ子のために、せっせと動き出すのだった。

後日、片手で持てるサイズなのに、広範囲に効く蚊取線香の威力を見て、これも増産できないかと真剣に悩むチェスターがいた。

（なんでシン君は気軽に便利なものをホイホイ作って寄越してくるのだろうか）

先日の冷感剤もそうだった。

既にミリアはシンお手製の冷感剤が手放せない状態だ。エレガンス我慢大会はやはり今年もあった。池や噴水のあるお家は特に最悪で、ちょっと悪条件が重なると、藪蚊が大発生する。ミリアのお肌は冷感剤によって無事に守られていたが、一緒に出席したご婦人方はなかなか悲惨な目に遭っているという。

（……このレシピも貰えるか打診しておこう。シン君に変な銭ゲバが近づく前に、こっちでコントロールしておいた方がいい）

効能と製作者がバレたら、シンが馬車馬のように働かされて搾取されるか、王城の神子用の離宮に完全軟禁されるコースが現実味を帯びてしまう。神子バレすれば一発で色々アウトだ。

シンの楽しい青春はドドメ色になる。

それは良くない。とても子供の教育には良くない。

お父さんは心配性だった。

◆

王都エルビアでチェスターが色々と気を揉んでいた頃、シンは小麦相手に真っ向勝負をしていた。

貰った麺つゆを美味しくいただくために、うどん職人になっていたのだ。

うどんの作り方はスマホで調べた。レシピには、一口に小麦粉と言っても、薄力粉、中力粉、強力粉だのと種類があるが、シンの手にある物は大雑把《おおざっぱ》に小麦粉としかわからない。量ってこねこねしていた。

ビニール袋がないので、足でふみふみすることはできない。パスタマシーンなんて便利アイテムもないので、ひたすら手でこねるしかない。

うどんを作ると聞いたビャクヤは、「薬味がないか探しに行ってくるで～」とカミーユを引きずって、ピコに乗って出かけていった。

話のわかる狐である。

(んー、うどんはあっさりしているから、ちょっとこってりしたものが欲しいな。あ、付け合わせに天ぷらも良いな。天かすも作っておいてストックすれば、色々使えそう)

色々夢を膨らませながらも、シンは力強く粉をこねる。

外見はまだまだ幼いが、がっつり加護付きの冒険者なので、パワーはなかなかのものである。

良い感じにうどんの生地《きじ》がまとまったところで、ボウルに入れて寝かせておく。

次に、大きな鍋に油を入れる。揚げ油として贅沢にオリーブオイルを使うことにした。

この油はベジトレントが落とした。さらっとしていてちょっと独特の香りがする。

村人から貰った新鮮な夏野菜を一緒に揚げても美味しそうだ。

「シン君、戻ったで～」

「山菜もいっぱい見つけたでござる！」

「ナイス！　ちょうど天ぷらをやろうとしてたんだ」

シンは戻ってきた二人を褒めて、山の幸がいっぱいに詰まった籠を受け取った。

中にはキノコ類もある。念のためスマホで鑑定して、ちょっとヤバそうなのは弾いておいた。さも食べられるキノコですよという擬態をしつつ、猛毒のキノコがあった。

以前、ハレッシュが「数年に一回くらいタニキ村を含めた周辺地域で死者が出る」と言っていたキノコである。良く似たとても美味しいキノコがあるので、被害者が絶えることはないそうだ。

ハレッシュは笑いながら言っていたが、ぞっとする話である。

「二人ともちゃんと手を洗っとけよ」

「ついでに水浴びしてきていいでござるか？」

「それよか、ピコちゃんに飼い葉やろ」

カミーユとビャクヤ、どっちが毒キノコを毟ったかは不明だが、まだ手に毒キノコの汁や胞子がついていたら洒落にならない。口元に触れて毒を含んだり、目に入ったりしても危険だ。

今のところ二人とも平気そうにしているから、皮膚《ひふ》から吸収される毒ではないだろう。

「いや、マジで何より先に手を洗って」

「なんや？　シン君は潔癖《けっぺき》なお年頃なんか？」

軽口を叩くビャクヤに、シンは真剣な声音で念押しする。

「いや、割とヤバい毒キノコがあったから。それに触った手で色々ベタベタ触ったら危ないから」

「それを先に言ってほしいでござる!!」

貰い物の野菜にあったトマトを摘まもうとしていたカミーユが、跳び上がった。

すっかり顔の引きつったビャクヤと共に、井戸に走っていく。

「だから言ったじゃん」

自分の手を魔法で洗浄しながら、そう一人ごちるシンだった。

山の幸は、薬味を除いて揚げることにした。

水洗いした山菜に、衣を付けて油に入れる。夏野菜もどんどん投入していく。

その隣の竈《かまど》では、ビャクヤがうどんを茹《ゆ》でている。生麺なので、乾麺と比べて時間が掛からないはずだ。その分、食べ頃の見極めが大事である。

二人の後ろで、料理においては頼りにならないカミーユがうろうろしていた。手を出したり、話しかけたりはしてこないが、出来上がりはまだかと、二人の手元を後ろから覗き込んでくる。

「シン君、カミーユがメッチャ鬱陶しいんやけど」

「三発までなら裏拳決めていいよ」

「武器は？」

「刃物と壊れるもの以外は使用可」

ビャクヤとシンは淡々とカミーユの処遇を決めている。

「滅茶苦茶怖い決定をしないでほしいでござる!!」

半泣きのカミーユが声高《こわだか》に訴えたが、暑い中で炊事をしている二人にとってはそんなの塵芥《ちりあくた》だ。

お腹も減っているし、地味に苛々していた。

「『じゃあ失せろ（や）』」

綺麗なユニゾンだったが、怒りのボルテージが高めの低音だった。

シンとビャクヤは火を使っているし、熱湯と熱い油を使っている周囲で無闇に動き回られてはたまらない。危ないし、余計に苛立つのである。

カミーユはしくしくと悲しげな啜り泣きをしながら、黙々と食器を並べはじめる。

ふと、彼はすでに誰かがテーブルに着いていることに気づいた。

「突撃！　隣の昼ごはーん！　なんだぞぅ！」

ニッコニコの晴天のような笑顔で、ティルレイン王子殿下が座っていた。

いつの間にか入ってきて、勝手に陣取っていたのだ。

「失せろ」

「ブブ漬け投げたろか」

花盛りならぬ苛々盛りのシンとビャクヤがダブルでぴしゃりと言うと、その反応にティルレインはびゃっと泣き出す。両目から凄い勢いで涙が出てきた。

二人はご機嫌斜めなので、会話がデッドボールになりがちである。

「うわーん！　酷いんだぞぅ！　カロルやシベルから、なんかシンが変な物を作ってるって聞いたから来たのにー！」

「変な物じゃなくてうどんです。食い物です」

「王子はポメ準男爵んとこへお帰りなはれ」

「嫌だ。今日はシンとランチにするって決めたから。あ、これはパウエルからのお土産だぞー ぅ！」

これだけ拒絶されているのにめげないティルレインは、風呂敷包みのような物をテーブルの上に広げた。

そこには、こんがり焼けた丸鶏肉があった。

これはかなりのご馳走である。カミーユなんて目を輝かせて、すぐにでも齧《かじ》り付きたそうだ。

ビャクヤも明らかに心を揺り動かされた様子である。シンは、その美味しそうな照り照りした輝きの鶏肉の背後に「ごめんね～。止められなかったよ」と、両手を合わせて謝るパウエルの姿を見た気がした。

「……ちなみに、ルクス様や護衛騎士は？」

「ルクスは父上から来た手紙になんか一生懸命返事書いていたな。騎士たちはお弁当持って、お庭で食べてるぞーぅ」

ぎょっとしたシンが、窓から外を見ると、厩舎の日陰で昼食を食べている騎士たちがいた。

彼らは「ヤッホー」と言わんばかりに手をひらひらさせている。その中には、申し訳なさそうにしているアンジェリカの姿もあった。

二人からの帰れコールにも、ティルレインはめげない。まず根負けしたのはシンであり、続いてビャクヤも諦めた。カミーユは最初からとにかくお昼ご飯が食べたいとしか考えていない。

ティルレインはきらきらした目でお行儀よくテーブルで待つ。

「ん？　なんだこれは？」

お皿に見たことにない植物があるのに気づいて、ティルレインが興味津々《きょうみしんしん》だ。しげしげと眺め、今にもつつき回したそうな表情になっている彼に、カミーユが説明する。

「薬味のネギと生姜《しょうが》と山葵《わさび》でござる。好みでつゆにいれるでござるよー」

「ほほう、見ない食べ物だな。試食してみても？」

「したらしばく。そんで追い出す」

野菜スティックのノリで齧ろうとしたティルレインは、シンのスーパードライだが気遣いのストップで事なきを得た。

薬味を試食などしても、大泣きするのが目に見えている。あれは少量入れるからこそ美味しいのであって、直に食べるものではない。

カミーユは一緒についていたが、割とその辺の危機管理能力がガバガバだ。害がある毒物や薬物なら止めるだろうが、辛い程度ならスルーしてしまう。

「シン殿はなんだかんだで面倒見がよいでござるなー」

「そうだぞぅ、シンはツンツンして見えて、優しいんだ！」

カミーユの言葉に、ティルレインはなぜかウンウンと尊大に頷きながら満足げだ。

そんな阿呆《あほう》なやり取りをしている間にてんぷらは揚がり、うどんが茹で上がった。

「ちょい井戸の方で冷ましてくる」

「あ、ちょっと待って。ここに水桶あるから、そこの氷水使えばすぐでしょ」

ザルを持って走り去ろうとするビャクヤを、シンが呼び止めた。

ちなみに、シンは冷凍庫や氷室など持っていないので、氷は魔法で作ったものだ。

「助かるわー。シン君、結構料理できるから、カミーユのお馬鹿と違って、手際《てぎわ》ええもん」

ビャクヤはザルに出した熱々のうどんをすぐに氷水に漬ける。金属のザルではなく、竹細工のザルなので、すぐに熱さが伝わってこない。

うどんは冷水でしっかりしめると、麺にコシが出るし、伸びるのも防げる。それに、いくら和食が恋しくても、シンは夏に温かいうどんを食べる気にはならなかった。

手作りなので、出来上がったうどんはちょっと太さが不揃いで、長さもまちまちなところがあるが、それもご愛嬌である。

テーブルの中心にうどんの入ったザル、その周りに薬味の小皿、山菜や夏野菜の天ぷらがてんこ盛りに皿に載り、ティルレインが持ってきた鶏の丸焼きも食卓に並ぶ。

改めて見るとなかなかに豪勢な昼食である。

シンとビャクヤは箸《はし》を持ち、カミーユとティルレインはフォークを手に、いざ実食である。

「じゃ、いただきまーす」

「「いただきまーす（？）」」

シンの「いただきます」の意味がよくわかっていないティルレインとカミーユは、ちょっと不思議そうな顔をしながらも、真似をした。一方、日本文化の影響が色濃く残った一族出身のビャクヤは特に気にすることなくシンに倣《なら》った。

「シン君、テイラン出身？」

「いや、もっと遠いとこ。ここからだとどう行くかもわからない」

「親は？」

「死別。故郷はもうない」

「……すまん。不躾なこと聞いた」

ビャクヤの顔がスッと暗くなった。彼の脳内で、シンの不幸な設定を盛大に作っているのだろう。

しかし、シンの言葉に嘘は全くない。ご臨終しているは相良真一――シンだったが、死別には違いないし、元の世界に戻る手段が今のところ見つかっていないのも事実だ。

もっとも、シンには戻る気もそんなにないから、大して問題ではなかった。

時折、無性に和食やファストフードやジャンクフードを食べたくなるが、彼はこのスローライフな異世界生活を気に入っていた。

しんみりしている傍では、喉にうどんを詰まらせたティルレインがバタバタしている。カミーユが一生懸命水――と間違えて麺つゆの原液（四倍希釈）を飲ませてしまい、更なる地獄になっていた。びっくりしたティルレインが、盛大にむせ返っている。

「ふぅ……うどんというのは美味しいが、恐ろしい食べ物なんだぞぅ」

何とか危機を脱したティルレインが、神妙な顔で言った。

「恐ろしくあらへんわ、王子様。噴いたのは主に麺つゆの濃さにビビってやろ」

「つーか、普通は詰まるもんでもないですよ。ある意味器用ですよ」

「シン殿やビャクヤの真似をして啜ろうとして、ズボッといったみたいでござるよ」

ティンパインの文化は西洋よりなので、麺を啜るということがあまりない。基本、音を立てずになんぼのマナーである。

そして、ティルレインの生来持つ思い切りの良さで、ガバリと麺をとって啜ろうとした。だが、口いっぱいに頬張った量を、咀嚼回数を省いてリズムを重視でそのまま嚥下《えんげ》しようとして、喉に詰まったのだ。

追撃にそんな弱った喉に、塩分濃度が強めの麺つゆ原液がクリティカルヒット。

色々グダグダだった。

ドジっ子を炸裂《さくれつ》させて、年下の少年たちを滅茶苦茶煩わせているティルレインを見て、騎士たちは物凄く恥ずかしそうにしている。謝罪のジェスチャーをして「うちの殿下がすみません」と、声なき声で叫んでいた。

彼らとしては掃除を手伝いたかったが、ガチムチな騎士たちがシンの家に詰めかけたら、それこそ迷惑になる。マッスルの存在感は推定でもシンが二、三人いるくらい圧がある。

ただでさえ暑い季節なのに、人口密度が上がって、むさ苦しさで体感気温も爆上がりである。

家に入りたくても入れず、右往左往している騎士たちの中には、ちょっと危ないストーカーのように窓に張り付いている者もいた。

シンたちは必死に見ないふりをする。

そんな周囲の空気に全く気づくそぶりもなく、ティルレインはてんぷらに舌鼓を打っている。

「お！　これはなんだ？　サクサクしてちょっと苦いけど香りがいいな！」

「青じその天ぷらですよ」

「このオレンジに近い黄色はカボチャ……と、これは？」

「オクラです。お隣からのお裾分けです」

次々と繰り出される質問に、シンはしっかり食べながらも説明を入れる。

ビャクヤはその隣で、一人で鶏肉を消費しまくるカミーユの手をベチベチ叩いていた。

「さっきからなんでござるか⁉」

「食いすぎや！　シン君とティルレイン殿下の分を考えとき！　見てみぃ！　明らかに四分の一は食っとるやろ！」

ビャクヤがだいぶ量の減った鶏肉をびしりと差すと、カミーユは口を尖らせた。

「けち臭いでござるな〜」

「ほーう、その言葉をシン君の顔を見てもういっぺんゆうてみ？」

示されたシンは、いつになくにっこりと微笑む。するとカミーユが一気に萎れた。

シンは何も言っていない。ただにっこりしただけである。

シンは別に大食いでも早く食いでもなく、自分のペースで着実に普通の量を食べるタイプだ。異常に食い意地が張っているわけではないが、日本には〝食べ物の恨みは怖い〟という諺がある。シンも、食べ物を奪われたらそれなりの態度はとるつもりだ。

お馬鹿なところはあるとはいえ、カミーユは救いようのない愚か者ではない。不自然に愛想の良いシンの笑顔の裏にある危険性に気づいた。きちんと「アカンやつだコレ」と察した。

引き続き空気の読めないティルレインは、カボチャを呑み込んだ後、一番大きいオクラにフォークを刺すと、目を輝かせて食べている。

「シン！　これはなんだ？　これもオクラか？」

「しし唐です。辛いのもあるから、やめときましょうね」

「これは？」

「小魚です。正式名称は不明ですけど、食べられるモノです。麺つゆより塩やレモンをかける方が個人的には好みです」

気づかないとは、時に幸せだ。

ティルレインはシンに言われた通りしし唐は避け、小魚に塩を付けて食べ、次はレモンにチャレンジしようとする。

ティルレインはいっぱい食べているが、満遍なく手を伸ばしている。初めて食べるものに目を輝かせているだけで、意地汚く食い意地が張っているわけではないので、お咎めはなかった。

第五章　アンジェリカの事情

お世辞《せじ》にも大きいとは言えないシンの家の中で、ティンパイン王族であるティルレインとティンパイン公式神子のシンが昼食をとっている。

護衛騎士やアンジェリカには見慣れた光景だが、王都にいる一般貴族や神殿の神官たちがこれを見たら、卒倒しそうだ。

食卓に並ぶのは明らかに素人料理で、コース料理ですらない。当然毒味もされていないし、使われているのは大衆向けの素材ばかりだ。

食器類も木製や陶器中心で、銀製品は匙《さじ》一つなかった。

だが、その食卓の空気は和やかだ。

アンジェリカにとって、こういった光景は長らく縁がないものだった。

彼女の記憶にある家での食事風景は、いつも冷え冷えとしていて、僅かにカトラリーが鳴らす音が響くだけ。会話は全く弾まなかった。

アンジェリカはスコティッシュフォールド子爵家の長女である。

本来であれば、母のフランチェスカから家督を継ぐ予定だったが、それは実父ゲイブルによって閉ざされた。

きっかけは母親の死だった。幼いアンジェリカは悲しんだし、酷く落ち込んだ。

だが、そんなふうにアンジェリカが悲しむことなど、父親にとっては些事《さじ》だった。

新しい家族――彼にとっては本当に愛する娘――を迎え入れる方が、余程重要だったのだ。

隠れて愛人を持っていたゲイブルにとって、アンジェリカは義務でもうけた子供にすぎなかった。

本当に愛した女性との子供に比べれば、どうでも良い存在だったのだろう。

異母妹のマリスは、可愛らしい子だった。

アンジェリカとはたった三つしか違わない妹に対して、ゲイブルはひたすら甘く、猫可愛がりをしていた。

アンジェリカと同様に、早くに母親を亡くしているのもあっただろう。ゲイブルはことあるごとに「可哀想に」「なんて健気なんだ」と、マリスの肩を持った。同じ境遇のアンジェリカにはなんの気遣いもないというのに。

また、マリスが欲しがった物は、たとえアンジェリカの物でも与えられた。

アンジェリカは次期当主だから厳しく育てられていたのだと思っていたが、父親はただ単に自分に愛情や興味がなかったのだと、嫌でも理解することとなる。

天真爛漫《てんしんらんまん》でちょっと我儘なマリスに、ゲイブルはなんでも与えた。

ドレスも宝石も愛情も次期当主の座も――そしてアンジェリカの婚約者さえも。

少なくとも、アンジェリカは婚約者のグライドを憎からず思っていた。

恋人と言えるほど熱烈な関係ではなかったが、時間をかけて信頼を築いていたつもりだった。

だが、グライドはあっさりとマリスに乗り換えてしまう。

彼はアンジェリカを捨てる際、片方の手でマリスの腰を抱いて嘲笑《あざわら》っていた。

「君さ、つまらないんだよ」

ニヤニヤと、弱いものをいたぶるような下品な笑みが張り付いていた。

「お堅いっていうか、お高くとまってますって感じで、息が詰まる。跡継ぎじゃなかったら、絶対婚約なんてしなかったね」

恋は芽生えなくとも、情くらいはあると思っていた。だが、それはアンジェリカの一方的な勘違いだった。

取り返しのつかない状態になって、ようやく思い知らされる。誰もアンジェリカを助けようとはしない。

幼いと思っていた妹は、元婚約者に負けず劣らずの嫌らしい笑みを浮かべていた。実に悪意のある笑いであった。

無邪気で我儘な子供はそこにはおらず、女を使って男に取り入った業突く張りの女がいた。

「お姉様はそんなだから悪いんです。マジメすぎるから、男の人に飽きられるんですよぉ」

学園を卒業したら、アンジェリカは爵位を継ぐ予定だった。

ところが、ゲイブルは卒業間際にアンジェリカを追い出し、マリスを後継者に指定した。

本来、マリスにその権利はない。アンジェリカは反発したが、彼女が学園で寮住まいをしているうちに、見知った使用人はいなくなっており、もう味方をしてくれる人はいなかった。

アンジェリカは寮から帰ってきた荷物でそのまま、外に放り出された。

当然、グライドは助けてはくれないだろう。路銀もほとんどなく、遠方にいる老いた祖父母を頼るのも難しかった。

幸い、アンジェリカは当主候補として剣術や弓術、馬術などを習っており、筋も良いと言われていた。おかげで、騎士として神殿に入ることができた。

見目が良いこともあって、彼女は程なくして聖騎士として認められる。

それは、若く美しい女性騎士ばかりの部署で、お飾りに近い立場でもあったが、実績を重ねればいつか本物の騎士になれると信じ、彼女は研鑽《けんさん》を重ねた。

その結果――皮肉にも、元婚約者や妹に貶《けな》された真面目で実直すぎるところを見込まれて――神子から信用を得ることができた。

六人いた聖騎士の中で、シンが護衛や側仕えに認めたのは、たった二人。

シンは気を許す人、許さない人はしっかり吟味する。家柄より人柄重視だ。その彼に認められた二人――アンジェリカとレニは、一目置かれた。はっきり言って、貴族令嬢だった時よりも良い立場になっていた。

（だからと言って、私という人間がつまらないのは変わらない。でも、そう簡単には変えられない）

アンジェリカは自分が器用な人間ではないことをわかっていた。要領の悪い自分に、誰かとの良縁なんて考えていなかったし、考えられなかった。

ずっと、小さな棘《とげ》のように、グライドとマリスの言葉が突き刺さって抜けないままである。

それでも、縁とは不思議なものだ。

アンジェリカの護衛対象が若年で、ティンパイン王族であるティルレインと懇意だった。

シンの正体を知る者はごく一握り。彼と近しい人間は、信用できる人たちばかり。神子という立場を隠しながら、学園に通うシンを守るため、自然とその秘密を共有する者たちの関係は密接になった。

ティルレインというちょっとおつむの緩い王族に仕え、フォローを入れているルクスとアンジェリカとの仲が深まるのは、ある意味自然なことだった。

ことあるごとにシンに会いたいとごね、気兼ねないお喋りをしに神子の宮殿に来るティルレインと一緒に、ルクスも来た。

それに伴《ともな》って、影武者の護衛をしているアンジェリカと顔を合わせる回数も自然と増えていく。

迂闊で軽挙が多いティルレインのフォローに、二人で回っていたとも言う。

顔を合わせる回数が増え、会話が増え——二人きりになることもままあったし、王宮では話せないからと、外で会うこともあった。

気づけば、恋人と言える立場になっていた。

（……でも、これ以上関係を続けるのは良くないでしょう。子爵家の娘として関係を続ければ、いずれはお父様とマリスが出てくる。かといって、生家と絶縁すれば、サモエド伯爵家の彼とは釣り

合わない。貴族籍はあってないようなものだわ）

一介の騎士という身分は、ルクスの隣に立つには心許《こころもと》なかった。

彼女はただ、シンに嫌われなかったから残っただけで、特別な功績など残していないのだ。

（それにルクス様は伯爵子息。お父上は大臣なのだから……それも次期当主で、王家からも覚えがめでたい。今更、私など……）

ルクスに婚約者がいないのは、王家でも一番将来性がいまいちなティルレインに仕えているからだろう。

ルクスの性格を考えれば、彼自身も大きな出世を望まず、有望株にガツガツ食らいつく肉食系婚活令嬢に目を付けられたくなかったという可能性も高い。

アンジェリカはそっと領主邸の方を見る。姿は見えないが、ルクスはあそこにいる。

シンの家の壁に寄りかかり、アンジェリカは後ろめたさから俯《うつむ》く。胸元にそっと手を触れると、布越しに僅かにチェーンの感触がした。

「……やはり別れを」

「する必要ないんじゃない？　僕は賛成だけどな。変な男がアンジェリカさんとくっつくよりずっと安心」

頬杖をついたシンが、食後のお茶を飲みながら窓から顔を出していた。

「……っ!?」

絶叫はしなかったが、明らかに狼狽したアンジェリカ。

「え、あ？　その、み」

「シン」

「すみません……シン殿」

咄嗟に神子様、と言いかけたのを視線と言葉で制された。

本来なら〝シン殿〟ではなく様付けしたいところだが、シンが嫌がるので、アンジェリカが妥協している。

アンジェリカは驚きに気を取られていたものの、ややあってシンの言葉の意味と、自分の恋愛に気づかれたことを知って、真っ青になったり真っ赤になったりと、忙しく顔色を変える。

自分よりだいぶ年下の子供に――しかも上司にバレたのが、物凄くいたたまれない。

そんなアンジェリカを横目に後片付け中のティルレインだったが、たくさん食べたせいで眠気を訴える。カミーユもちゃっかりそれに賛同した。

ビャクヤはきっちり片付けが終わったのを確認してから、許可した。

お馬鹿犬二匹と、それに付き合わされた、意外と面倒見の良い狐一匹の図である。

タニキ村はコンクリートジャングルとは対極の閑静《かんせい》な山村だ。窓を開けるだけで、十分涼しい風が入ってくる。

が、問題が一つ。この家は狭いので、スペースがギリギリなのである。

妥協案として、ハンモックで平等に寝るということで落ち着いた。なんでも、ビャクヤたちが騎士科の実習の一環で縄《なわ》を結んで作ったそうだ。ぬかるみなどでテントの設営や地面で寝るのが難しい場合などで使える物だという。

頭はすっかり昼寝することでいっぱいな三人は、シンが窓辺でアンジェリカと話していても、全く気にする様子はない。木陰の具合を気にしながら、どの木に括りつけようかと選んでいる。

もともとティルレインのお守り兼躾役のシンが、護衛騎士たちと話すこと自体珍しくはない。

「……護衛を担う身でありながら、異性にうつつを抜かすのは……」

アンジェリカは強張った顔で、シンにすっと頭を下げた。

「別に恋愛禁止じゃないし、公私混同して仕事をサボっているわけじゃないからいいよ」

神殿が恋愛禁止を課しているのかはシンにはわからないが、少なくともティルレインの護衛騎士の中には、妻子持ちや恋人がいる者が何人もいた。もし女騎士だけそういったルールがあるのならば、女性差別である。

仕事について言えば、この前のベジトレント祭りの時は二人で席を外していたが、一種の無礼講で、みんな騒いでいた。そもそも護衛でガチガチに固められたくないとシンが自分で申し出ているのだから、彼女に文句を言うつもりなどない。

それに、仕事中の二人はシンが気づかないくらい割り切った行動をしていた。仕事に支障をきたしていなかったと断言できる。

シンの言葉にガバリと顔を上げたアンジェリカの目は、混乱でぐるぐると回っていた。

「で、ですが……」

「アンジェリカさんはルクス様が嫌いなの？」

シンがずばりと聞くと、アンジェリカは首がもげそうなほど横に振る。

「い、いえ！　……私にはもったいないくらいの人です。ですが、私の立場が非常に厄介で、将来を考えるとなると……」

「厄介って何？　借金？　病気？」

実家の問題だとは知っているが、シンはあえて違うものをぶん投げていく。

まだティルレインの世間話の延長でしか知らないし、正しい人間関係や問題を洗っている最中だった。

答えたくないなら濁《にご》せばいいのに、アンジェリカは正直に首を小さく横へ振った。

「じゃあ、人間関係？　結婚ってなると実家？」

「は、はい……」

余程心苦しいのか、いつもはシャンと伸びたアンジェリカの背が少し丸くなる。

借金や病気でNOと答えているから、真っ黒なのは、人間関係とかその方面だろう。

「じゃあさ、僕に一度その件を預けてほしい」

「シン殿に、ですか？」

「うん、調べさせてもらう。誤解があるとまずいし、アンジェリカさんの知っていることと、状況が変わっている可能性もある。それに、もしアンジェリカさんとルクス様の結婚に文句を言ったり、逆に擦り寄ったりしてくる人がいるなら、放っておけない。アンジェリカさんに異様な敵愾心《てきがいしん》を抱いている人が意地悪や嫌がらせをしてきたら、仕事に影響を及ぼすかもしれないよね？　あるいは、権力や財力のあるところに甘い汁を吸いにくるような人が周りにいるかもしれないってことでしょう？　もし僕やティル殿下に面倒事が降りかかる気配がしたら、場合によってはこっちでなんとかする」

シンの申し出に、アンジェリカは戸惑う。

「それではシン殿に迷惑が……」

「相手は、アンジェリカさんの説得で大人しく慎《つつ》ましく納得してくれる人なの？」

「……いいえ!!」

アンジェリカの返答にやや溜めがあったのは、躊躇いなのか腹に据えかねた何かがあったのか。

（そっかー、いいえなのかー。きっぱりはっきり言うあたり、アンジェリカさんの中では屑認定が済んでいるんだろうなー）

血を吐きそうな表情だが、彼女にとって戸籍上の家族たちは〝とても素敵な〟人柄や理念の持ち主のようだ。

言ってしまってから青ざめるアンジェリカだが、シンに嘘をつくのはもっとダメだと思い直したのか、彼女は口を噤む。

シンはその様子を静かに観察しながら、お茶を啜る。

（これだよなー。ちょっとした嘘だって誤魔化したり、素知《そし》らぬ顔して人をはめてきたりする人間は少なくない）

そんな中で、アンジェリカほど〝真摯《しんし》に〟〝ひたむきに〟という言葉が似合う人はいない。

シンとしても、彼女だからこそ護衛として信頼できるのだ。実直な人柄と善性が、その言葉や態度の端々《はしばし》から窺《うかが》える。

ややまっすぐすぎるところがあるが、電磁コイルのように根性が曲がっているよりずっといい。

「僕だって鬼じゃない。大人しくしてれば、叩き潰して回る気はないよ。でも、今のところ、神子の護衛騎士はアンジェリカさんを含めて二人だけ。僕としても辞められたら困るし、相手がちょっかい出してきたら、ある程度は覚悟してもらいたい」

「わかりました――全ては神子様の心のままに」

後半だけひっそりと、了承を述べるアンジェリカ。

彼女としても、常識的に諭して納得しない人間たちを引っ込めさせるのは大変だろう。そもそも、引っ込んでくれるタイプなら、アンジェリカはそこまで危惧《きぐ》していない。

スコティッシュフォールド家は貴族だが、子爵。上級貴族ではないし、特別裕福でもなかった。

王家が大事に抱え込んでいる神子のひんしゅくを買っても、生き残れるような力はない。

だが〝あちらから妙な真似をしなければ〟という条件があるだけ、シンの対応は温情がある。身分が高い人間の中には、自分より格下は人間扱いをしないタイプだって少なからずいるのだ。

シンが譲歩したのだから、王家だって譲歩してくれるだろう。

「にゃあああ‼」

そんな二人の間に、シリアスな空気ぶち壊しの悲鳴がこだました。

窓の外を見ると、やたらと芸術点が高そうな絡まり方をしたティルレインが、ハンモックに吊られていた。

「だからあんまり跳ねない方がいいと……って、コレどうなっているでござるか⁉　どこを切ればいいでござるか⁉」

「そっちはあかん！　足から吊られる！　下手に切ると余計危ないから、解《ほど》けるところから、ダメやったらとりあえずいっぺん殿下を抱えて両方切った方が……ホンマ、どういう絡まり方しとるん⁉　絡まった結び目がギチギチなんやけど⁉」

カミーユとビャクヤが一生懸命救助しようとしているが、びったんびったんと藻掻《もが》いているティルレインのせいで、余計に絡まっている。

ギャーギャー騒いでいる三人に、護衛騎士たちもどうしたものかと近寄ってくる。

「シンーーー！　苦しいし痛いし、なんか頭に血が上ってきたー！」

呼ばれたシンは、半眼になりつつもひらりと窓から外に下りた。

それを振り返り、ビャクヤは天の助けとばかりに安堵する。いくらお馬鹿でも、正真正銘《しょうしんしょうめい》やんごとなき王族であるティルレインを傷つけるわけにはいかない。

それなのにティルレインは一度たりとも止まらずに全身をくねらせているため、縄を切るナイフの狙いも定まらなかった。

カミーユはというと、パニック状態のティルレインやビャクヤにつられて、かなり気が動転している。意味もなくうろうろと周囲を徘徊《はいかい》しまくり、邪魔にしかなっていない。

物理的な自縄自縛《じじょうじばく》に陥《おちい》っているティルレインを、護衛騎士たちが落ち着かせようとするが、泣き喚いて止まらない。誰が手刀を入れて気絶させようかと、こっそり相談していた。

「カミーユ、ティル殿下の動きを止めるから、頭から落ちないように背中や肩から支えて」

「わ、わかったでござる！」

「ビャクヤ、ナイフ貸して。あとカミーユのサポート」

「任せとき！」

シンがサクサクと指示を出すと、ほっとしたカミーユとビャクヤが動き出す。

さすが騎士科と言うべきか、冷静さを取り戻せば動きが良い。

「殿下」

「うわあああん！　痛いよぅ！　苦しいんだぞぅううう！　死んじゃう！」

興奮からか、ぐるぐる巻きにされて血流が阻害されているからかはわからないが、真っ赤にした顔を晒《さら》すティルレイン。涙と鼻水とよだれでべちゃべちゃである。

シンはにこりと安心させるような微笑を浮かべる。そして、手に輝く小さな虫をティルレインの眼前に突きつける。

「見てください。カメムシです。僕の知る限り、村の近辺で出る中で一番クッサイ強烈なカメムシです。干した洗濯物を取り込む際に間違って潰そうものなら、洗い直しレベルに臭いやつです」

言い終わるや否《いな》や、シンはそれをそっとティルレインの額にのっけた。

ティルレインはタニキ村で過ごし、農作業でカメムシと何度か遭遇しているので、その恐ろしさを知っていた。

「迂闊に暴れると激クサ放ちますから、大人しくしててくださいね」

ティルレインは頷かなかったものの、涙すら止めて固まっている。

その額では、カメムシが「探索するかー」とばかりに、のっしのっしと頭に向かって徘徊しだす。

滅茶苦茶元気だし、活きが良い。

「ああ。知っていますか、ティル殿下。カメムシは自分が出す臭いで気絶し、場合によっては死ぬことすらあるそうですよ」

硬直しきって固まるティルレインの体をしげしげと眺め、シンは元ハンモックの縄を切っていく。まずは自由になった足を地面に下ろす。

それに合わせて、カミーユやビャクヤもティルレインの体を支えた。

強引に一気に切ると、ティルレインを傷つける恐れがあるので、慎重に刃を当てていく。

菩薩《ぼさつ》スマイルのまま、シンは流暢《りゅうちょう》にカメムシを語る。

「とある研究施設で、十四にも満たない数のカメムシを密閉した容器に入れ、刺激して臭いの分泌を促したところ、一時間程で死んでしまったそうです」

ティルレインの目からダバーッと涙が溢れ、顔色が真っ青になる。

比較的護衛歴の浅い騎士はカメムシを取ってあげるべきか悩んでいた様子だが、シンの話を聞いた途端、スススと音もなく手を引っ込めて、すり足気味に下がっていった。都会育ちでカメムシの恐ろしさを知らなかった彼は、先輩たちが虚無の微笑を浮かべている理由にようやく気付いたようだ。

シンは最後にきつく絡まっていた縄をブチリと切ると、ティルレインはようやく自由になった。

だが、その頭の頂点では「やあ！」とばかりにカメムシが歩いている。

「シ、シン、とってええええ～」

「ハイハイ」

顔をまたびちゃびちゃのしおしおにしたティルレインが懇願した。

シンはデコピンと同じ要領で、ピッと軽く指で弾く。最初は放物線を描いて、途中からは自前の羽根で、カメムシは飛んでいった。

「ティル殿下。ハンモックで浮かれるのはわかりますけど、無茶苦茶に跳ねたり揺らしたりしないでください」

「うん、わかった。やめるぅ……」

この絵面では、どっちが年上だかわからない。

シンは切った縄を黙々と集めていった。これだけブチブチ派手に切ってしまえば、再利用は難しい。せいぜい、竈や暖炉にくべるくらいだろう。

◆

翌日、家で読書をしていたシンは、窓辺に何かの気配を感じた。

振り返ると、そこには大型の猛禽類が降り立っていた。魔鳥はシンを見るなりぱちぱちと瞬いて、甘えるように「キュルル」と鳴く。そして、窓枠からシンの傍のテーブルにジャンプしたが、さすがに跳躍力だけでは届かないので、大きな羽根で少し滑空するような形でバランスを取りながら着地する。

「こっちに直接持ってきてくれたのか？　ありがとう」

シンが軽く撫でてやると、魔鳥は気持ちよさそうに目を細めた。

配達の魔鳥は、郵便局や郵送物を管理する施設に降りる場合と、本人の家に直接行く場合がある。この魔鳥は、シンのことを覚えていた。美味しいポーションを何度も貰っているので、すっかりお気に入りとして記憶されている。

魔鳥の足に括りつけられた小包を見て、シンは軽く目を丸くした。チェスターから調査結果が届いたのだ。

「重かっただろう。これを飲んでからお帰り」

シンはいつも通りに慰労して、小瓶のポーションを持ってくる。

魔鳥は「待ってました！」とばかりに翼をばたつかせ、落ち着きなく足を動かす。浮き立ったその様子に、シンは苦笑する。

ポーションを口に注がれた魔鳥は、途中から自分で瓶の口を咥《くわ》えて呷《あお》った。その仕草は、仕事明けにビールを飲む社会人のようである。

ポーションを飲み干しても、魔鳥は咥えた瓶をなかなか放さなかった。ぴょんぴょん跳ねたり瓶を振ったりして、一滴でも多く飲もうと努力している。

やがて完全に飲み干したのだと理解すると、ちょっと悲しそうに瓶を机に置いた。

そして、「ごちそうさま！」とでも言うように、高く軽やかな一声を残して飛び去っていった。

その力強くも優雅な羽ばたきを眺めながら、シンは改めて小包に向き合う。

ティンパインの宰相閣下が有能だと知っていたが、こんなに早く届くとは思っていなかったので、少し驚いていた。

（滅茶苦茶早いな）

しっかりとドーベルマン家の封蝋が押された封筒を開く。

中は箱になっていて、そこに数枚の報告書がきっちり折り畳まれて入っていた。

シンはそれを一枚ずつ手に取って、目を通す。

これは貴重な情報だ。これから戦う可能性がある未知なる敵を、いかにこちらに非がない方法で無力化するかが重要だった。無駄に権力をぶん回してねじ伏せるのは、シンの主義ではない。

全てに目を通した後、書類を元の箱に戻すと、シンは溜息をついた。

（ドクズ大集合じゃないか）

報告書には、対象者たちの事前情報を上回る屑っぷりがみっちりと詰まっていた。

アンジェリカが敵前逃亡というか、相手をする気を失うのもわかるし、擁護できないのも理解できる。

まず父親、ゲイブル・スコティッシュフォールド。

現在はスコティッシュフォールド子爵だが、この男は入り婿である。アンジェリカが子爵位を継ぐまでの臨時であり、将来的には彼女か、彼女の夫がその地位を継ぐことになる。

もちろん、その後の継承権はアンジェリカの子供に限り、その権利を有する。

入り婿の場合、あくまで一時的にしか権利は持たない。爵位継承権は血統に依存する。

余程の事情がない限り、直系が継がないということはない。素行に問題があったり、身心に重大な疾病があったりすると、分家や血筋の近い者に権利が移る場合がある。

そこでゲイブルは、医者に金を積んでアンジェリカが〝問題あり〟の後継者になるように、診断書を偽造した。精神疾患と、不妊――後継者が望めない体であるという形にして、その継承権を妹のマリスに移した。

だが、ここで一つ問題がある。

マリスは異母妹だ。ゲイブルと娼婦《しょうふ》との不義の子であり、アンジェリカの母フランチェスカとの間に生まれた子供ではない。当然ながら、本来なら継承権はない。

マリスが生まれた頃、フランチェスカは生きていたが、今はもういない。

そこでゲイブルは、マリスをフランチェスカの娘として届け出たのだ。死人に口なしである。

同様に医者に金を積んで、偽造の書類を作り、スコティッシュフォールド領の戸籍も偽造して、体裁を作ってしまった。

当然、これはゲイブルの独断で、フランチェスカの死後に、改竄《かいざん》したのだ。

もし、スコティッシュフォールド家が名家であれば、厳重な調査も行われただろう。しかし、特に大きな功績もない子爵家である。少し調べればわかる程度の偽装だが、書類は一応揃っていたし、ゲイブルがフランチェスカの夫だったのは事実だ。この件に関して異議を申し立てて騒ぐ人間がいなかったので、通ってしまった。

しかし、ゲイブルのしたことは、立派な家督の強奪だ。

もし、本当にアンジェリカに問題があって、フランチェスカが養子を取って次期当主を指定するならまだ許される。

だが彼は、ない権利を行使し、虚偽だらけの書類で国を欺《あざむ》いたのだ。

（……貴族法ってあったよな。平民とは違うやつ。確か、後継者の虚偽は結構な重罪だったはず。しかもやり口に悪意がありすぎる）

ちなみに、ゲイブルは元々補佐程度の仕事しかやってこなかったため、当主の仕事は手に負えず、かなり杜撰《ずさん》らしい。

次はマリス・スコティッシュフォールド。

ゲイブルと浮気相手との間に生まれた、本来ならスコティッシュフォールドを名乗れない小娘である。

いかにも女の子といった可愛らしい見た目をしており、男性には結構モテる。だが、何かと甘ったれた言動が目につく、と書いてあった。

報告書からですら、オブラートに包み切れないヤバい香りが漂っているのは、シンの気のせいじゃないだろう。

マリスはゲイブルが婿養子という肩身の狭い立場に辟易《へきえき》して、娼婦に手をつけて生まれた子だ。

愛人の子は可愛いらしく、ゲイブルは何かと買い与えていたようだ。

フランチェスカの多忙をいいことに、裏でこそこそと使い込んでいたそうだ。フランチェスカが倒れてからは、一層にその暴走度合いを増した。死んでからやりたい放題だ。

マリスは平民生まれだったため、自分の父親が貴族であることを喜んだ。

婿養子とは知らずに、自分も貴族の血を引いていると昔から偉そうにしていたという。

（でも婿入りだよな。ゲイブルの実家が貴族だろうと、継承権がないなら、マリスは貴族を名乗れない。戸籍は偽物だってバレたら、両親と一緒に牢屋行きだだし）

というより、もうチェスターにバレているのだから、ほぼリーチが掛かっている。

何せ、相手は辣腕の宰相閣下だ。シンが「不愉快なんで、プチッとお願いします」と言えば、了承の返事と同時に制圧されるだろう。

マリスだって、少し調べれば自分の状況が砂上の楼閣《ろうかく》だと気づきそうなものだ。

主犯はゲイブルだし、年齢も考慮されて両親よりは罪は軽くなるはずだ。それでも貴族籍の剥奪《はくだつ》は免れないだろうし、今までのような生活は送れなくなる。

調査書には彼女がティンパイン国立学園に所属していることも書いてあった。だが、優秀なアンジェリカとは違い、マリスはエルビア校舎には行けなかった。キーファンやズロストの校舎も何度か落ちて、今年ギリギリ補欠合格したのが、キーファンの普通科。

そう、普通科である。

貴族科に受からず、一番門戸の広い普通科になんとか入れた程度の学力だという。

貴族令嬢の中には、教養科に入る者もいる。行儀見習いや社交の一環として、上級貴族や王宮に、メイドとして奉公に出るのだ。だが、マリスはそれすら落ちた。

ちなみにキーファンは商業都市なので、商業科に特に力を入れている。一方、普通科には特殊な何かがあるわけでもない。従って、商業科以外の試験は、それほど難しくない。

マリス現在十六歳で、第一学年（シンと同級生）。十二歳から受験を続けたとしたら、四度は落ちているということだ。

（……なんかもう、お察しくださいって感じだな）

おつむの方は残念なのだろう。性格的にも、姉から婚約者を奪うとあっては、相当問題がありそうだ。

アンジェリカが追い出された後のマリスは、申し訳なさそうにするどころか、堂々とグライドと共に次期スコティッシュフォールド子爵家の顔として挨拶して回っていたという。

その態度は、一部の良識ある貴族のひんしゅくを買っていた。

アンジェリカは母親によく似た美女だったが、マリスは全く面差しが異なる。それは血の繋がりがないのだから当然とはいえ、ゲイブルにすらあまり似ていなかった。母親似なのだろう。

つい最近まで学園で元気そうな姿でいたアンジェリカが突如として消え、なぜかお粗末なマナーと厚《こう》顔《がん》無《む》恥《ち》を晒すマリスが出てきたのだ。しかも、アンジェリカの婚約者のグライドを、自分の婚約者だと言って連れ回していた。

二人は度がすぎるほど、いちゃついていたらしい。

グライドの方も、婚約を仕切り直すにしても、もう少ししおらしくするべきところだ。それなのに、始終へらへらしていて、周りの問いに発言が二転三転としていた。それが、鋭い人間には、余計に不信感を与えた。

最後はそのアンジェリカの元婚約者で、マリスの現婚約者——グライド・ブル。

彼はブル子爵のご令息だ。すでに生家は長男が継いでいるため、三男かつスペアにもならない末弟の彼は、アンジェリカのところに婿入りすることになった。運よくギリギリ貴族として滑り込んだような形だ。

だが、彼はゲイブルの計画に加担し、アンジェリカからマリスに乗り換えた。

彼は凡庸《ぼんよう》でだらしない男だった。積極的な悪人ではないが、長い物に巻かれやすく、忍耐を好まない。次期当主ということもあり、規律正しく自分に厳しいアンジェリカの真面目さを煙たがっていたので、露骨に媚を売ってきたマリスに流れたというのが、もっぱらの噂だ。

可愛くて明るいマリスを妻にして、自分が当主になれると思って計画にホイホイ乗っかったあたり、浅はかである。

ブル子爵家としては、スペア以下のグライドをスコティッシュフォールド子爵家に婿入りさせられるなら、どうでも良かったのだろう。

ただ、マリスの貴族令嬢らしからぬはすっぱで軽率な言動を、快く思ってはいないという。

（……馬鹿の見本市？）

資料を見ているだけで、こんな頭の沸いていそうな連中を相手しなければならないと知って、シンはぞっとする。

ちょっと悪だくみが上手くいったからといって、調子に乗りまくりなのが、手に取るようにわかる。おそらく、シンが神子の地位を使うか、チェスターや王家側からの圧力がかかれば、あっさりぱっきりいく。

（アンジェリカさんには、こっちに任せてほしいとは言ったものの、ルクス様にも関わるよな。恋人っつーか、男としてのメンツもあるだろうし）

シンが「なんか目障《めざわ》りだったんで潰しました」と事後報告したところで、大人の彼は怒らないだろう。自分のメンツより、シンとアンジェリカの安全を優先するはずだ。むしろ「何もできなかった」と後ろめたさを覚えるかもしれない。

（ルクス様にも一枚噛んでもらうか。貴族の世界云々は、あの人の方がよくわかっているだろうし）

シンの精神年齢はアラサーだが、貴族歴はビギナー以下である。

叩き潰された後のゲイブルやマリスたちがアンジェリカに性懲《しょうこ》りもなく付き纏い、逆上する恐れだってあるのだから、念を入れておいて損はない。

◆

翌日、シンは馬鹿犬二匹に面倒見の良い狐を一匹つけて、森へ叩き出した。

一応は「お世話になっているタニキ村への奉仕として開墾作業を手伝ってこい」という形にしてある。ついでに、家で繊細な調合をやりたいから一人になりたいとトドメを刺したら、彼らは従った。

ちょっとした擦り傷や、虫や植物によってかぶれや痒《かゆ》みが起こった時、彼らもシンのポーションにお世話になっている。

シンは宣言通り、午前中は調合に挑戦した。下級ポーションではなく、中級ポーションや上級ポーションの作製に挑戦した。

成功率は七割から八割。なかなか悪くない。失敗して下級ポーションになったのが二割弱、そして一割ほど〝謎の乳白色のキラキラした虹色の輝きを淡く放つ何か〟ができた。

（なんだこりゃ。どー見ても普通じゃない）

シンはスマホを構え、ポーション（多分）を鑑定した。困った時のスマホさんである。

『エリクサー（劣化）。神の祝福を得て、上級ポーションから転じた物。怪我や病気の快癒《かいゆ》効果《こうか》。毒や精神的な病《やまい》、呪詛《じゅそ》にも有効。滋養強壮効果、虚弱《きょじゃく》・毒への耐性も得る』

平凡人生をぶち壊すということに関しては、抜群に危ないブツだった。

毒ではないが、逆に変なものができた。エリクサーは、ファンタジー系のゲームとかで終盤に宝箱やレアドロップで手に入る、強力な回復薬というイメージがある。

（うーん、廃棄するにもちょっともったいないし。あ、ちょうどティル殿下が精神汚染状態だから、一本渡しておくか）

シンの前ではブレずに元気にお花畑王子だが、一応タニキ村に来ている名目は療養もある。気休めにはなるかもしれない。

三本あるエリクサーのうち、一本の行先は決まった。残り二本である。

ふと、窓から草を食んでいるグラスゴーとピコが見えた。お出かけ中の面子は、ティルレインの護衛騎士たちの馬に二人乗りしていったのだ。

二匹とも最初見つけた頃に比べるとすっかり角は伸びて、健康そのものの体つきをしている。

シンがまめまめしくブラッシングをし、エサも新鮮な飼い葉を用意しているので、毛艶もピカピカだ。それでも角はやはりほんのり小ぶりな気がする。

「グラスゴー、ピコ。エリクサーだけど、飲む？」

手に小瓶を持って、窓から二匹を呼ぶシン。

二匹は大好物のシンお手製のポーションだと気づき、すぐさま近寄ってきた。

とびきりのおやつを貰った二匹はご機嫌である。

タニキ村の新鮮な葉っぱビュッフェも大好きだが、それでもシンのポーションにはとても敵わない。

その後、シンはグラスゴーに乗って村のギルドに向かった。

シンは、集めた山の幸をタニキ村のギルドから、王都のギルドに送る手続きをした。

以前、王都のギルドでレストラン用にと頼まれていた分だ。凍らせた魚や鳥、多少日持ちしそうな果実類やナッツ類――珍しいかどうかはわからないが、プロのシェフなら有効活用してくれるだろう。

シンにやたら懐いているあの魔鳥なら、一日かからずに配達できるそうだ。

シンはギルドに持ち込んだ荷物の多さを見て、しみじみ考える。

（……これ何キロあるんだ？　つーか、下手したら僕くらいのサイズの子供や女の人なら運べるってこと？）

こっちの世界の鳥獣は、地球産とはサイズ感が違う場合がある。特に魔獣や魔物に分類されると力も桁違《けたちが》いで、中には魔法を行使する存在だっている。

王都とタニキ村を余裕で飛ぶスタミナと荷物を持って飛べる力を考えると、人間も運搬できそうだ。シンの前ではキュルンとしているが、これだけ大きな鳥に普通の子供が襲われたら、ひとたまりもないだろう。

王都にはギルド宛の他に、ドーベルマン邸にも手紙を送った。特にトラブルはないものの、近況報告と、今回の調査のお礼の手紙だ。

ギルドを後にしたシンは、次に領主邸に向かう。

外出の予定は残り一つ。領主邸にいるルクスとの話し合い。

ティルレインは護衛騎士と騎士科コンビに預けてあるし、アンジェリカは護衛騎士に組み込まれているので不在だ。

護衛騎士が増えたため、ルクスがティルレインと行動を共にすることは減った。

その分彼は、村に不審者がいないか目を光らせている。鄙《ひな》びた田舎村の防犯体制は、人間に対する者より獣や魔物に特化しているので、別のアプローチが必要だった。

周囲に不審がられないように、連絡態勢や警備態勢を整えているのだ。また、領主であるパウエルもそれに加わっている。

歴代の当主も関わったことがいような特殊事案を抱えたパウエルは、必死にルクスの話を聞いて村を整備している。夏場なので、農作業の忙しい合間に色々と対策を練っているそうだ。

シンがのんびりしていられるのも、ティルレインがピクニックに出かけられるのも、この縁の下の力持ちたちの頑張りがあってこそである。

それゆえに、シンはいざという時には神子という立場を使ってでもタニキ村を守るつもりだった。召喚で一度命も故郷も失った身としては、第二の故郷と言えるほど愛着を覚えているこの田舎村に干渉されたくないのだ。

少なくとも、シンが今まで会ったティンパインの上層部の大人たちはまともだった。やや癖があるのは否定できないものの、人々の生活や、シンへの対応はちゃんとしている。

何かあれば秘技「出国します」を使えるが、シンが持つ加護を考えると、行く先々で厄介が起こりそうだし、無難なところで落ち着きたいのが、一般ピーポーな日本人の性《さが》である。

シンが領主邸を訪れると、すぐルクスのいる場所に案内された。

狭い村であるし、領主邸の面々とシンとは当然顔見知りだ。日々のお土産の甲斐もあり、歓迎される。

ルクスの部屋には意外な人物もいた。ハレッシュである。

ルクスとハレッシュは、一枚の図面を見て言い争う——とまではいかないが、熱心に言葉を交わしていた。

「おや、シン君。来ていたのですね。すみません、少し白熱していまして……」

「よう、シン。なんかお勉強でわかんないところがあったのか？」

身を乗り出すようにしていたルクスは、椅子に座り直しながら少し気恥しそうな苦笑をする。

一方、立って話していたハレッシュは、シンに手を振っている。

二人の間にあったのは、タニキ村周辺の地図だった。この世界の地図は基本的に精度が悪い。技術的な問題もあるが、魔物が立ち塞がるせいで、未開の地も未だに多かった。

だが、二人の見ていたこの地図は、かなり精緻《せいち》に作られていそうだ。地形の配置はもちろん、情報がかなり細かく書き連ねてあるのだ。

それはともかく、今はルクスだ。ハレッシュがいたのは本当に予想外である。

「そんなところです。ところでお二人は何を？」

「ああ、ちょっと村の周囲の柵やらの見直しだな。今までは気休め程度の微妙な歯抜け柵くらいしかなかったからな。王子様もいることだし、シンもミコとかいうなんか大層な肩書きになったらしいから、一新することになったんだよ」

「ハレッシュさんは狩人で、この辺りの地理に詳しいですし、元騎士ですから警備の勝手はわかっている方なので、相談していたんです」

ルクスの言う通り、ハレッシュはこの辺りでも腕の良い狩人だし、まだ若く体力もあって、移動範囲も広い。高い場所から周囲を見渡すことも多く、獣道から魔物の棲息《せいそく》範囲まで、幅広い知識があるので適任だろう。

ハレッシュとルクスは議論を続ける。

「やっぱり、一つは見晴台が欲しいな」

「そうですね。誰も彼も、シン君やハレッシュさんのように目が良いわけではないので、望遠鏡なども用意した方がいいでしょう」

「とりあえず柵は木材を組んでってところだな。石材や鉄材を使った柵や壁は現状難しいな。冬の度に雪で倒れないようにするには、かなり丈夫なのが必要だから」

「木製の柵も毎年直しているのですか？」

「全部じゃなくて、倒れたところだけな。まあ、木の柵じゃ効果はいまいちかもしれんが、最近は猪《いのしし》か魔物かわからんのが畑に入って荒らしてるって話も聞いたし」

山には獣も魔物もいる。奴らは作物の味を覚えると、何度も山を下りてくるのだ。

「そういえば、殿下も裏庭の畑がほじくり返されたと泣いていました」

「げえっ、そっちにも被害が出てるのか？　一回全部点検した方がいいな。草むらになって見えにくいところもあるからなー」

ルクスとハレッシュは真逆なタイプだが、二人は割と仲が良いらしい。

お高くとまってツンケンしたお貴族様タイプは好かないハレッシュだが、物腰が柔らかで真面目なルクスとは相性が良いようだ。

「まずは草刈りだな。あの辺、蚊が多いんだよなぁ」

億劫《おっくう》そうに溜息をつくハレッシュ。藪蚊が多いのは確かに嫌である。

「蚊にも効きますけど、虫除けのお香がありますよ」

「……それって、この前、デカイ魔虫《まちゅう》を落としたっていう、臭う奴だよな」

「お香だから多少は。肌が痒くてデコボコになるよりいいじゃないですか」

シンの言葉に頷きつつ、微妙な顔をするハレッシュ。彼は特別虫嫌いなわけではないが、空からいつ巨大虫が落下してくるかわからないというのが怖すぎる。

虫だからというより、規格外サイズが落ちてくるのが純粋に危険だ。

「大丈夫です。量を調整すれば問題はありません………多分」

「おい、最後」

「シン君、それでは不安を煽ります」

シンがぼそりと言った言葉は、しっかりと二人に拾われてしまった。

とりあえず量は調整しながら虫除けを使う方針になり、ハレッシュは村から協力者を募《つの》るために帰っていった。

部屋に残ったルクスは、机の上を手早く片付け、シンに向き直った。

「お待たせしました。シン君のご用は？」

「ルクス様はアンジェリカさんと結婚する気はありますか？　それによって相談内容が変わり

ます」

シンがド直球に投げた言葉は、ルクスを固まらせるのに十分な威力を持っていた。

微笑みかけた笑顔そのままに、じわじわと赤面していくルクス。

シンは表情を変えなかったものの、色々察した。

（あ、コレはガチ恋案件だ）

そもそも真面目な二人が火遊びでくっつくとは思っていなかったが、ルクスの様子を見るからに、相当清い交際をしているのではないかと、シンの中のアラサーが焦っていた。

ルクスは子供のシンに問いただされたからといって、逆上はしない。

だが、シンの直球に狼狽するのは避けられなかった。少し赤くなった顔を押さえ、ややあって気を取り直すように咳払いをする。

「ゆくゆくは……とは考えております。ですが、まだアンジェリカには頷いてもらえそうにないので、求婚は問題が片付いてからとなります」

予想した通り、真面目に結婚を視野に入れている。

「ルクス様は、アンジェリカさんの実家の事情をご存知なんですね？」

「ええ、タニキ村で彼女を見た時は、事情があるとは思っていましたが、ここまでとは知りませんでした。詳細を知ったのはもっと後で……ちょうど彼女の問題が起こった時期が殿下の事件の時期と被っていて、耳に入らなかったんです」

ティルレインが蟄居《ちっきょ》させられていた当時、ルクスにとってアンジェリカは顔を知っている程度の

下級貴族の一人。学園や社交界で顔を合わせることはあっても、特段深い仲ではなかった。

ルクスの中でティルレインが優先されるのは当然だし、トラブルを抱えた状態で他人を気にしている余裕などなかったのは想像できる。

「ルクス様はどうお考えですか？」

「どう……とは。常識的に考えて貴族法に違反しておりますし、明らかに悪質なので、告発する予定です。ですが、アンジェリカは今の仕事にやりがいを見出していますし、もう少し落ち着いた頃を見計らってから排除をと考えています」

（さらっとすげえこと言ったー！）

若干戸惑うシンに、ルクスはきょとんとする。

ルクスは当たり前のように、アンジェリカの実父を追い出すつもりだ。優しい気性のルクスがそれを語ると、違和感が凄まじい。

しかもこの口ぶりだと、下準備くらいやっていそうだ。確かに立派に糞野郎な父親、妹、元婚約者だった。アンジェリカを大切に思うなら、当然の判断でもある。

「今すぐに当主のゲイブルを排除してしまえば、アンジェリカは戻らなくてはなりません。当主を引き継ぐのに短くとも半年、長ければ数年執務に専念しなければならなくなります。今はゲイブルの当主としての能力不足や不正の証拠集めのために、徐々に下の者を入れ替えています。彼女が当主を継ぐのは、無能なゲイブルの腰巾着《こしぎんちゃく》を追い出した後が良いでしょう。彼の縁故採用《えんこさいよう》や惰性雇用《だせいこよう》は腐敗の温床《おんしょう》ですから」

（あーっ！　ルクス様、後のことも考えている。これ、アンジェリカさんを尊重して、引き続き騎士をやっていけるように考えてるー！）

貴族には爵位と領地を引き継いでいくパターンと、法服貴族のように爵位と役職を引き継いでいくパターンがある。

また、一つのところ仕事が集中すると滞《とどこお》るため、当主は特に重要性のあるものだけは携わって、それ以外を家宰や信頼できる政務官に代行させるスタイルもある。

ルクスはアンジェリカを尊重し、彼女が騎士をしながら爵位を継げるように尽力していた。任務で長期不在になっても彼女が安心して職務に邁進できるよう、忠実な家宰や政務官が上手く回せるように整えたいのだ。

（つまり、ルクス様は今、ゲイブルの手足をゆっくりもいでいる真っ最中……）

「私もサモエド伯爵家の人間として、当主や領主としての心得はあります。彼女がサモエド家に嫁いだ際、いつかは女主人や子爵として執務に携わる時、つつがなくいくように手配することも必要ですから」

ルクスは継嗣である。父親は国の要職についているし、子爵より伯爵の方が立場は上だから、重圧も多そうだ。シンは疑問を口にする。

「あの、当主同士の結婚って、大丈夫なんですか？　家督とか……」

「そうですね。基本は当主の伴侶は嫁入りか、婿入りが多いですが、不可能ではありません。一時的にスコティッシュフォールド家がサモエドの傘下《さんか》になる形にはなるかもしれませんが、子か孫の代には、それぞれ当主を立てて引き継がせるつもりです。幸い、我が家は裕福ですので、後継者教育に関して問題はありません」

貴族の継嗣となると、当然ある程度の高等教育を施される。その教育には熱が入り、手間も金もかかる。義務教育という概念のないこの世界において、基礎的な学習は家庭教師が担うのだが、その質も雇用費もピンキリだ。

しかし、一口に貴族といっても貧富の差は存在する。そのため、全ての子供を学園の貴族科に入学させられない場合もある。もちろん、子供の出来にも大きく左右されるだろう。

（そう思うと、マリスやグライドを後継者にするって、泥船だよなー）

一時の感情で後継を選ぶべきではない。最悪、財政破綻や、犯罪に手を染めた結果爵位も領地も没収だ。

しかし、シンは一度その考えを頭のすみっこに仕舞った。

「サモエドの傘下に？」

「はい。庇護下といいますか。アンジェリカが継承権を剥奪されたのは、ゲイブルの姦計《かんけい》が原因です。しかし、中にはアンジェリカの力不足であり、あまり良い言い方ではありませんが……女性だから当主としての能力が欠落していると叩いてくる人間も出てくるでしょう」

ゲイブルとマリスなら、何がなんでもケチをつけてきそうだ。自分のことは棚に上げるどころか、お空の彼方にぶん投げて、非難囂々《ひなんごうごう》してくるだろう。

貴族の世界には女当主もいるが、一般的に男性が継ぐことが多いらしい。

そのせいか、男尊女卑をしてくる者も一定数いるとのこと。どこの世界もいつの時代も、そういうものはお約束のようだ。

「一度、婚姻という形でスコティッシュフォールドを預けてもらいます。そこで、ゲイブルに毒されている連中は叩き出し、新しい人員を補充します。環境を一新させれば、ゲイブルはどうにもできないでしょう。アンジェリカがスコティッシュフォールドの人脈や伝手で人を雇えば、どうしてもゲイブルの息が掛かった人間を掴まされやすい」

一見、スコティッシュフォールドがサモエドに併呑《へいどん》されるように見えるが、ルクスとしてはアンジェリカを裏切らない人をサモエドから提供するための段取りが目的のようだ。

（なんというか、ルクス様は働く女性応援派？　アンジェリカさんが無理せず、でもちゃんと何も諦めないようにしてあげたいんだな）

アンジェリカに対するルクスの広い器を感じるシンだった。

今のところ、シンの周りの恋愛事情は、ＳＭプレイを感じさせるマニアックなものや、一方通行で理不尽気味なものばかりである。

それもあって、シンは「あ～、愛だね～。青春だね～」と、妙にほんわかしてしまう。

「あの、何か僕にお手伝いできることは？」

「お手伝いと言いますか……」

「はい」

やや歯切れの悪いルクスを促すように、シンが頷く。

迎撃準備はしているとはいえ、懸念事項はあるようだ。

「恐らくですが、天狼祭などの行事で、ゲイブルやマリスは何も知らない神子様に縋ろうとする可能性があります。ティンパインの神子様はかなり非社交的で、俗世を好まない——要は、世間知らずで情勢にも疎いだろうと一般的には見られているのです」

「世俗バリバリに染まっている神子ですが？」

現実の神子様は王族に正論パンチ（物理を含む）を繰り出す猛者《もさ》である。

確かに貴族の世界や社交には疎いが、庶民なので世知辛さはよく知っている。

「はい。ですが影武者は神子用の離宮に閉じこもり、とても慎ましく穏やかな生活を望んでいるという体裁を取っていますので……そういう噂が一人歩きをするんです」

「一人歩き……」

シンは大々的に神子業をやっていない。本業は学生、副業冒険者、時々狩人だ。

「僕が彼らに会う機会があるんですか？」

「席を設けるつもりはありませんが、現状でも評判の悪いゲイブルたちが、なりふり構わず近づきかねません。グライドも似たようなもの。共に真相が詳らかにされれば、家からも貴族社会からも追い出されるか、悪ければお取り潰しです。貴族として生きてきた人間が特権階級の優位性を享受《きょうじゅ》できなくなり、平民のように生きるのは難しい。なんとしてでも寄生先を探すでしょう。その点からも、王室と神殿の間にいるような神子様は、彼らには格好の獲物に見えるはずです。数少ない従者や護衛に選ばれれば、貴族相当の待遇が約束されますから」

シンとしても、寄生されるのはまっぴらごめんである。アンジェリカは守るつもりだったが、根性が腐った家族は別だ。

「意外と好待遇なんだ」

「意外も何も、当然です。国と神殿に認められた神子であり、非常に強い加護持ちです。しかも、そんな存在でありながら、現在正式な付き人は護衛を兼ねてたったの二人。それに加われば、王族の側近相当ですよ」

「へー」

シンが他人事のように首を傾げている。説明は聞いているし、理解もしているが、実感が追い付いていないのは明らかだった。

そのとぼけた様子が年相応で、ルクスは苦笑してしまう。

「じゃあ、僕はそいつらが擦り寄ってきたら対処してOKってことね？」

「ええ。私が追い詰めるより早く来る可能性があります」

「なんで？」

「グライドは婿養子になる予定でした。当主補佐の仕事を学ばないうちに、マリスに乗り換えています。マリスは全くの無知です。当主どころか、貴族夫人としてやっていくのも難しい学力だそうです」

「がくりょく？」

「貴族科どころか教養科に入れないのは、少なくとも貴族令嬢としては落第しています」

調査報告書には、マリスが普通科だと書いてあった。しかも、何度も試験に落ちている。ちなみにアンジェリカは、貴族科で優秀な成績だったそうだ。

「次期当主を名乗るつもりのグライドは、婿養子予定でありながら姉令嬢を裏切って妹令嬢に乗り換えた。しかもその妹令嬢はマナーのなっていない非常識な人間で、友人関係……つまりコネのない状態です。現状でも、彼らは貴族界では爪弾き――までいかずとも、まともに相手をしてもらえていません。アンジェリカが問題なくやっていた分、彼らの適当さや不実さは目立つ。不自然な家督相続の変更に、疑惑が膨れ上がる一方です。貴族の戦い方を知らないのだから、軽んじられます。さて、そんな彼らが、自分たちが見下していた姉令嬢が、王家相当の権力者とお近づきになったと知ったら、どう思いますか？」

ルクスの問いに、シンは死んだ表情で答える。

「きっと〝あの姉でも近づけたんなら、超ヨユーっ！〟とか、脳味噌の代わりに綿でも詰まっていそうな妄想をすると思う」

「彼らの中では、アンジェリカに取って代わり、虎《とら》の威《い》ならぬ神子の威を借りて、我が世の天下とばかりに振る舞う未来が出来上がっています」

「もうできてるの？」

「はい。自分に都合の良いことだけは想像力が豊かなようでして」

頭が痛いと言いたそうなルクス。

どうやら連中は既に、神子が住んでいることになっている離宮に、何度か押しかけているそうだ。

本来なら立ち入り禁止の場所に、アンジェリカの親戚だとゴリッゴリに押しかけて、何度もメイドを泣かせたり護衛騎士を困らせたりしているという。

「天狼祭の前後には、慰労会や宴が多く催されるんです。旅行客も多く、各国から貴人が来訪します。そして、特に大きな催しには、神子であるシン君の席も設けられます。形式上、神子は王族に準ずる貴賓扱いになります。その場には多くの貴族が招待され、豪商などのコネクションで参加する人もいます」

お祭りに便乗し、貴族をはじめとするハイソな階級の人たちによる会合を兼ねたパーティが数多く開催される。

お祭りムードのため、式典よりもフランクな空気になるのもわかる。

当然、きちんとした人たちは、引《ひ》き際《ぎわ》を弁《わきま》えているが――

「挨拶の場は設けられなくとも、常識のない人間が君に突撃する可能性が……」

なんでも、無礼講とまではいかずとも、結構客層は広くなっていて、だいたいの貴族当主やその令息令嬢が入場を許されるという。

「何その当たり屋みたいなの」

つまり、汚物親子とその婿殿が、コネ欲しさに寄ってくる可能性が高いとのことだ。

シンは嫌そうな顔をする。ルクスもそんな事件は回避したいと思っているが、現実には難しいので、あえて口にしたようだ。

現在、ルクスがゲイブルたちの悪行を調べ上げている最中だが、まだ満足のいくレベルには達していないため、事前に取り締まれない。

有罪を確定させるのは簡単だが、今後を考えると、今はその時期ではないという。不本意ながら、彼らは野放し——というか、まだ自由の身である。

「シン君には触れられないでしょうし、近づいたところで衛兵に捕らえられると思いますが、声は届いてしまうのです。その時はバッサリと切って構わないというか、まともに相手をする必要はありません」

「罵倒《ばとう》はどこまで許されますか？」

「神子様に夢見る貴族が多いので、ほどほどにお願いします」

シンの伝家の宝刀である毒舌は、切れ味が自慢である。ほどほどに……とは、実に難しいお願いだった。

（うーん、ルクス様のアンジェリカさんへの配慮は、護衛を増やしたがらない僕への配慮にも直結しているよな。いくら最初に来た六人のうち四人が聖騎士というより性騎士だったとはいえ、その後の護衛増員の話は蹴ったし……）

庶民派なシンは、仰々《ぎょうぎょう》しい扱いはされたくない。蝶よ花よという扱いは御免だし、牢獄並みに堅牢な場所で保護されて囲われたくなかった。

だが、これはあくまでシン個人の意思だ。ティンパイン王国側からすれば、宮殿でもお屋敷でも要塞でもいいから、安全な住居と何十何百という数の騎士や兵で護衛したいところだろう。

現在、近隣の国では神罰が猛威を振るい、加護持ちの価値はハイパーインフレ状態。大枚《たいまい》叩《はた》いてでも自国に招きたい国はごまんとある。

（誘拐とかも起きているって聞くし……余計に過保護になるよなぁ）

レニとアンジェリカの負担を考えても、護衛を増やした方が良さそうだが、そんなちょうどいい人材はシンの周りにいない。

信用があって、武器を使える者は限られている。

ハレッシュは元騎士らしいが、貴族の権力争いなどが面倒でやめたのだから、無理だ。そもそもシンは、彼と上司と部下の関係にはなりたくない。シンが部下になるならともかく、シンの部下にはなってほしくないのだ。

（んー、カミーユとビャクヤは……まあ知識や技術的な点は伸びしろがあるとしても、元テイラン出身っていうのがちょっとネックなんだよな）

カミーユは実家に愛想が尽きて亡命目的だが、ビャクヤは少し訳ありな雰囲気がする。だが、少なくとも泥船テイランに戻る気はないようだ。

ティンパインとしては、テイランの人間の印象は悪いだろう。幸い二人は若いし、テイランの権力の中枢にいた人間ではない。名家に育っていようが、現実はミソッカス扱いだったので、祖国に恩義も何もない。

（この二人なら、ティル殿下も押し付けられるし、護衛になってくれたらちょうどいいんだけど……）

ロイヤルワンコは無駄に好奇心旺盛で行動力があるので、それについていけるのは大事なことだ。

カミーユはティルレインと波長が合うし、ビャクヤはしっかり者で、暴走しかけるお馬鹿ワンコたちのリードを握ってくれる。

(あ、そうだ。ティル殿下といえば、劣化エリクサーを渡すんだった)

シンはごそりとポケットを漁《あさ》り、小瓶を取り出す。

「ルクス様。殿下にこれを」

「これは？」

受け取ったルクスは、虹色の輝き放つ乳白色の液体を見る。

明らかに普通ではない液体をあっさり受け取ってしまったが、シンだったら、知り合いでも怪しい小瓶を握らされたら困惑する。そんでもって、すぐに投げ捨てていいか考えだろう。

シンはちょっとルクスの自分への信頼度が怖くなった。

「ポーションを作っていたら、エリクサーの劣化版ができたんです。なんか色々効能があるみたいなので、殿下の精神汚染とかにも効果があるかなって」

ルクスが音を立てて固まった。柔和《にゅうわ》な笑みが凍り付いて、手が真っ白になるほど小瓶を握り締めている。

シンの事前の予想通り、エリクサーはレアな薬剤に分類されるようだ。

ややあって、ルクスは躊躇いがちに口を開いた。

「シン君……エリクサーは非常に貴重な品です。王宮魔術師や、我が国有数の錬金術師や薬師ですら滅多に作れないものです」

「劣化ですよ？」

スマホさん情報ではエリクサーだが、見たところ滅茶苦茶怪しい液剤でしかない。もっとも、愛馬たちは喜んで飲んでいたので、有害なものではないはずだ。

ルクスは両手でそっと小瓶を包むように持つ。心なしか汗の浮いた顔でエリクサーを見つめている。

「エリクサーと称される時点で問題です。恐らく、シン君は薬神やそれに近い神の加護を受けているのですね……嫌でなければ、神名をお伺いしても？」

「フォルミアルカ様の加護があるのは知っているけど、それ以外は改めて確認していないので、知りません。多分美と春の女神のファウラルジット様や、その所縁《ゆかり》のある神様はいるんじゃないかと……」

いつだったか、シンが持つ称号『女神《めがみ》の寵愛《ちょうあい》』が『神々《かみがみ》の寵愛《ちょうあい》』に変化したので、複数いるのだろう……程度の認識だった。

一度四季の女神に夢の中でご招待されたので、彼女たちの加護である可能性も有力視できる。

シンは自分のスキルや称号を詳細に確認せず、スマホで流し見していた程度だ。スクロールしてもずらりと並んでいるものだから、目が滑ってしまったのだ。

「シン君も認識はしていないと……神殿であれば調べることも可能でしょう。聖女様も、ある程度であれば……」

「あ、神殿は嫌です。変態はお断りです」

シンの体臭を全力で吸うヤバい神官が生息している場所だ。

ルクスもあのディープインパクトすぎる菫色《すみれいろ》の髪の男を覚えていたのだろう。心なしか気まずげに頷く。

「となると、天狼祭の時にわかるかもしれません。近年は聖女様のお役目でしたが、神々や精霊、妖精などに豊穣の感謝や祈りを捧げる儀式があるんです。シン君はティンパイン公式神子なので、それがお役目となるでしょう。その時、加護を与えた存在と相まみえる可能性があります」

「そーいえば、天狼祭は出席してほしいって随分念押しされましたね」

「祈祷者が加護を持っている場合、それが光の筋として見えるらしいです。といっても、与えた側の気まぐれですので、現われる時と、ない時があるのですが」

なんでも、神聖な儀式らしくて、その儀式に参列できるのは、王侯貴族をはじめとするトップヒエラルキー層――その中でも、特に重鎮と言われる立場の人たちばかりらしい。

ルクスも聞いたことはあるが、実際に目にしたことはないそうだ。

（なんだろう、大惨事になる気がする）

加減を知らないことに定評があるフォルミアルカは、盛大に光らせてきそうだ。

もともと、テイランの異世界人召喚乱発も、フォルミアルカの過保護が原因でもある。

与えたものをとっとと取り上げてしまえばよかったのに、その踏ん切りが付かず、ずるずると残したままだった。フォルミアルカは人に優しい女神様だが、ゴッズパワーの飴と鞭の匙加減がドヘタだった。

（やっぱりルクス様はありがたいよな。ためになる情報を色々落としてくれるし）

とりあえず、アンジェリカの件はルクスに任せておこう、とシンは決めた。

ルクスが手間取っているのは、ゲイブルが年季の入ったゴミ屑だから、仕方ない。綺麗にお掃除してくれれば、憂《うれ》いもなくなる。

「ありがとうございます、ルクス様。では、そろそろ食事の準備の時間なので」

うんうんと一人納得するシンを見て、ルックスは首を傾げていた。


ルクスと別れた後、シンは真っすぐに帰路に就いた。

家に帰ると、すぐさまスマホをポチポチして、フォルミアルカに連絡する。

『天狼祭の時、光らせないでくださいね。どうしても光らせたいなら、代表者を選定してください。加減のできる神様を』

相手は神様だ。しかも光らせるのは気まぐれだ。でも、保険をかけておくに越したことはない。

フォルミアルカはともかく、ファウラルジットがシンの頼みを聞いてくれるとは限らない。人と同じ尺度で考えると、痛い目を見る。

（うーん、四季の女神全員と面識あるし、あっちからも加護を貰っているのかな？）

実際にガッツリ貰っているが、本人の自覚はこの程度である。シンは自分の称号やスキルに興味がなく、流し見して、増えてきたらスマホに任せて統合してしまうのだ。

連絡を終えたシンは、昼食をとることにした。

料理上手のジーナに貰ったミネストローネは、ベーコンや野菜がゴロッとしていて美味しい。食べるトマトスープである。

シンが食べている途中で、カミーユとビャクヤが帰ってきた。どっちが大きい塊ベーコンを取るかで言い争いをしながら、それぞれ自分の分をよそう。

賑やかな食卓の声は、家の外まで響いた。

少し遅れて帰ってきたハレッシュが、シンたちの家を眺める。

「仲がいいなぁ。もういっそ、三人ともうちに来ればいいのに」

そう呟いたハレッシュは、ちょっと寂しそうだった。

どういうわけか、シンもカミーユもビャクヤも、ハレッシュの家に上がるのは嫌がる。懐かれていないわけではないのだが、頑なに拒否するのだ。

その声を偶然拾った隣家のガランテは、思わず心の声をまろび出してしまう。

「家に密集する剥製《はくせい》をなくせば来ると思うぞ」

家主が気のいい人間でも、実質ホラーハウスには住みたくない。

ガランテは長年、ハレッシュの良き隣人として過ごしているが、剥製だらけのあの家には未だに慣れない。狩りの成果によってランダムに増えたり減ったりする剥製たちは、単純に怖い。明るい状態でも怖いが、薄暗い状態だともっと怖い。

どういうわけか、ハレッシュの作る剥製はやたらおどろおどろしいのだ。不潔さというより、得体のしれない恐ろしさがある。

虚ろな眼窩に、覗いてはいけない深淵《しんえん》を感じる。

幸か不幸か、製作者のハレッシュは、一切そういったものを感じないようだ。

ガランテの正論に肩を落とすハレッシュ。「なんでこの良さがわからないんだよ～」と言うあたり、剥製作りをやめる気はないようだ。

◆

戦神バロスがいなくなって以来、神々の世界はすっかり賑やかに、そして平和になった。

特に、バロスを嫌って隠れていた女神たちや、その夫たちはのびのびと羽を伸ばしている。バロスは略奪癖があったので、今までは迂闊に日常を過ごすことすら危険だったのだ。

バロスに付き纏われたのは神々だけでなく、精霊、妖精と多岐にわたる。迫害されていた者も多くいた。彼らは久方ぶりの平穏を手に入れた。

シンがファウラルジットに授けた悪知恵が見事に決まった結果、バロスが失墜し、方々に良い影響を与えていた。

当然、神々をはじめ、色々なところからシンに「加護っちゃうぞ☆」と、大盤振る舞いされていた。

「……うーん、代表者……代表……やはりここは主神の私が！」

むん、とやる気を見せるフォルミアルカの隣で、ファウラルジットが首を傾げた。

「フォルミアルカ様、調節できますか？　神フラッシュで未曾有の大発光を起こしません？」

フォルミアルカは悪い神ではないのだが、割とポカをやらかす。

「だだだ、大丈夫ですよ？　きっと！　これでも主神ですから！」

露骨な動揺を見せるフォルミアルカを、ファウラルジットはにこにこと眺めている。

この段階で失敗の予感があった。フォルミアルカは〝神様あるある〟なクソデカ感情を持っているのだ。そして、それはその持っている力に相応しく、ちょっとはみ出るだけで凄いことになる。

「この前、捧げもののドングリを神気にさらして世界樹の種にしてしまったのは？」

「うぐぅー！」

しれっと言ったファウラルジットの言葉は、見事にフォルミアルカのぺったんこな胸から背中に貫通した。

呻《うめ》きを上げたフォルミアルカは、外に見える大樹を見る。

マッシマシの神様パワーを貰った世界樹はすくすくと成長しまくり、樹齢千年ではきかないレベルの大きさになっていた。

爛漫《らんまん》に青い花を咲かせ、その下で神々がお花見をしている。

「でも、シンさんに一番に！　最初に！　加護を与えたのは私なんです！　いくらファウラルジットに言われても、このお役目は譲れませんよ！」

珍しく食い下がるフォルミアルカに、ファウラルジットは溜息をついた。

半泣きで訴えているので、威厳も何もない状態だが、この幼女の主神は、長らく人々の世が不安定であることを憂えていた。

　高位の神としては優しすぎるくらいだったが、いたずらに人々を陥れたり、混沌を望んだり、無関心でいたりするよりずっとましだろう。

「でも、シン君は光は最低限っていうか、ないくらいでもいいって考えているんじゃない？」

「うぐっ」

　フォルミアルカは頭にずどんと大きな漬物石が載ったような顔になる。ショックを受けていますという表情をデカデカと顔に貼り付けて、青い瞳を涙で潤ませていた。

　しかし、この幼い主神女神を支えるのも、ファウラルジットをはじめとする他の神々の務めである。

（やっぱりお人好しすぎるわね）

　ファウラルジットはそっと溜息を呑み込む。

　本当は、フォルミアルカだって、シンに盛大に祝福を飛ばして光らせたいはずだ。彼女がシンをことさら気に入っていることなど、ファウラルジットじゃなくてもお見通しである。

　なので、ファウラルジットは神様らしく傲慢なまでに堂々と言う。

「でもね、フォルミアルカ様？　私、思うんです」

「はい？」

「私たちは神です。なのに――どうして人間の都合など考えなくてはいけないのです？」

　数多いる美しき女神の中でも、頭抜けて艶麗《えんれい》な容姿のファウラルジット。その美貌を彩《いろど》る満面の笑みは、むしろ凄絶《せいぜつ》なほどだった。

その笑みからとんでもない威圧感を感じ取ったフォルミアルカは、首を傾げた。方向性が不穏なことに気づいたのだろう。

「えーと？　ファウラルジット？」

フォルミアルカが軌道修正を試みる前に、ファウラルジットが畳みかける。

癖の強い妹たちを持つ長女女神は、イニシアチブを取るのが得意だった。

「せっかく久々に加護を与えた人の子の晴れ舞台です。ここは盛大に、荘厳《そうごん》にやらずにどうします？　いつやるんですか⁉」

「ふぇ？」

「ちょうど、テイランのしぶといゴキブリ女や劣化バロスのような糞野郎も、祭りに乗じて入ってくるらしいので、我々の神威《しんい》を見せつけてやるのです！」

「は、はぁ……？」

「うちの神子は凄いってところを見せつけてやるのです！　エイエイオー！」

「おー？」

「声が小さいです！　もう一度！　オー‼」

「おーっ！」

フォルミアルカは善良な女神であったが、ちょっと流されやすいし、丸め込まれやすい性格をしていた。ファウラルジットの勢いに呑まれ、何故か「盛大にブチ上げてやろうぜ‼」という方向に

傾いていく。

さらに、花見で盛り上がっている神々まで巻き込みはじめた。

あれよあれよという間に、シンを盛大に祝福しようという神々が集まった。

神々にとって、加護を与えるのは一種の推し活に似ている。

神々の中にはＹＥＳ神子、ＮＯタッチで見守る者もいれば、同担拒否、過激派など色々いる。

だが、シンの場合は非常にレアな〝恩返し〟による加護が大半だ。

妻が、妹が、姉が、娘が、友が――と辛酸《しんさん》を嘗《な》め、肩身の狭い思いをしていた知人（知神）を解放してくれた礼である。中には「バロスが失墜して嬉しくてたまらないぜ、ありがとうよ！」というパターンも多い。

そんな神々が、自分たちをあまり頼らない神子の晴れ舞台があると聞いたらどうなるだろう？

神々は賑やかで、明るく、力強い祭事を好む。

それはもう、打ち上げ花火も真っ青なことをするに決まっていた。

その頃、シンは自宅で急激な寒気に襲われていたのだが――その理由は、まさに神のみぞ知るというやつだった。

第六章　それぞれの夏

その晩、ルクスは王城に手紙を出そうか迷っていた。

シンの作った劣化版エリクサーを、ティルレインに飲ませていいかの確認である。

この報告をすれば、シンの価値は一層跳ね上がる。本人は嫌がっているが、彼の能力はどこの国でも喉から手が出るほど欲しがるものであることは明らかだ。

机の上に燐光《りんこう》のような輝きを放つ小瓶を置く。

（加護持ちの魔力だから？　それともシン君自体が聖属性や光属性といった魔力の傾向が強いのか？）

ティルレインを支える立場にあるルクスは、貴族科でも文官や侍従としての授業を優先して取っていた。それでも、魔法や剣術は一通り習っている。

だが、神子や加護なんてものは深く掘り下げて学んだことはない。彼の知識はどれもこれも一般教養レベルだ。

ルクスの苦悩などどこ吹く風とばかりに、いきなり部屋のドアが開け放たれた。

「ルクスー！　厨房でクランベリージャムのマフィンを貰ったんだ！　一緒に食べよう！　もう夜

だし、歯も磨いちゃったから、パウエルやジャックには内緒だぞーぅ！」

入ってきたティルレインは、両手に一つずつマフィンを持って、目を輝かせている。

タニキ村に来てから毎日シンにウザ絡みできるので、とても元気だった。高確率であしらわれ、カミーユやビャクヤで適当に誤魔化されているが、本人は遊び仲間が増えて嬉しそうである。ルクスの気苦労や懊悩《おうのう》など全く知らない、ぴっかぴかに輝いた笑みが眩しい。

「殿下……ありがとうございます。ですが、入室の際はノックをお願いします」

「すまない、両手が塞がっていたんだ」

ルクスならまだいいが、ヴィクトリアやチェスターあたりに同じことをやったら、毒舌が飛んでくる。泣かされるのはティルレインだ。癖になったら危険である。

見ると、ティルレインの胸元がほんのり汚れていた。

おそらく、ドアノブを捻る一瞬、その辺りでマフィンを押さえていたのだろう。きっと、慣れない体勢でドアを開けたから、ノックも忘れたのだ。

ティルレインは何か一つのことに集中すると、別のどこかが疎かになるところがある。

そんなことを考えながらも、ルクスは差し出されたマフィンを受け取る。

普段なら、こんな時間帯には食べないが、今日は甘い物は嬉しかった。悩みながら考えていたので、脳が疲れているのだ。

マフィンを齧ると、少し酸味が強めのクランベリージャムが美味しかった。焼き立てなのか、まだ表面はカリッと香ばしく、濃厚なバターの風味が広がる。

タニキ村の料理やお菓子は素朴なものが多い。だが、毒を心配する必要なく食べられるのはありがたかった。

村で暮らしているのは権謀術数とは程遠い人たちばかりだ。また、出されるものは外国産の香辛料を加えたり、特別なアレンジを施したりしていないので、違和感があれば気づきやすい。

「美味しいですね、殿下――」

そう言いながらルクスが振り返ると、顔を土気色《つちけいろ》にしたティルレインが喉を押さえていた。詰まったらしい。

ルクスの笑みが凍り付く。次の瞬間、彼はティルレインの背を叩き、なんとか喉に詰まったものを吐き出させようとする。

「殿下ぁああ！　水！　誰か水！」

「んんんぐ……っ」

ティルレインの護衛が廊下から顔を出して、状況を把握し、それぞれ外の井戸や厨房目指して駆けていく。

何か水の代わりになるようなものはないかと、ルクスは周囲を見回す。机の隅にあるカップやベッドの傍にある水差しも空。そんな中、便箋の近くにある小瓶が目に入る。シンから貰った劣化版エリクサー（液状）である。

だんだんと顔色が真っ白になり、瞼《まぶた》が痙攣し、目が虚ろになってきているティルレインを見て、ルクスはもはや迷っている暇がないと気づいて蓋《ふた》を取った。

「飲んでください、殿下！」

「ぐぐ……んぐ！」

ティルレインの口に瓶を突っ込んで、一気に傾ける。エリクサーは詰まったマフィンを押し流すほどの勢いはなかったものの、潤滑液《じゅんかつえき》くらいにはなったようだ。ごっくんと喉が鳴り、ティルレインの顔色が徐々にましになっていく。

「ふぅ、ちょっと危なかったな」

少し落ち着いたティルレインが呼吸を整えながら呟いた。

あれはちょっとというレベルじゃなかった。油断も隙もない王子である。少しでも目を離すと、勝手に危機的状況に陥っている。

とりあえずなんとか山は越えたので、ルクスはほっと胸を撫で下ろす。

「殿下、よく噛んで食べてください。特に、飲み物がない時は危ないですからね」

ルクスにジャムのついた口を拭われながら、ティルレインはこくりと頷く。この素直さは美徳だが、学習するかはまた別の話である。

「うん、気を付ける。でも、その瓶の中身はなんだったんだ？　苦しくて味どころじゃなかったけど」

「シン君から頂いたお薬です。回復、解毒、滋養強壮に効果があるものです。殿下に、とのことでしたが」

「え！　シンからのプレゼントだったの⁉　もっと味わって飲めばよかった！」

ルクスはやや遠回しな良い方をしたが、嘘は言っていない。

しかし、ティルレインはその薬の正式名称より、激レアのシンからのプレゼントを堪能できなかったことを気にしている。

「もう一本ないの⁉」

「はい。これ一本だけです」

「そんなーっ！」

あからさまにショックを受けて、項垂《うなだ》れるティルレインだった。


翌日、ティルレインはさっそくシンのもとへ行った。

朝食を食べて歯を磨いた後、すぐに飛び出していってしまったのだ。

外に行くのなら帽子を——と、ルクスが少し離れた瞬間に、いなくなっていた。

護衛騎士たちは〝走ると転びますよー〟〝そこに石があるから、足元に気をつけてー〟などと忠告しながら、ジョギング感覚でついていった。

芸術肌のひょろモヤシな王子の走りなので、屈強な騎士にとっては余裕である。

家に着くなり、ティルレインはシンに泣き付く。

「シン！　もう一回昨日のお薬ちょうだい！」

「薬なんて無闇に飲むものじゃないんですよ。ハウス！」

当然ながら、そっけなく追い返されるのだった。

その日のティルレインは前日飲んだエリクサー効果もあり、肌艶《はだつや》髪艶《かみつや》が抜群に良かった。

元々顔立ちは整っていたが、キラキラ五割増しの美形度で、シンは目に優しくないと言わんばかりに細目になっている。見るからに健康優良児ということもあり、当然ながらエリクサーは追加支給されなかった。

◆

それから数日後、いつも通りシンたちが家でまったりと過ごしていると、慌ただしい気配が近づいてきた。

何者かが厩舎に移動していくことに三人は気づいたが、そこには首刈り魔馬がいる。何があっても自己責任だ。

「グラスゴー！　見てくれ！　リースだぞぅ！　魔除けのハーブを使っているから、玄関先に飾……んぎゃあああ！」

厩舎で騒いでいる声を軽やかにスルーし、シンは再び本に視線を落とす。

本日の昼ご飯当番のビャクヤも耳をぴくぴくと動かしたが、何事もなかったように鍋をかき混ぜる。これは日常なのだ。わざわざ騒ぐことでもない。

「放っておいていいでござるか？」

水を張ったバケツに足を突っ込んで涼を取っていたカミーユが首を傾げると、シンとビャクヤは視線も向けずに声を揃えた。

「「カミーユ、行ってこい」」

片や家主、片や火を使って料理中である。ぼへーっと涼んでいたカミーユが行くのが当然だろう。

二人のプレッシャーを受けたカミーユは顔をシワシワにして、渋々外に向かった。

ティルレインが無事なのは、ぎゃんぎゃん騒がしい声でわかるし、おおよその状況もわかる。

「それはご飯じゃない！　飼い葉じゃないんだぞぅ！　玄関の扉とかに飾るやつなんだー！　ああ
あ！　やめてー！」

ティルレインの抵抗は徒労であったのだろう。

「殿下、どーしたでござるかー？」

「リースが食われた！　ちょっと自慢しただけなのに！」

「グラスゴーは草食寄りの雑食でござる。そりゃ食われるでござる」

威厳ゼロの王子の相手も慣れてきたカミーユが、冷静に現実を諭す。

リースを取り返したいけれど、怖くて近寄れないティルレインは、厩舎の傍で地団駄を踏んでい
た。普通に考えれば、こうなることはわかるのに、ティルレインはその普通がしょっちゅう抜け落
ちる。

ティルレインのべそと慰めるカミーユの声を聞きながら、室内ではシンがぱたんと本を閉じた。

「シン君、それシフルトんとこから貰った本？」

「うん、いろんな調合が載っているから面白いよ。眉唾《まゆつば》なやつとか、ちょっとヤバいのもある

けど」

オウル伯爵家は、後継者であるシフルトが重度後遺症状態なので、爵位を返上する予定だそうだ。決闘での魔法暴発事件以降、シフルトを学園で見ていない。退学したという噂もあるが、色々騒動を起こしていたので、惜しむ人はそういなかった。

ビャクヤは手を拭きながらシンの傍までやってきて、本を開いて〝うげぇ〟と言わんばかりの顔をした。難しい調合が記載された、みっちりと文字が詰まったページを当ててしまったようだ。

「勉強熱心やなぁ」

そう言って、ビャクヤは本を閉じ、すすーっと返す。シンはそれを苦笑しながらも受け取る。

「夏休みが終わったら、薬草学や錬金術のペーパーテストがあるから」

「そっちもあんのかぁ。俺んとこも貴族のマナーや隠語のテストがあるんよ。その前に王侯貴族の紋章と由来を調べて提出するっちゅう課題やな」

「へえ」

騎士科は必修単位が多いと聞くが、夏休みの宿題があるのかと、シンは納得する。

騎士は王侯貴族に仕えることが多いので、マナーや各家の紋章を覚えるのは大事なのである。

「ティンパイン王国はメッチャ動物ネタが多いねん。王家の家名に含まれる〝バルザーヤ〟は、ボルゾイっちゅう大型犬に由来するらしいで。なんでも、そのお犬さんは天狼《てんろう》フェンリルに似てるっちゅう話や」

「なんで犬にしたんだろう。そのままフェンリルにあやかっておけばいいのに」

「畏《おそ》れ多かったんやない？　それに倣ってか、貴族も犬やら猫にあやかっとる。シン君がお世話になっとるドーベルマン伯爵家や、タニキ村のポメラニアン準男爵家、あと眼鏡の優男兄さんはサモエド伯爵家やろ？」

「ティル殿下の婚約者はホワイトテリア公爵家だったな。でも、シフルトのところのオウルって、梟だし。アンジェリカさんはスコティッシュフォールド……猫だよな？」

そんな猫種がいたはずだ。たれ耳の猫で、一時期ブームになっていたと、シンは記憶している。

「そうなん？　長い名前やなぁ」

「王家のバルザーヤ・ティンパインのセットよりは短いよ」

外で騒いでいた王子のフルネームは、ティルレイン・エヴァンジェリン・バルザーヤ・ティンパインである。王族らしく仰々しい。そしてダントツに長い。彼に並ぶロングネームは、親兄弟くらいだろう。

家名単品であれば、アンジェリカの家名に軍配が上がるが……そこでシンはふと気づいた。

（スコティッシュって、スコットランドが起源？　異世界転生や転移者が付けたのかな？）

この世界はつい最近までテイランが異世界人召喚を乱発していたし、そこから何かしら流れ着いた可能性はある。カミーユのフルネームもカミーユ・サナダ・ヒノモトである。サナダは母方で、ヒノモトは父方だそうだ。両方とも、日本の気配を感じる響きだ。

（祖先に日本人がいたかもしれないけど、ただ単に、こっちとあっちの名前被りもあり得る。生き物や野菜とか、被りが多いし）

調べようにもスコティッシュフォールド家は今ごたごたの真っただ中だし、カミーユのヒノモト家はテイランの大災害でどうなっているかわからない。名前の由来調査には少々骨が折れそうだ。

「そーいや、殿下は王子様やったな。さっすがご立派な名前や。国王陛下らの愛やな」

「うん、名前は立派だよね。完全に名前負けしているけど」

とっても失礼な二人は、ウフフアハハと一国の王子を貶しまくる。

悪意と言うより、純然たる事実確認だった。駄犬のお世話係たちは辛辣だった。

そんな中、ドタドタとうるさい足音と共に、ついにティルレインが家に侵入してきた。涙と鼻水でびっしゃびしゃになった顔で一直線に駆け寄ってくる。

「シーンシーンー！　グラスゴーが僕のプレゼント食べた！　シンにあげようとしたのに！　リース！　魔除けのリース！　マダムたちに教わって作ったのにー！」

軽く顔をしかめたシンが、ティルレインの突撃を避けた。

「なんで避けるのぉ!?　慰めてよー！」

「あ、僕は殿下の鞭担当なんで、その辺はルクス様や領主様に頼んでください。管轄外《かんかつがい》の労働です」

相変らずスーパードラァアアイなシン。夏だというのに暑苦しいティルレインに、シッシッと手を振っている。

その反応に、ティルレインの顔面のスプラッシュが止まらない。目が溶けるんじゃないかという勢いで、ビービー泣いている。

「労働⁉　労働って言った⁉　友達に対して酷いんだぞぅ！」

「メンヘラ彼女みたいな反応はやめてください。無償労働にハイクオリティを求めるのはおかしいですよ」

「労働じゃない！　僕らは友達！」

「……トモダチ？」

シンは怪訝そうな顔で〝何それ、新しい食べ物ですか？〟と言わんばかりに首を傾げた。

ついにティルレインの涙は臨界点を突破した。

だぱぁーっと滂沱《ぼうだ》の涙を流し、無言で立ち尽くしているティルレインに、シンが改めて声を掛ける。

「――と、まあ。からかうのはともかく、お昼ご飯の時間ですから、屋敷に戻ったらどうです？　あっちでみんな待っていますよ」

そしてシンたちもそろそろ昼ご飯である。当然、いきなり来たティルレインの分はない。

まだ安心できないのか、相変わらず顔が湿っぽいティルレインは、恨めしそうにシンを見ている。シンのつれない――というか、オーバーキル気味の不敬三昧《ふけいざんまい》を見て、ビャクヤの顔はちょっと青くなっていた。

ティルレインとシンのやり取りは続く。

「ううう……っ。僕たち友達だよな？　な？」

「ハイハイトモダチトモダチ。ハイハイハイハイハイ」

「〝はい〟は一回～！」

「友達じゃなかったら、家に勝手に入った時点で蹴り出しますよ」

シンがスパンと言い切ると、ティルレインだけでなく、ビャクヤとカミーユも納得した。

シンのプライベートゾーンにはなかなか入れない。赤の他人が無理に近づこうとしても、口八《くちはっ》丁《ちょう》手《て》八丁《はっちょう》で煙《けむ》に巻《ま》かれるだろう。

「わかったらハウス！　今日も日差しが強いので、帽子はちゃんと被っていくんですよ！」

「そっかー！　わかったんだぞーぅ！」

シンからの友達認定を貰ったティルレインは、ニッコニコになってポメラニアン準男爵邸に戻っていく。

ずり落ちてうなじ辺りに留まっていた麦わら帽子をかぶり直し、ふんすふんすと気合を入れて走り出した。その後ろを、鎧ではなく野良着と麦わら帽子を装備した騎士が追いかけていく。アクティブな王子が相手だと、護衛も大変そうだ。

「シン殿、もう少しティル殿下にソフトな対応をした方が良いのではござらぬか？」

同じように後ろ姿を見送ったカミーユが、ポツリとシンに告げた。だが、シンはＮＯとしっかり首を横に振る。

「僕が叱らないと、誰があのアンポンタンを叱るんですか。そもそも、あの温室育ちが真っ昼間に走り回ること自体アウトでしょう。療養先で熱中症とか、阿呆のすることですよ」

「正論なんやけど、聞いてるこっちは結構心臓に悪いねん」

珍しくカミーユを擁護したビャクヤに、シンが問う。

「じゃあお前ら、ストッパーのいないあの馬鹿殿下に振り回されたい？」

二人ともタニキ村で散々ティルレインのお遊びに付き合わされている。

虫取り、川遊び、収穫、遠乗りなどなど、意外とアクティブな王子は、あっちへふらふら、こっちへゆらゆらと興味の赴《おもむ》くままに行ってしまうのだ。

「さーて、昼餉《ひるげ》にしよーなぁ。今日は冷やしのきつねのおうどんや。お揚げさんにつゆがしみしみやで～」

「暑い日は冷麺にかぎるでござるなー！」

ビャクヤとカミーユが不自然に明るい声を出す。

あの王子は悪気なくやらかす典型である。しかも、トラブルホイホイかつメーカーだ。付き合っていたらきりがない。

彼の美徳は素直なところであり、シビアに真面目なシンがビシバシ指導を入れることにより、被害は未然に防がれる。運悪く防がれなくても大幅に縮小化する。教育的指導フィルターは偉大なのである。

そして、それを肌で感じているカミーユとビャクヤは、そのフィルターをなくしたいなどとは決して思わなかった。

シンは二人をちらりと見た後、遠くなったティルレインの背中に視線を転じる。

（……もうエリクサーを飲ませたのかな？　特に変化はなかったけど）

とりあえず元気そうではあるので、気にしないことにした。

シンがあげたエリクサーは、しっかり効果があった。だが、残念ながらシンとタニキ村という、ティルレインにとっての精神安定剤セットがあると、メンタル不調は来ないので、効果がわかりにくかったのだ。

ティルレインの精神汚染は綺麗に取り除かれていたが、タニキ村では元気な状態の彼が相変わらず続くだけだった。


一方、シンに言われた通り、お昼を食べるために領主屋敷に戻ったティルレインは、食卓に着いていた。

「ルクス……思ったんだけど、シンの食べているウドンって、作れないのかな？　つるっと冷たくて、王都でも食べられたら、人気になると思うんだ」

「それは良いですね。食の細い方でも食べやすそうですし」

ティルレインと一緒にうどんを食べさせてもらったことのあるルクスが頷いた。

ルクスは麺を啜るという行為には慣れなかったが、喉越しが良くて、夏場に食欲がなくても進む。

「ソース？　スープ？　メンツユのレシピはシンも知らないって言っていたから、代わりになるものはないかな？　今度ヴィーや家族たちと一緒に食べたいんだぞぅ」

「では、宮廷料理人に知っているか確認し、再現できそうか聞いてみましょうか」

この何気ない会話がきっかけに、冷やしうどんは貴族の中で夏のトレンドになる。

麺を啜るのが苦手な人が多く、汁が跳ねるのがネックだったが、それもフォークで絡めて食べることにより、テーブルマナー的な難度はぐっと下がった。

レストランでも、おしゃれなパスタのようなアレンジレシピが提供されるようになる。

そして、そのトレンドの原因の一つは国王グラディウスだったりする。

その頃、彼の愛妻マリアベル王妃は、夏バテに苦しんでいた。シェフ自慢のパンもケーキも肉料理も惨敗。しかし、つるっとひんやりした冷やしうどんは喉を通った。それまで冷製スープやサラダ、果物で騙しだまし腹を満たしていたのが、やっと食事らしい食事に手が伸びたのだ。

それを見て、グラディウスは自ら小麦粉と戦う麺職人と化した。

料理の才能をいかんなく発揮し、うどん以外にも様々な麺を作り上げたのだった。

◆

数日後。魔鳥が運んできた箱を受け取ったシンが呆然としていた。

「王宮からうどんと素麺が届いたんだけど……」

シンの頭をお中元というシーズン的なプレゼント交換がよぎった。熨斗《のし》はついていないが、ちょっとお高そうな箱に入っているあたり、モロに雰囲気が出ている。

これはグラディウスが愛するマリアベルに捧げるうどんを作るにあたり、試行錯誤《しこうさくご》をした結果の副産物を送っただけである。

王が王宮のシェフたちと頭をつき合わせながら、毎日こねているので、うどんの在庫は毎日増える。王宮の武官・文官問わず毎日冷麺ばかり食べているが、それでも消費しきれないので、タニキ村まで送られてきたのだ。

しかも育ち盛りが三人いるからと、大量に届いた。

「お中元……貰ったらお返しした方がいいよな」

ひとりごちるシンの手元を、ビャクヤとカミーユが覗き込む。

「お、素麺やん。麺つゆもええけど、味噌やトマト、柑橘《かんきつ》や梅肉ダレもええよ」

「パスタのように炒めるという、ちゃんぷる？　という料理を聞いたことあるでござるよ」

とりあえず、栄養剤としてポーションとハッカの冷感剤を詰め合わせて贈った。

ミリアに好評だったみたいだからという軽い気持ちで選んだのだが、これも見事にニーズにクリティカルヒットして、マリアベルは無事に夏バテから復活した。

そんなこんなで、夏休みは楽しくもあっという間に過ぎていくのだった。

◆

夏休みも終盤に差し掛かったある日、シンの家には、やけに青ざめたカミーユと、静かに怒りを湛えるビャクヤの姿があった。

そして、カミーユの前には、開かれた冊子がある。

「何やってんの？」

シンはろくでもない気配を察知したが、放置も良くない気がして、水を飲みながら聞いた。

すると、眦《まなじり》を吊り上げたビャクヤが、耳をピンと立てながらカミーユを指さす。

「このアホカミーユ、全く課題をやっとらんかった！」

「ちょっとはやったでござるよ？」

「最初のページの半分は、やったうちに入らんわ！」

怒りに任せたビャクヤが力強くテーブルを叩くと、冊子類が跳ねた。ついでにカミーユも跳び上がる。

ちらりと見えたページの回答欄は、ほぼほぼ白かった。

「ああ、例の家名とか家紋のやつ？」

「そや。あのアニマルズや！　俺は絶対見せへんからな！　そんなんしたら、休み明けのテストもボロボロになるやろ！　ここはティンパインやし、とりあえず最初に覚えるのはティンパインの貴族が多いねん！　テイランの貴族知識はあんま役に立たへん！」

シンは納得した。一応カミーユは貴族子息として、テイランの貴族はある程度覚えていた。だが、お国が変われば貴族も変わる。課題の範囲と知識の範囲が絶妙にミスマッチを起こし、進んでいないのだろう。

ビャクヤは地道に調べて、堅実に進めていたが、カミーユは最後に纏めてやろうとして盛大に躓《つまず》いている。

「殺生な！　ちょっと！　ちょっとだけでいいでござるからぁ！　見せてほしいでござるー！」

「知るか、ボケェ！」

ブチギレるビャクヤだが、その怒りは正当だ。ビャクヤが努力してこなした課題を、後から掠《かす》め取ろうなんて、いい度胸である。

それでも、シンは一応助け船を出してやる。

「ティンパイン貴族なら、ティル殿下やルクス様に聞いたら早いんじゃない？」

ティルレインはあれでも王族だし、ルクスはそのアンポンタンの補佐を務める有能侍従である。

「あの殿下の頭に、そんな知識が詰まっとるん？」

「ハズレても大丈夫だよ。殿下のことだから、自分でわかんなかったらルクス様にパスするだろうから、そっちが本命」

ビャクヤもシンも、王子に対して痛烈である。だが、思い出しても、毎日タニキ村のキッズとやれ山だ川だお野菜の収穫だと飛び回っているティルレインの姿しか出てこない。それ以外は、シンに縋り付いてはツンツンな反応に泣いているくらいである。

「あっちの兄さんは詳しそうやな。俺も聞きたいところあるんよ。一通りは終わっとるんやけど、ちょっとわからないところがなー」

「僕も気になるところがあるから、聞きに行こうと思っているんだ」

シンは自主的に錬金術や薬草学などの授業で、気になる部分は勝手に調べて進めているし、実際に調合している。

これには、ルクスから貰ったお下がりの本や実験器具が大いに役立っていた。だが、一部よくわからない言い回しがあったり、知らない素材や器材があったりと、気になる点が残っていた。

「シン殿……その、調合全集中級編って、普通科の授業でやるのでござるか？」

「ううん、これは僕の趣味」

カミーユはシンの答えを聞き、蛇を丸呑みした蛙を見たような顔になる。

カミーユとしては必修の授業でも開きたくないような本であったが、シンがそれを好んで読んでいるという事実が信じられない。しかも、シンの持っていた調合全集は、一冊で辞典並みの分厚さがあるし、字も非常に細かかった。多少は絵による説明もあるが、小難しい内容に変わりはない。

これが趣味とは、勉強嫌いのカミーユには一切理解できない考えだった。

「へ、変態でござるー！」

「お前はシン君を見習いや！」

失礼な悲鳴を上げるカミーユに、ビャクヤは耳と尻尾の毛を逆立てながら拳骨《げんこつ》を落とした。

シンは〝意外と楽しいのになー〟と、のほほんとしている。

確かに文字は細かいが、ゲームの攻略本や、裏設定資料を見ている気分だった。

そういうトリビア的な情報を網羅するのは好きなので、シンの中では教科書や勉強というより、興味の延長にあるものなのだ。

しかし、基本的に活字と仲が悪いカミーユには一切理解できない領域の話であった。

そんなこんなで、三人はそれぞれに気になる課題や宿題を持って、領主邸を訪れた。

ついでに厨房に行って、三人で釣った川魚を手土産に渡す。

思ったより入れ食いで、ハレッシュや隣家のベッキー家に配っても余るほどだったのだ。

シンたちを迎えたのは、執事のテルファーだった。

シンは十三歳になったが、まだまだ小柄である。そのほんの少し高くなった頭の位置を見て、強《こわ》面《もて》のテルファーは口元を少し綻ばせた。

だが、笑顔が怖い。こっそりビャクヤが斜めにずれて、硬直するカミーユを盾にした。

相変わらず報《むく》われない子供好きのテルファーである。

シンたちは、ルクスがいる二階の部屋に案内される。

途中、二階から外を見ると村の男衆が太い杭《くい》を村の周囲を囲むように打ち付け、女衆が柵を紐で補強しているのが見えた。

本当なら、硬い石材の城壁が欲しいところだ。だが、いくら王族がいるとはいっても、所詮第三王子。政治的な地位は高くはないし、タニキ村は既に食料や屋敷の改装等で多くの援助は受けている。これ以上となると、不自然になるだろう。

タニキ村に神子がいると公表していれば話は別だが、対外的には伏せられている。

「あの辺、確か猪に畑荒らされたって言うとったな」

シンの視線に気づいたのか、ビャクヤが思い出したように呟いた。タニキ村の村人はそれほど多くなく、既にほぼ全員顔見知りだ。

それにカミーユも反応した。同じように作業する村人たちと田畑を眺めながら、心配そうに表情を曇らせる。

「普通の野生種ならいいでござるが、魔猪《まちょ》だと危険でござるな。奴らは大きな群れを作ることもあるでござる」

ボア系の魔物自体は、平野でも山地でも珍しくない。

だが、稀に巨大な群れを形成し、その中で突然変異のリーダー個体が生まれることがある。

またボアそのものも、多くの魔物の餌になるので、他の強力な魔物を連れてくる呼び水になる場合がある。よくいる魔物とはいえ、なかなかに侮れないのだ。

「ええ、今年は猪が多く下りてきています。できれば村全体を囲いたいところですが、足場の悪いところも多いので、優先度の高い場所で、できるところからやっているんです」

テルファーの説明を聞き、シンが首を傾げる。

「いつもより多いんですか？」

「山火事があって、動物や魔獣、魔物の生活圏が変動した影響かもしれません。幸い、その地はすぐに再生したのですが、戻ってこない動物も多かったので」

山火事と聞いて、シンはぎくりとする。

そういえば巨大トレントとそれに追従するトレントの群れを一掃《いっそう》するために、巨大な炎の竜巻を魔法で作った。一応は簡易な植林はしておいたので、焼け野原が剥き出しにはなっていなかったはずだ。しかし、あの巨大な炎柱にビビって生き物たちが移動したことまでには頭は回っていかなかった。

（……ボア退治の依頼、出てるかも。そういえば、最近は冒険者ギルドに行ってなかったな）

ちょっと後ろめたいシンである。

そんな会話をしているうちに、ルクスの部屋の前まで来ていた。

夏場ということもあり、部屋の中にいたルクスは軽装だった。上着はなく、カッターシャツの上には木賊色《とくさいろ》のベストだけだ。下にはカーキのスラックスを穿いている。その中で、足元だけかっちりとした革靴で暑そうだが、紳士としては正しいスタイルである。ルクスは慣れているのか、涼しい顔をしていた。

シンたちは半袖のシャツに半ズボンやサンダルである。鬱蒼とした野山を駆け回るような用事がない限り、長袖は着ない。

「いらっしゃい、シン君。カミーユ君とビャクヤ君も」

「お邪魔しています。お時間大丈夫ですか？」

「ええ。急ぎの用事はありませんよ」

突然の訪問にもかかわらず、ルクスは快く迎えてくれた。

ビャクヤがきょろきょろと周囲を見回す様子を見て、ルクスは小さく笑った。

「殿下なら、村人と一緒に案山子作りをしていますよ。害獣対策だそうです」

「ああ、なるほど。いつも呼んでなくても飛びついてくるのに来なかったから」

シンは思い出してげんなりした顔をする。あのやかましいテンションでうろちょろされると、暑い季節は鬱陶しさが三割増しなのだ。

呼ばなくとも、シンの姿があれば、あの駄犬王子はやってくる。

「案山子《かかし》って、人形でござるよな？　効くでござるか？」

「それなりに効果はありますよ。見慣れない物には警戒しますし、案山子は害獣や魔物が嫌う臭いを発する香草や薬を使うんです。塗ったり燻《いぶ》したりするんですよ」

「へぇ……」

生活の知恵というものかと、シンが少し興味深そうに呟いた。

彼も蚊取線香のような虫除け系のお香は作ったことはあるが、獣避けは獣避けで別の需要があるかもしれない。

薬剤レシピに使えそうなものがあるか、後で確認してみようと、シンは心の隅にメモしておく。

「村人からの報告によると、例年よりも害獣が下りてくるのが早いようです。いつもなら食料の減る晩秋以降から春に入る頃が多いと聞くのですが」

猪は冬眠しないので、冬場も食料を必要とする。

雑食性の猪は、草木の根や樹皮、地面に落ちているドングリをはじめとする木の実、土の中で眠る昆虫や小動物を食べる。大事な餌が雪に覆われてしまう恐れがあるため、彼らは雪の少ない場所に移動して越冬する。

なので、村里に下りてくる猪は、餌場を得られなかった個体が多い。田畑に残った僅かな野菜や、生ゴミを目当てに来る――が、村人だって必死だ。ノコノコ下りてきた猪は害獣兼食料とみなされる。

タニキ村近辺は降雪量が多いので、珍しいことではなかった。

しかし、今は夏だ。青々とした森には食料もたくさんあるはずである。

「おかしな話ですね。畑の被害も放っておけませんし……王都の貴族街で見るような石壁は難しいですけれど、土壁くらいならできますよ」

異世界人特典なのか、女神特典なのかはグレーゾーンだが、シンは属性問わず魔法を使える。

同じく土属性が使えるレニがいれば、二馬力で魔法の外壁工事ができるだろう。しかし、いないのが悔やまれる。

ちなみに、この世界の人々は使用属性に偏りがある。

そして、カミーユとビャクヤは、そもそも魔法を得意とするタイプではないのだ。

シンが手伝いを申し出るのを聞いて、ビャクヤは自分でもやれることはあるか考えた。

柵作りや案山子作りの手伝いをしてもいいが、それは村人でもできる。

ビャクヤとカミーユは騎士科なので、魔獣や魔物といった危険な相手への対策を学んでいた。

「なら、俺らは見回りでもするか？　タニキ村には世話になっとるし、害獣指定されているなら、小遣い稼ぎにもなるし」

「それは良いでござるな！　猪を運良く仕留められれば、その日はご馳走でござる！」

「せやなー。その前に、お前はその課題、やれよ？　ホンマにきりっきりの状態やで？」

しっかりとビャクヤに釘を刺されカミーユはハッとする。

ビャクヤは端整な顔立ちに優美でどす黒い笑みを湛えている。背後に暗雲どころか、暗黒を背負っていた。

「そそそ、そーでござる！　ルクス殿にティンパイン貴族の家名と家紋を教えてほしいでござる!!」

カミーユは必死である。これ以上の遅延は許されない。毎日少しずつやれば大した量ではなかったが、サボりにサボったツケが、今ここに集結していた。嫌な大集合である。

「ああ、なるほど。そういったご用だったんですね」

ルクスは「どうぞ」と、広い机に移動して、椅子を勧めた。

さすがと言うべきか、ルクスは多くのティンパイン貴族の家名や家紋を知っていた。

次期サモエド伯爵として、きちんと学んでいるのだろう。ついでにそれぞれの家の成り立ちや、本家分家といったものも教えてくれた。

ルクスの教え方は淀《よど》みなくスマートで、わかりやすい。カミーユの課題はどんどん埋まっていき、ビャクヤの気になっていたところも無事解決した。

カミーユの質問が終わり、シンの番になった。

「ここの調合なんですけれど、教科書のレシピでは茹でると記載があるんですけれど、こちらのでは湯煎するとあるんです」

「ああ、そちらは温度管理が大事だからですよ。この薬草は八十五度以上に熱すると変質してしまうんです。ですが、成分を煮出すには六十八〜八十度内の温度を保たなくてはいけないんです」

「だから茹でる場合では、沸騰《ふっとう》した後は弱火で……と書かれているんですね」

「素材を入れると、一度温度が下がりますからね。その後であれば弱火でもできるのですが、温度を一定に保つには湯煎の方が良いですから。すり潰しながら混ぜれば、成分も薄まらず、均一化しますし」

「確かに、手間ではありますが、湯煎でやった方が良いですね。茹で汁は捨てるから、そこに溶けた成分はなくなりますし……」

「灰汁《あくぬ》抜きや毒抜きの場合は捨てるのが正解ですが、効率を重視するなら、茹でる方がずっと楽です。一つずつの効果重視ならば、湯煎をお勧めします」

「ありがとうございます。納得しました」

「いいえ、シン君は熱心に勉強しているんですね。この調合は三年や四年あたりでやる分野ですよ」

「調合って面白いじゃないですか。ちょっと臭いが強烈なのもありますけど」

シンとしては、なんで草にしか見えないものが立派な薬になるか意味不明だが、楽しかった。

ルクスはシンの気持ちがわかるのか、頷いている。

一方、わからないビャクヤは微妙な顔をしているし、カミーユに至ってはドン引きの極みの顔をしている。特にカミーユは酷かった。でっかいウンコを踏んだ人間を見る目でシンたちを見ていた。大変失礼な奴である。

ともあれ、目的を達したシンたちは領主邸を後にしたのだった。

カミーユの課題の大部分が終わった――一番厄介だった貴族関係の宿題が解決した――ので、ビャクヤの顔は落ち着いてきた。

予想通りルクスは優秀だった。彼自体は貴族科出身であるが、騎士科や普通科の問題を難なく教えてくれた。それに、丁寧でわかりやすい言葉を選ぶので、覚えやすい。

「あの眼鏡の兄さんにはホンマ感謝やわぁ。残りの休み全部カミーユの世話で終わるかと思ったわ……」

ビャクヤの言葉には安堵が滲み出ている。

まだいくつかやることはあるので油断は禁物だが、喫緊の問題はクリアしたと言える。

同じ学科のよしみもあり、カミーユのポカのフォローをすることが多いビャクヤ。口ではなんだかんだと言いつつ、しっかり手伝うので、カミーユも強く出られない。

歩きながらシンが尋ねる。

「お疲れ様。僕は午後、村の柵の手伝いに行くけど、二人は見回りに行くの？」

作業が終わったらシンも二人に合流しようと考えていた。

やはり土地勘はシンの方があるし、カミーユもビャクヤも年齢の割に手練《てだれ》とはいえ、どちらも物理寄りで、パーティにサポート役や回復役がいないのだ。

「運動がてら向かうでござるよ。冒険者ギルドに寄って、討伐対象になっているか確認してから行くことになるでござるが」

「情報収集は大事やからな。討伐依頼があるなら、詳細な情報貰えるやろうし」

山や草むらに入るとなると、着替える必要があった。虫や蛇に襲われる可能性があるからだ。三人は一度家に戻り、準備を整えてからそれぞれの目的地に向かった。

シンはグラスゴーに乗り、二人はピコを借りて乗っていった。

二人と別れたシンは、村人たちが柵を作っている場所に向かう。

作業している男衆の中にハレッシュもいた。

シンが手を振ると、ハレッシュはタオルで顔を拭きながら手を振り返した。

「シン。友達はどうした？」

「あっちはあっちで動いています。僕はここを手伝いに来ました。土魔法で土壁とか造れますけど、どこからやったらいいですか？」

「あー、それなら、ここに穴開けられるか？　硬すぎて杭が負ける」

そう言って、ハレッシュはボロボロになった杭と少しだけ穴の開いた地面を指さす。先ほどまで振るっていた木槌を重そうに下ろし、杖のようにして体重を預けた。だいぶてこずっていたのだろう。

開墾済みの平地ならまだ杭を打ちつけられるが、この辺りの地面はガチガチだし、石も岩もゴロゴロしている。穴を掘るのも、打ち進めるのも一苦労なようだ。

シンは魔力を地面に流し、杭を打つところだけ掘り返していく。

等間隔に穴を作っていくと、支柱となる杭が容易《たやす》く打ちつけられるので、作業はずっと早くなった。

ハレッシュや村人たちはずっと地盤に苦しめられていたのか、〝やっぱり魔法使いが一人いると楽だな〟と、ほっとしたように言う。

思うように作業が進まず、長期戦を見越していたところに、光明《こうみょう》が差し込んできたのだ。

朝から作業に明け暮れていたハレッシュの手は擦りむけていて、見ているだけで痛そうだった。

「これを手作業でやるとか、結構無茶ですよ」

「無茶でも、俺らにはそーいう方法しかないんだよ」

シンが呆れながらハレッシュの手にポーションをぶっかけると、新しい手の皮が綺麗に再生した。

いきなり治されたハレッシュはぎょっとする。

「あのな、シン。ポーションは水じゃないんだぞ？　薬だぞ？　そこそこ高いんだからな？」

「いいんですよ、これ、趣味の調合で作った試作品ですから」

シンにとっては、グラスゴーやピコのおやつでもある。

ポーションは正しく品質を管理して保管しないと、物が悪くなっていく。

冒険者が安いポーションを買い叩いて、いざ使おうとしたら、劣化して腐った水になっていて、回復効果なし＋腹下しというコンボが決まることがある。聞いている方は笑い話だが、当事者たちには死活問題だ。

だが、幸か不幸かシンのポーションは主に愛馬たちに大人気だし、そうでなければマジックバッグや異空間バッグに入れているので困ったことにはならない。

「そっか。うん、ありがとうな」

ハレッシュはシンの黒髪の頭を撫でた。以前よりもちょっとだけ位置が高くなっている。息子のように思っているシンの成長が著《いちじる》しい姿に、ハレッシュは嬉しいようなちょっと寂しいような、複雑な心境だった。いつまで子供でいてくれるのだろうかと、少ししんみりしていた。

ちなみに、同じことをティルレインがしようとしたら、触れる前に叩き落とされて、睨まれるだろう。その辺の意思表示は割とはっきりするシンだった。

周りからも微笑ましそうな視線を向けられ、シンはちょっと居心地が悪くなった。

子供扱いとはいえ、村人たちは馬鹿にしたり舐《な》めたりしているわけではない。彼らの善意と親愛で包まれると、シンはツンケンできない。ただ恥ずかしいようないたたまれなさに悶《もだ》える羽目になる。

穏やかで濃密に、そしてあっという間に時間は過ぎていく。

シンはその時間が大好きで、タニキ村という居場所がかけがえのないものになっていた。

こうして、シンたちの夏は温かくも賑やかに過ぎていくのだった。

Re:Monster
リ・モンスター
1〜8.5〜9・外伝
暗黒大陸編1〜3
金斬児狐
Kanekiru Kogitsune
シリーズ累計
150万部
(電子含む)
突破!
TVアニメ化
決定!!
ネットで話題沸騰!
怪物転生
ファンタジー
最弱ゴブリンの下克上物語 大好評発売中!
Re:Monster
リ・モンスター
金斬児狐
転生したのは
まさかの
最弱
ゴブリン!?
ネットで超人気!
怪物転生
ファンタジー
【小説】
1〜9巻/外伝/8・5巻
◉各定価:1320円(10%税込)
◉illustration:ヤマーダ
新章
Re:Monster
暗黒大陸編
リ・モンスター
1
金斬児狐
最弱ゴブリンから
最強黒鬼
そして
新世界の
伝説へ!
新たな旅が
今始まる!
累計
65万部!
新シリーズ!
【小説】
1〜3巻(以下続刊)
◉各定価:1320円(10%税込)
◉illustration:NAJI柳田
コミカライズも大好評!
Re:Monster
リ・モンスター
1
転生したのは…
最弱ゴブリン!?
異世界下克上
サバイバルファンタジー
累計
23万部
突破!!
待望のコミカライズ!!
【漫画】
1〜10巻(以下続刊)
◉各定価:748円(10%税込)
◉漫画:小早川ハルヨシ

月が導く異世界道中
Tsukiga Michibiku Isekai Dochu
あずみ圭
Azumi Kei
1~18
8.5
シリーズ累計
350万部
(電子含む)
の超人気作!
TVアニメ 第2期
2024年1月から
2クール
放送決定!
異世界へと召喚された平凡な高校生、深澄真。彼は女神に「顔が不細工」と罵られ、問答無用で最果ての荒野に飛ばされてしまう。人の温もりを求めて彷徨う真だが、仲間になった美女達は、元竜と元蜘蛛!?　とことん不運、されどチートな真の異世界珍道中が始まった!
月が導く異世界道中
あずみ圭
薄幸系男子の成り上がりファンタジー、開幕!
なんでだろう 親の都合で異世界へ
読者賞受賞作!
待望の書籍化!
2期までに
原作シリーズもチェック!
●各定価：1320円(10%税込)
●illustration：マツモトミツアキ
1~18巻好評発売中!!
月が導く異世界道中
1
あずみ圭
木野コトラ
とことん不運、されどチート!!
29万部
漫画：木野コトラ
●各定価：748円(10%税込) ●B6判
コミックス1~12巻好評発売中!!

異種族キャンプで全力スローライフを執行する……予定！

Ishuzoku camp de zenryoku slowlife wo shikkou suru …… yotei!!

タジリユウ
Yu Tajiri

甘党エルフに酒好きドワーフetc…
気の合う異種族たちとまったりアウトドア生活!!

大自然・キャンプ飯・デカい風呂——
なんでも揃う魔法の空間で、思いっきり食う飲む遊ぶ！

『自分のキャンプ場を作る』という夢の実現を目前に、命を落としてしまった東村祐介、33歳。だが彼の死は神様の手違いだったようで、剣と魔法の異世界に転生することになった。そこでユウスケが目指すのは、普通とは一味違ったスローライフ。神様からのお詫びギフトを活かし、キャンプ場を作って食う飲む遊ぶ！　めちゃくちゃ腕の立つ甘党ダークエルフも、酒好きで愉快なドワーフも、異種族みんなを巻き込んで、ゆったりアウトドアライフを謳歌する……予定！

◉定価：1320円（10%税込）　ISBN978-4-434-32814-5　◉illustration：宇田川みぅ

この作品に対する皆様のご意見・ご感想をお待ちしております。

おハガキ・お手紙は以下の宛先にお送りください。

【宛先】

〒150-6008 東京都渋谷区恵比寿4-20-3 恵比寿ガーデンプレイスタワー 8F
（株）アルファポリス　書籍感想係

メールフォームでのご意見・ご感想は右のＱＲコードから、
あるいは以下のワードで検索をかけてください。

アルファポリス　書籍の感想　検索

ご感想はこちらから

本書はWebサイト「アルファポリス」（https://www.alphapolis.co.jp/）に投稿されたものを、改題、改稿、加筆のうえ、書籍化したものです。

余《あま》りモノ異世界人《いせかいじん》の自由生活《じゆうせいかつ》～勇者《ゆうしゃ》じゃないので勝手《かって》にやらせてもらいます～6

藤森フクロウ（ふじもりふくろう）

2023年10月31日初版発行

編集－仙波邦彦・宮坂剛
編集長－太田鉄平
発行者－梶本雄介
発行所－株式会社アルファポリス
〒150-6008 東京都渋谷区恵比寿4-20-3 恵比寿ガーデンプレイスタワー8F
TEL 03-6277-1601（営業）　03-6277-1602（編集）
URL https://www.alphapolis.co.jp/
発売元－株式会社星雲社（共同出版社・流通責任出版社）
〒112-0005東京都文京区水道1-3-30
TEL 03-3868-3275
装丁・本文イラスト－万冬しま
装丁デザイン－AFTERGLOW
印刷－中央精版印刷株式会社

価格はカバーに表示されてあります。

落丁乱丁の場合はアルファポリスまでご連絡ください。

送料は小社負担でお取り替えします。


ISBN978-4-434-32823-7　C0093